U0054665

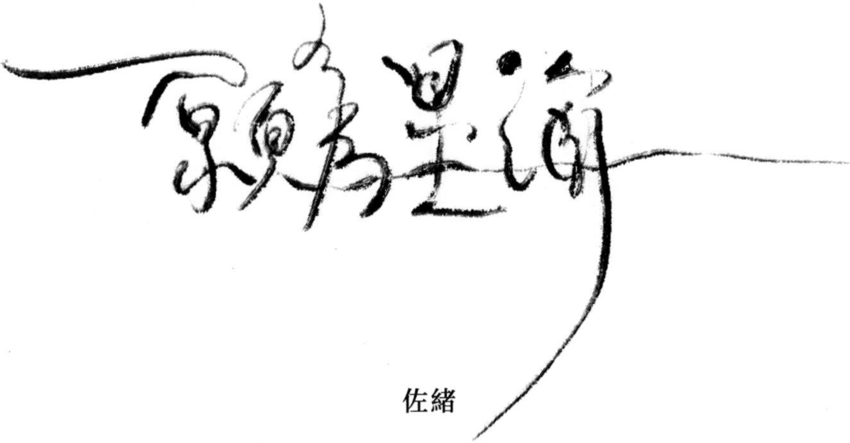

佐緒

CONTENTS

第一章：親眼一睹涵光

林星海出了車禍。

凌晨三點，夜裡忽然颳起暴雨，她剛下班，佇立於街邊有些分神地等紅燈，沒留意到左側轉來的車輛。一旁公車站牌和樹木形成死角，那輛車駕駛員也沒看見人，猝不及防地迎面駛了過來。

她黑瞳孔飛快映過車輛的虛影，回神時自己已狠摔幾米遠。

——意外只發生在一剎那。

傾盆大雨裡，林星海倒在濕漉漉的街邊，一根手指頭都使不上力，強烈的耳鳴令她皺緊眉頭。

那輛黑賓士車停駛在不遠處，主駕的中年男子嚇得臉色都刷白了，強忍住恐懼感，舔了舔嘴唇，下意識的往後照鏡一窺。

後座有名坐得端正的男人，整個身軀隱匿於黑暗中，只有窗外的路燈照在他顴骨上，顯得那眼窩輪廓深邃。

主駕男人回過神，輕聲提醒：「還是別下去……」

喀啦。

後座傳來清脆的開鎖聲。

躺在地上的林星海，此刻就像被悶棍打過後腦，整個意識都在鈍痛。她雙眼愣愣地瞪著前方，四肢動彈不得。

轎車內探出了一隻黑色皮鞋，接著另一隻……那是屬於男人的鞋子，他正往她這走來，除了尖銳的耳鳴，林星海還聽見這沉穩的腳步聲，鞋底碾過柏油路面的細碎聲響，尤其清晰。

風轉瞬變得較溫和，時間像被無線拉長。

那雙皮鞋被雨水沾濕，反射出晶亮剔透的光彩，就停在她的前方。

過一瞬，男人彎身蹲了下來。

他的灰色長風衣衣角也隨著這動作，與地面相貼，染了一層深色的濕意。

她費盡全身的力氣抬眼，那也正打量著自己的那雙眼瞳，如黑曜石般清亮。

那位駕駛員講了幾句話，他點了下頭。

「聽得到我說話嗎？」他溫和的嗓音響起：「已經叫救護車了，請妳堅持一下。」

林星海意識逐漸朦朧，口腔內滿是血腥味，卻不甚在意。

這名男子，她當然認得。

世人都說，不親眼一睹涵光，半生富貴也枉然，他是遠站在世界頂峰，風光聚於一身，上帝眷顧的人。

此時，他的短髮被雨打濕了，瀏海貼在額頭上，目光卻很清亮，裡頭彷彿點著一簇燈火。

眼皮沉重起來。

她使出最大的力氣伸手，想要觸碰到他，哪怕只是衣角也好，身體卻不受使喚，手指只在柏油路面上微微抬起。

❖　❖　❖　❖　❖　❖

迎來小寒，氣溫驟降，望過去的延綿遠山，就像被封在一片雲霧內。

林星海睜開雙眼，先是看見潔白的天花板，偏過頭環顧四周，自己待在一間單人病房。暖氣開得很足，玻璃窗面外結了層朦朧的薄冰，外頭看不太真切，室內安靜的落根針都聽得見，床頭邊擺放的加濕器，正冒著裊裊的細碎水霧。

「醫生，我也不清楚啊，我跟林星海真的不熟。」

「當了半年室友，怎麼這點事情都……」

「怎麼怪我了？她性格真的超孤僻，連講句話都難。」女孩連忙推託。

「先試試聯繫她的親屬，告知她的狀況。」

「就說我不知道她親屬是誰了啊……」

房門半敞，外頭傳來談話聲。過了好半晌，醫生被護士叫走了，年輕女孩開病房門走進，看見林星海已經甦醒，想到剛才的談話不由得尷尬，站在原地走也不是，留也不是，乾巴巴的問：「妳已經醒啦？」

話落，恨不得咬斷自己舌頭，這不廢話嗎？對方眼睛睜著呢。

一旁飲水機桶子裡的水咕咚一聲，泡泡爭先恐後地向上流竄。宋亞晴手握著保溫瓶，見林星海默不作聲，以為是生氣了。

也是，誰喜歡被別人暗地裡批評性格孤僻？宋亞晴強忍住拔腿就跑的衝動，想到對方剛經歷大難不死，硬著頭皮走到床邊，軟下語氣：「那個……我是接到電話才來的，他們說妳出了車禍，傷得很重，要做手術。」

「妳給我簽字了？」

聽這清冷的語調，宋亞晴嚇得從椅子上彈起，連連擺手：「沒有沒有哪敢，我到的時候已經有人替妳簽了，我只在手術室外面等到妳出來。」

沉默片刻，林星海終於點點頭。

「啊……那個、這個，我現在是要回……」

「去忙妳的吧，謝謝。」

「不、不客氣！」宋亞晴眼睛瞪得跟銅鈴一樣大，張口結舌：「我就先……先走一步。」

她腳步慌忙倒退離開後，林星海忍不住想笑，是有這麼可怕嗎，把一個好端端的小姑娘嚇成這個樣。

這次車禍嚴峻，幸好沒有造成大礙，身體上除了左腿不時抽痛，其他的小傷很快好得七七八八。單人病房和手術費用早已有人付清了。這期間那位車主有來看過她，那是名彬彬有禮的中年男子，劈頭便是彎腰道歉。

車禍當天，林星海是在間沙發酒店工作，下班時都三點了，路上烏黑一片，誰也不會留意十字路口的死角，她自身也是分神，才會釀成車禍，這怪不得誰。那輛價值不菲的賓士車，保險桿和頭燈都撞得慘不忍睹，對方也是摸摸鼻子自認倒霉。

可是那個人……

林星海問起有沒有同行的人，男子矢口否認。

她分明看見了他，走到面前，那瀏海下烏黑的眸子，好似能穿透一個人的內心，打從心底的戰慄。是幻覺嗎？由於太過真實，她一點也不想否認。

林星海抬手將頭髮勾至耳後，收拾好病房裡的東西，確認沒有任何紕漏後，整顆心像被強壓在海底一樣沉重。

❖　❖　❖　❖　❖　❖

林星海住在一所合租屋，和宋亞晴、安晨一起住在四樓，有三間小房一廳，宋亞晴和安晨都是老住戶了，而上個室友則回老鄉去照顧年邁的父母，這房間空了不久，半個月前林星海便搬來。

她獲得醫生允許就出院後回到公寓。

宋亞晴和她有過短暫的糾葛後，態度變得有點試探。

譬如今天，又是個寒冷的周休日。

難得三個人都在家，宋亞晴敲敲緊閉的房門，朗聲問：「星海姐，妳有空嗎？」

這聲「星海姐」喊得五味雜陳，不知是親密還是疏離。

林星海開門，倚在門框邊，陽光照射在肌膚上，有些病態的蒼白。

「我們剛煮了火鍋，要不要一起吃？」宋亞晴笑露出一排晃眼的白牙。

住在同個屋簷下半年的時間，車禍大抵成了個巧妙契機，令她下定決心搞好這室友關係，否則下次誰再出意外，也不會傻愣愣被叫去醫院一問三不知。

林星海淡淡的回絕好意：「妳們慢慢享用，不需要邀請我。」

回過身正要闔上房門，廚房的安晨卻發話了：「食材買多了，想請妳幫我們解決一些。」

林星海掃她一眼，毫不猶豫地關起門。

門縫裡的宋亞晴閃著一雙水汪汪大眼，語速堪比饒舌歌手：「拜託了拜託了好不好好不好食材真的買多了。」

最終還是盛情難卻，一起享用這頓餐。

她們三人圍在小圓桌邊，中央是不停咕咚咕咚冒著泡的火鍋。

宋亞晴是個吃飯一定要配聊天的人，話匣子一開就停不下來：「星海姐，之前聽房東說妳留學西班牙？那裡怎麼樣？」

林星海懶懶的抬了下眼簾：「不怎麼樣。」

「……」

宋亞晴被堵了下，不肯放棄的持續進攻：「聽說那裡帥哥多，是不是真的？」

她夾了顆丸子，認真思考了下，接著輕輕說：「是真的。」

「那哪是『不怎麼樣』，簡直就是天堂！」宋亞晴激動得拍桌，被安晨暗暗在桌底下踩了一腳，才後知後覺的收斂，低聲嘀咕：「其實我一直很嚮往出國去……」

不管如何，林星海這樣冷淡的性格，饒是宋亞晴這種樂天派，要聊起來還是沒輒的。宋亞晴和安晨在長達半年的同居下，和林星海聊過的次數，十根手指都數得出來，不是沒主動搭話，而是人家……正眼也不瞧自己一眼啊啊啊！

而林星海當然不曉得，宋亞晴是一大早風風火火跑大賣場去搜刮食材，就是為了多多「關愛」她這位出車禍，剛從醫院回來的陌生室友。

「我們還不曉得妳為什麼會想住進來這呢。」宋亞晴咬著筷子前端，接著戳了戳自己碗裡的肉片：「我原本住在鄉下，因為考上了這邊的大學，家裡負擔不起太大的變動，所以只好自己搬來這。」

「通常住合租屋的人，不是像小宋這樣的大學生，就是單身貴族，但我比較例外。」安晨推了推眼鏡，解釋：「我丈夫長期在外出差，很少回國，我自己租間房子沒有伴，所以才乾脆在這裡定下來，大家住一起也互相有個照應。」

林星海也沒怎麼認真在聽，揉揉有些發疼的腿，只見宋亞晴笑瞇瞇湊過來：「星海姐，妳有沒有什麼要問的？」

在她們的注視下，林星海涼涼地說：「安晨，妳丈夫在國外，真的沒問題？」

不太禮貌的問法，宋亞晴頓時笑得花枝亂顫。

「安晨的丈夫是大人物喔！」她用胳膊肘用力捅了下安晨，擠眉弄眼：「快、快亮出妳的手機！」

安晨媲美洗髮精廣告，瀟灑地撥了下長髮，唇角微揚，得意地拿出手機滑開，將螢幕湊到林星海面前，畫面中是名長相出眾的小鮮肉。

「李鐘碩？」

安晨笑了：「嗯，他是我現任老公。」

「安晨真的沒救了，李鐘碩剛去當兵，她昨晚哭得差點送醫院。」宋亞晴傾過身，臉湊到鍋邊看剩多少火鍋料，鼻頭留下密密的一層蒸氣：「上週的老公還是金材昱呢！我說，妳怎麼可以變心變得跟翻書一樣快？」

「我前夫確實很有魅力。」安晨陶醉捧心狀：「我的獅子館長呀……」

林星海忍不住笑了，以前怎麼都沒發覺這兩位室友都是逗逼？

「不過我還是能理解一點，畢竟年輕不追星，難道要等到老？現在追星是迷妹，老了要被叫癡漢了。」宋亞晴手肘撐在桌沿，雙手托腮：「唉，況且嫁人之後，應該更難有機會犯花癡了。」

「所以說幹嘛嫁給凡人？」安晨哼一聲，頗自傲的說：「如果我未來有對象，那他必須接受我對著別人喊老公。」

「難怪沒人要妳。」

「誰說的！」

兩人怒瞪著眼睛。

「就說安晨沒藥醫吧。」宋亞晴雙手環胸：「星海姐，妳也快說說妳的事。」

林星海的笑容硬生生僵在臉上，有些掛不住，說自己的事？就算是講了也不會有人相信。

「感覺星海姐身上有很多秘密呢。」一起吃頓飯，宋亞晴也習慣了熱臉貼冷屁股，坦白道：「其實妳第一天搬進來的時候，我跟安晨都不太敢接近，因為妳……感覺比較喜靜一些。」

林星海擱下筷子，慢緩緩的道：「既然好奇，那告訴妳們一點。」

兩人相看一眼，有些意外。

林星海刻意壓低聲量問：「妳們信借屍還魂嗎？」

宋亞晴心驚膽跳，一雙筷子啪啦啦掉在地上。

「星海姐，我最怕鬼故事了。」她搖頭苦笑：「我們是想聽妳的事，不是鬼故事啊！」

一旁的安晨眼尖，目光落在林星海身上：「妳的手怎麼了？」

林星海聞言愣了下，迅速將原本平放在桌上的手挪開，臉上的笑意已消失殆盡。

安晨剛才看見，她的手指在桌面上，一點一點的，有時看起來像輕微抽動，但她本人對此似乎毫無意識。

「是不是車禍留下的後遺症？」

見林星海的臉色不太好，沒有要解釋的意思，安晨也不敢再多問。

短暫的沉默後，安晨放下碗筷，林星海也收拾起自己的杯盤。宋亞晴左望右望，一頭霧水。

當林星海收拾完，視線落在窗外。

太陽不知何時被擋住，雲卷雲舒間，整個蒼穹白茫茫一片，澄淨得一塵不染。

在宋亞晴回房之前，卻被叫住了。

「上次車禍的事情。」林星海站在不遠處，雙眼定定的看著她：「妳到的時候，有沒有看見誰給我簽手術同意書？」

宋亞晴沒料到她會問起這件事，緊緊皺起眉頭，認真思考起來。

「我沒看見誰簽字。」她仔仔細細將回憶轉為話語：「不過是有個人，當時在跟妳的主治醫生談話。」

那個男人背對著大門，僅是個背影就相當惹眼，即使相隔已久她仍記憶猶新。他穿著白襯衫黑褲，手彎處挽著一件灰色長風衣，站得相當筆挺。

「他……」林星海聽到自己嗓音不受控的顫抖，頓了頓，克制好情緒：「他說了些什麼？」

宋亞晴卻搖搖頭：「我離得遠，什麼也沒聽見。」

林星海回房的時候，每一步都像走在雲端上，縹緲感湧上心頭，說不清楚此刻的想法。

塵封已久的回憶重新闖入腦海，她幾乎在下刻，察覺到鼻子一絲酸澀。

在那遙遠的時光裡——夏至的太陽高掛天際，陌生的石子路面崎嶇不平，一步步踩上去，都能感受到灼燙。

她就像個普通的女孩，呆坐在路邊，腦袋被烈陽烤得混沌一片，眼前繁華的街景，和她都不在相同的時空裡。

知道被全世界遺棄的感受嗎？

打從有記憶開始，她什麼也不是。

連自己都不是。

❖ ❖ ❖ ❖ ❖

蹉跎的歲月裡，逐漸掀起漪漣。

上回一塊兒吃過飯，宋亞晴每逢週休假日，又會逮住安晨和林星海。安晨和她相相識多年，對此早已習以為常；林星海婉拒她多次的邀請，最終仍像上回被逼得妥協。

此刻，三人待在客廳的沙發上，等著廚房的水燒開。

宋亞晴坐沒坐相，像是沒長骨頭一樣，懶洋洋地趴在沙發扶手上。

安晨低頭盯著手機，抬手抹了把口水：「看起來真好吃！」

宋亞晴從沙發上彈起，頭湊了過去：「什麼什麼？妳找到什麼食譜？」

林星海也是飢腸轆轆，沒忍住好奇心，眼睛朝那瞟去。

只見小小屏幕上，滿滿的肌肉男映入眼簾。

「妳說好吃是指這個？」宋亞晴氣得跳腳，一把揪住她的衣領：「不是叫妳找食譜嗎，怎麼找猛男！」

「他是我現任丈夫池昌旭，昨天剛退伍。」

「啊啊啊……」宋亞晴抱頭痛哭：「我餓死了嚶嚶嚶！」

林星海聽著牛頭不對馬嘴的對話，默默移開視線，抬起手中的馬克杯，淡定的抿了口熱拿鐵。

突然，口袋裡的手機嗡嗡響起，這通電話來的時機古怪，一向沒有人會在週休日打給她。

螢幕上顯示出「洪先生」，她思緒一轉，便想起了對方是誰。當初車禍的那位車主有前來探望時，提出了是否能互留電話號碼的請求，現下竟打來了。

「您好？」

「林小姐，打擾了。」對方客客氣氣的道：「請問能借用您五分鐘的時間嗎？」

耳邊兩個女孩還吵個不停，她站了起來，踏著棉拖緩步邁到廚房，拉上塑膠隔門，隔絕了外面兩位女孩的吵鬧聲。

四周一下子靜了下來。

「洪先生請說。」

洪先生的聲音聽起來嚴肅極了：「林小姐，有件事得請求您協助。」

她的手扶著冰冷的流理臺，皺起眉心。

「之前並非有意隱瞞事實，請您諒解。為了表達我們的誠意，余先生想親自和您見面解釋。」

這段通話並不長，甚至不達五分鐘。

短暫的時間內，卻足以讓她的世界天翻地覆，只因那句——余先生想親自和您見面解釋。

「星海姐，我們決定要叫外賣，妳想吃什麼？」叫喚聲打斷她的思緒。

幾乎在下刻，塑料隔門刷地被拉開，露出宋亞晴笑意滿滿的臉。

前不久林星海還覺得飢腸轆轆，接到炸彈般的訊息後，她一點兒胃口都不剩。深吸一口氣，她拋下一句話：「妳們吃吧。」

在有些錯愕的目光下，林星海錯身離開了廚房。

❖　❖　❖　❖　❖　❖

該如何評價余涵光這個人呢？

不，說評價，感覺又有點奇怪，他完美得找不出一絲污點，沒有人會評價像他這樣的人。

講到「運動」，人們總是先想到那些熱門的項目，像是籃球、足球、棒球等等。

花式溜冰——常被淡忘的運動，在他身上綻放出嶄新的光芒，掀起了一波花滑盛事。

不親眼一睹他的風光，半生富貴也枉然。大家都是這麼說，她也找不到反駁的話語。

余涵光是體育選手，創造的卻是藝術。四歲起步以來，參加各個大小賽事，一步步時光磨礪，走出歷史的痕跡，如今遙遙站在世界頂端。他是這世代的神話與信仰，激勵了所有抱有夢想的人們。

林星海洗了把臉，看著鏡中的自己，五官秀麗，肌膚被冷水凍得泛著微紅。

世上那麼多人需要余涵光，哪怕只是遠遠一見，都能成為誰的救贖，老天偏生開個玩笑，將機會讓給了她。

一個活得精疲力竭的行屍走肉。

她自嘲的牽了牽唇角，毛巾拋回置物架上，回身轉開門。

走廊上毫無人煙，天花板上懸掛的掛燈還亮著，將每個角落照得色澤溫暖。延著旋轉樓梯扶手下走，一樓大廳溫度頓時低不少，玻璃門的縫隙鑽進刺骨冷風。

推開門，林星海禁不住打了個寒顫。

每逢一年最冷的小寒，天邊暗得早，不留神已暮色四合，鋪上層濃重的深底色。

她招了臺計程車，前往抄下的陌生地址。

與目的地相隔不遠，約定好的時間早十分鐘抵達，林星海徘徊在咖啡廳外，只見門口掛的木牌「CLOSE」的英文字樣，裡頭燈光幽暗昏黃。

風鈴清脆悅耳的聲音突然一響，牌子隨之搖晃數下，門應聲而啟。

露出的是一名男士的面龐，噙著淺淺笑意：「是林小姐嗎？」

她目露疑惑的點頭。

「我有聽說妳會來，先請進。」男士推敞開門，側身讓出空間：「洪益有打電話給我，說妳跟涵光有約，所以避免人多口雜，我這提前歇業了，讓你們可以安心的談。」

店內的暖氣開得很足，撲面而來，說不出的舒適。

「我是這裡的店長，魏嘉誠。」他輕鬆地自我介紹，繞著曲尺形櫃檯走進去：「涵光還要等一下才會到，要不要先喝杯茶？」

見魏嘉誠已套上圍裙，她便淡笑著說「謝謝」，抬眸環顧四週。

咖啡廳裝潢獨特，古色古香的圓形拱窗，雅緻細膩的紅木桌椅，空間與廚房相通，僻靜角落擺了臺直立式棕色鋼琴。

不矯情刻意的復古，簡潔舒適、沉穩低調，在繁華的都市裡自成一格。

此時，案上已擺上熱煙裊裊的茶，林星海低頭滑著手機。

這一等，在那七點五十九分跨到整點時，耳邊恰恰響起風鈴清脆的聲音。

她抬頭循聲而望。

帶著冬日的冷冽，年輕男人推門進來，深色長外套被風吹揚一角，背後路燈白光連成一直線匯聚在肩頭散開。他那雙漂亮的丹鳳眼眼簾微垂，似乎察覺到視線，抬眼，輕易捕捉到了她的目光。

他修長的手指伸至耳後，偏了下頭將口罩勾下。

那顏色稍淡的唇彎了彎。

「妳好，林星海小姐。」

嗓音溫潤清透，絲絲入扣。

「我是余涵光。」

世上有一種人存在，即使不說任何威懾的話，單單出現在眼前，長身玉立，足以令人心生敬畏。

林星海不由自主地站了起來。

回過神時，余涵光已伸出手來。

她抿了抿唇：「……你好，久仰。」伸出手回握。

對方的體溫偏低，他五指稍作收攏即鬆，冷與熱只在一瞬觸及。

余涵光繞到沙發坐下，對她的反應不感意外，漂亮的雙目含笑：「請坐，不用緊張。」

「好的。」她從善如流，壓下心底的驚艷躁動。

他問道：「身體康復得順利嗎？」

她摸不清他的來意，點了下頭：「暫時沒有任何不適，下週就要去拆線了。」

「很高興聽到這消息。」他從口袋裡拿出備好的名片，放在桌上，緩緩推到她面前。

林星海不明所以的看向他。

第一次近距離接觸產生了種恍惚感，幾乎每天在電視上看見的人，如今竟坐在她面前。

他清俊面龐上的一雙眼睛生得尤其好看，微微笑著的時候，眼尾也會悄悄上揚。

室內待得暖和，他單手解開外套鈕扣，一面解釋：「其實當天我在現場，與我同行的助理送妳到醫院，但因為聯繫不到妳的家人，手術迫在眉睫，我就擅自簽了手術同意書，希望妳可以諒解。」

怎可能會怪他。

林星海點點頭：「這事我也有不對，謝謝你幫我簽字。」

他神色卻逐漸轉為凝重：「但因為……一些個人因素，這件事情，能不能請林小姐對外保密？」

林星海眨了下眼，在對方重複一次她的名字後，連忙點了下頭：「沒問題。」

她沒有追問原因，只臆測到他大名鼎鼎，在這社會上曝光度如此高，應該是不想宣揚此事。

「這是我信賴的醫生。」余涵光目光落在她的手上，那張剛遞出不久的名片：「在他的醫院，有更好的醫療資源和服務，妳可以安心複診。」

她蜷起手指，那張剪裁精緻的名片很新，邊緣甚至有些刺皮膚，上頭印著一名叫「冉道軒」的醫生資料。

事態遠比想像的還嚴峻。

請駕駛的洪先生轉告就可以了，為什麼余涵光親自出面，還將她送往別家醫院？

「我欠妳一份人情。」他目光冷靜的望著她，嗓音悠遠清潤：「以後有任何需要，都可以和我聯絡。」

「不了。」她舔了下乾澀的下唇：「我現在就想說。」

詫異從他眼底一閃而過，很快被壓下。

眼前的林星海已退去了一開始的緊張，眼眸亮得驚人，似乎對這請求勢在必得。

「請給我介紹份好工作。」她字字清脆：「越多錢越好，我非常缺錢。」

天邊的明月光，遠遠無聲似流水地瀉在他們身側窗邊，沉積薄薄的清柔潔白。

多年後的余涵光，依舊對這畫面歷歷在目。

女人直白地說「越多錢越好，我非常缺錢」，眼底尋不見半絲玩味，說得浩氣凜然。

鮮明的對比是，第一次見面時，分明是落魄地躺在滿是血的路邊。

她那纖細柔弱的手指，從粗糙的柏油路面上抬起，耗盡全身僅剩的力氣，用冰冷顫抖且沾滿血的指手，輕輕握住他的指尖。

她蒼白的唇瓣囁嚅幾下。

余涵光低下頭湊近，想聽清。

——讓我死。

❖ ❖ ❖ ❖ ❖ ❖

林星海離開後，魏嘉誠從廚房走出來，將桌上的杯子收拾好。

他看了眼靜默不語，望著窗外的余涵光，月亮照清了他俊美的面龐，聽見動靜轉過頭來：「小魏，我打算讓她來這裡工作。」

「誰？」

「林小姐。」

魏嘉誠瞪大眼：「瘋了吧？」

他似乎微微笑了一下，重新將視線投向窗外。

魏嘉誠有種不妙的感覺，差點沒跪地求情：「千萬不要啊，不是不想讓別人知道這是你的店嗎？」

「她需要一份好工作。」

原來是起了惻隱之心，魏嘉誠靜了三秒鐘，眉頭皺得能夾死隻蒼蠅：「你人脈那麼廣，總能安排一個合適的地方。」

「能力所及的都應該幫忙，不是找藉口推托。」他沉靜的目光仍望著窗外，想起那句越多錢越好：「而且以什麼身分給她介紹工作？那些人只會更起疑。」

魏嘉誠想起「那些人」，被堵得啞口無言，鼓起腮幫子。

隔了許久，他的聲音再次響起：「小魏。」

他循聲而望，余涵光背影紋絲不動。

「車禍之後，我每天晚上都睡不著。」抬手捏了捏眉心，他嗓音帶著倦意：「總是夢見一些奇怪的場景。」

「奇怪的場景？」魏嘉誠想了一會兒，忽然嘿嘿一笑：「春夢？」

他警告的掃他一眼。

魏嘉誠噤聲片刻，才軟軟糯糯的說：「改天找冉醫生給你開藥就是了嘛……」

❖　❖　❖　❖　❖

林星海今晚，也做了一個很長很長的夢。

夢的起始和終了，都伴著機械節奏的喀拉聲，每幾下就有鈴鐺「叮」的一響，震得耳膜發疼。

畫面一轉，她站立在電視機面前，看著體育電視臺的世界花式溜冰錦標賽。

冰刀划過冰面，清脆刷地一聲，女選手的三周跳漂亮落地。

林星海一眼不眨的看著表演，盯得眼睛開始發痠。

女選手揚起自信的微笑，雙手高舉，脖子像天鵝一樣修長，接著優雅的跨出下個舞步，風吹起鮮紅色的裙擺，襯得她愈發美豔而奪目，像一朵盛開的玫瑰花。

程素，剛晉升至成人組的女選手，便一舉奪下金牌。

和林星海年齡相仿，卻已站在世界頂端，活出最耀眼的自己。

「誰說妳可以開電視！」

女人淩厲的嘶吼聲劃破天際。

腦袋開始鈍痛悶沉，眼前霍然被一片黑暗吞噬。機械規律的節奏，詭譎緩慢的接近，愈來愈大聲。

喀拉、喀拉、喀拉……

——叮！

林星海猛然睜開眼。

擺在床頭的鬧鐘正響著，她忙伸手關上，才獲得了寧靜。

早上八點鐘，照常來說室友都出門了，待她一打開房門，卻看見客廳兩道背影。

她們都沒轉頭。

宋亞晴肩膀一顫顫的，從後面看過去，不時用手背抹著臉頰，似乎是在擦眼淚。

安晨坐在她身邊，攬著宋亞晴的肩膀輕輕的拍撫。

林星海沉默了片刻，想想她們之間友誼深厚，要是自己冒然過去，說不準反而讓宋亞晴不自在。最終選擇不打擾，安靜的去廚房倒了杯白開水，留意著客廳的動靜。

宋亞晴哭得一抽一抽，連句話也講不完整：「妳說我哪裡又惹到她們了？她們藉此平時排擠我就……就算了，還……」

「別說了別說了。」安晨眉頭緊皺，心疼得不行：「那是她們不對，怎麼輪到妳在這裡難受？我回頭去學校幫妳討回公道！」

宋亞晴低下頭哭得更兇了，眼淚吧嗒吧嗒掉個不停。

平日白天由於採光佳都不需開燈，可今早外頭霧霾一片，整個天際蒙上層陰鬱灰調，光芒照不進窗戶，導致室內昏暗不清。

林星海一手拿著盛半杯溫水的馬克杯，一手按在電燈開關上，目光落在她們的背影，思索半晌，最終沒有開燈，靜靜的走回房間。

今天註定是個沉重的日子。

下午她去了趟銀行匯錢，路上接到一通來自醫院的電話。

那位來電的小姐聲音溫婉，客客氣氣：「林小姐，請問能否請您抽空來一趟？」

她聽得有些莫名其妙：「有什麼事？」

「是這樣的。」她似乎一言難盡，斟酌一下言詞：「昨晚醫院外堵了群記者，不知從哪得知您在我們這有動過手術，說要採訪您以及您的主治醫生。我們不便透露您的個資，已多次請他們離開，但他們卻很堅定的要等到您過來。」

林星海皺了下眉頭，抬眸看了眼掛在牆上的鐘：「記者還守著？」

「……是。」小姐也十分無奈：「堵著大門和前臺，已經嚴重妨礙到我們救人。」

從昨晚到現在，少說也有十二個鐘頭，要讓眾記者如此鍥而不捨的追查，必定是要挖出個大爆料，林星海區區一平凡人哪見過這種陣仗？自然不會傻傻認為是衝著她來的。

記者的目標很鮮明，是余涵光。

林星海忽然明白，他為何非要不惜風險，親自與她見上一面。

她彎起唇角笑了下。

「林小姐？」

「不好意思，我很忙，如果他們妨礙到救人，」她頓了頓，有些壞心眼：「麻煩你們叫警察驅趕。」

沒料到會拒絕得這麼乾脆，小姐呆了三秒鐘，回過神時對方已收線。

❖ ❖ ❖ ❖ ❖ ❖

轉眼兩個月後。

面臨冬季春季交換的驚蟄，國內卻不怎麼打雷，天際壓上灰白的雲層，遠方起伏的山巒蒙了霧，到了下午只看得見模糊輪廓。

林星海在月初辦好交接事宜，辭去了沙發酒店一職，轉職來到江先生介紹的咖啡廳。余涵光是這家咖啡廳老闆的事情，林星海從魏嘉誠那裡略有耳聞，聽說以往，余涵光得空會過來店裡。她記得魏嘉誠陳述的時候，還神秘兮兮的要她對此事保密，說要是傳揚開來了，店裡定會飛來一群醉翁之意不在酒的粉絲。

那有什麼不好？

魏嘉誠「妳不懂」的欠扁嘴臉：「他是希望給大家一個舒適環境，要是每個人都打著他的名號朝聖，咖啡店還用開嗎？」

林星海沒再多問，心中卻喟嘆著另一事。和魏嘉誠初次見面的時候，以為對方是名彬彬有禮的人，誰料想到魏嘉誠成為她的上司後，翻臉翻得比翻書還快。

比如此時此刻，他正蹺著腿兒「哎」一聲，指揮：「客人來了，快去快去。」

過了三分鐘，又說：「靠窗口的桌子髒了。」

「咖啡豆要換新的。」

「去倒垃圾。」

林星海總是冷眉冷眼的，魏嘉誠一開始還不敢打發她，但幾天下來，發現她對工作方面的事情，還真是認真到……任勞任怨，於是魏嘉誠開始變本加厲了。最近魏嘉誠一個月來心情特別好，原本這些活都他在處理，林星海一來工作，他變得悠遊自得，只需要蹺著腿、出張嘴皮子。

早知如此，當初余涵光想聘請林星海的時候，他絕對舉雙手雙腳贊成啊！

不過世上千金難買早知道，要是他現在知道林星海是未來老闆娘，一定狗腿十足的奉茶倒酒，哪敢亂打發人家。

不過這是後話了。

到了晚飯時間，魏嘉誠還在玩《絕地求生》，直到被敵人用AWM一槍爆頭後，氣得一槌桌面：「操你媽的伏地魔！」

他玩了整天的遊戲，一個激靈，才發現四周靜得古怪，沒有半個客人，大門上掛牌翻了面，才恍然想起，似乎半個鐘頭前才差遣某人去買晚餐。

說曹操曹操到。

林星海推開玻璃門風塵僕僕的進來，頭髮和衣服都被淋濕了，魏嘉誠瞧瞧外頭傾盆大雨，忽然有些心虛，是哪時候下雨了呢？

她已走到他面前，將塑料袋放在桌上，嗓音沉沉的：「店長，我把飯給買來了。」

他摸了摸鼻子，點頭：「辛苦了，一起吃吧！」

她默了幾秒，拉開椅子坐下，伸手將飯盒從袋裡放到他的眼前，然後再將墊在下面的那盒炒飯拉過去，拆開一次性竹筷悶悶吃起來。

魏嘉誠看她被雨水淋得濕透，忽然有些內疚：「多吃一點，這頓我請。」

她動作停頓，低眸抿抿唇：「不用了。」

……真冷淡。

魏嘉誠自討沒趣，也埋頭吃起來，嗯，是他喜歡的蝦仁餃子。

一頓溫飽後，魏嘉誠抹了下嘴巴，看著收拾桌面的林星海，靈機一動問：「星海啊，妳對音樂有沒有興趣？」

她動作一頓。他笑笑：「聽說心再冰冷的女孩子都是喜歡音樂的。看，老闆擺了臺Steinway在那邊，除了提升環境美感，也是提供給會音樂的客人彈奏，我也會點皮毛噢。」

林星海不理會他的嘮叨，徑直走到廚房將垃圾扔進桶裡，洗好手回到餐廳時，魏嘉誠已坐到鋼琴前彈奏。空間裡緩緩迴盪起清脆的樂聲。

〈I love you goodbye〉席琳．狄翁的一首老歌。

他的技巧稱不上好，這首抒情的流行樂偶爾被錯音中斷，偏偏他毫不在意，神清氣爽坐得直挺挺繼續彈奏。

落下最後一個音後，他扭過頭，笑得燦然邀功：「怎麼樣，我彈得有沒有很棒？」

剛對上她的眸子，他卻整個人僵住了。

林星海看著鋼琴，雙目如死水般毫無波瀾，沉沉靜靜的，魏嘉誠不懂她這神情是什麼含義。尋常人聽了歌，好歹也會笑笑誇讚幾句，但她不是。

她就這樣站在原地，一動也不動。

在這詭異的氣氛下，終於，林星海緩緩笑了，卻不是他預期中溫柔愉悅的笑，而是包含著嘲弄和藐視，暴露無遺。

她漆黑的眼睛彎著，輕聲評價：「難聽。」

魏嘉誠頓時漲紅臉「騰」地站起來，手指著她：「妳、妳怎麼說話的？」

剎那間，清脆的風鈴聲打斷了倆人談話。

一抹頎長清瘦的身影推門而入。

後方夜間獨有的華燈流光閃爍，整個城市彷彿承載了銀河，因突如其來的來臨，景物為之模糊粗糙。

林星海瞇了下眼，看清來人時，周身溫度似乎也隨之暖了幾分。

男人步伐流暢，幾步邁到倆人跟前，抬手去勾耳後的細繩，摘下口罩，露出清雋出眾的容貌。

他對氣氛的不同有所察覺，抬眼掃一圈，最終目光定在林星海臉上。

余涵光微微頷首，嗓音稍啞：「林星海。」眸子裡似乎含著三分笑，恰到好處的溫潤。

她微微一愣，沒想到突然會見到他，難得木訥的點點頭，低聲道：「您好。」

「余大人，我在這裡！」小魏方才的不滿煙消雲散，笑得一臉狗腿，指指自己充滿渴望的臉：「你還沒跟我打招呼呢！」

他清清喉，笑了：「小魏。」

語畢側過身，落座在一旁的椅子上，然後抬眼看向她。林星海看懂他的意思，跟著坐在他對面。

他的嗓音很快響起：「工作還習慣嗎？」

她當然應了聲「習慣」。

這是第二次見面，不知為何，雖然太常在電視上看見余涵光，明知他不是尋常人，但一個人身上氣質過於雅緻純淨，相處起來是相當舒適的。林星海提醒著自己，現在他是老闆，她做好自己的本分就行。

卻聽他的語氣一沉：「妳的頭髮……」

她眨了下眼睛，下意識抬手捋肩上的髮，濕漉漉的透著涼意。林星海很快垂眸：「沒事，剛才出去一趟淋到雨，等會就會乾了。」

「辛苦妳了。」他長指在桌案上輕輕一點，若有所思：「妳記下我的聯絡資訊，任何問題都可以告訴我，或者跟小魏說。」

魏嘉誠剛把窗簾都拉上，以防外人看見店內，就一聲不吭地縮在一邊壓低存在感，突然被點到名，驚得肩膀猛一抖。

余涵光瞥他一眼。

多年來的交情，那點小九九怎麼逃得出他的雙眼？略一思忖小魏懶散成性，估摸了個來龍去脈。

林星海正往手機裡輸入一串號碼。

余涵光念出數字，搭著袖口往上推，看了眼錶，只須一瞬，便將手隨意的搭回椅背上：「時間晚了，雨會越來越大，妳去儲藏室去取備用傘，今天早點下班吧。」

「……謝謝。」

林星海不曉得原來有備用傘才淋得一身濕透，聽余涵光的話，站起身依言離開。

待她身影消失在拐角處，余涵光淡淡的目光，望向瑟縮在窗邊的小魏。見林星海被支走，魏嘉誠一副泫然欲泣的模樣，舉起雙手先認了：「我錯了。」

「小魏。」他說：「別欺負她。」

魏嘉誠悶悶的回：「我就只是偷懶一下。」

余涵光直起身，沒拘泥在這事兒上，話鋒一轉，嗓音含笑的道：「程素昨天說要找你，她有一位舞蹈系朋友，正在尋對象。」

……老天！！

魏嘉誠小心肝一顫，撲一聲給跪了，摀臉痛哭：「我真的錯了啊啊啊——」

怎就不偏不倚戳向他心窩處！魏嘉誠最愁的就是沒對象，一捉到機會，就是抓著余涵光求他牽個紅線。但他是什麼人物啊？魏嘉誠覺得余涵光清心寡慾得都能成仙了，哪天一名裸女在眼前跳艷舞，恐怕都能氣定神閒的想著他的花滑賽事，才不會幫他留意。

但這也難怪全世界女粉絲噌噌上升，對余涵光趨之若鶩，他真的是理想中最完美的男人，事業有成、脾氣好、潔身自愛、顏值身材奪目。

程素是唯一跟魏嘉誠交情比較好的女生，幸好她脾氣好，一口答應要幫魏嘉誠找個對象。

魏嘉誠狠狠地磨了下牙：「你哪時候交個女友？」

他準備著離開，眼簾也不抬，淡淡的道：「沒興趣。」

魏嘉誠發誓，任何女孩都好，以後一定要找機會撮合余涵光，否則自己待在他身邊，註定是要單身一輩子了。

正苦著臉一屁股坐在木椅上，忽然想起什麼事，雙眼一亮：「對了，不是快比賽了，票能不能留一張給我？上次我上網訂票，都被搶光光啦。」

❖　❖　❖　❖　❖　❖

林星海在儲藏室找到傘出來，余涵光剛離開不久。

魏嘉誠態度一整個變了，眉開眼笑的解釋：「過兩週不是就世錦賽了嗎？他一定是回俱樂部訓練了。」

這麼晚了還繼續訓練，魏嘉誠見怪不怪的表情，看來這屬常態。早從傳聞裡聽說，余涵光一向嚴以律己，尤其對待自己的表演更是一絲不苟，容不了半分錯誤。

「對了，他已經把這個月工資匯進妳帳戶。」他提醒，抬手搔搔臉，到廚房收拾起餐具，然後略僵硬的說：「妳快走吧，雨越來越大了。」

她深深看他一眼：「你不下班？」

「當然當然。」魏嘉誠小雞啄米似的點頭，心中卻被大風颳過，想起余涵光那飽含深意的話，嗚嗚嗚，就算為了未來對象，他也要狗腿加班，晚點再打個電話求原諒。

各懷心事，林星海想起的是余涵光，他這麼忙碌的人，又面臨爭分奪秒的重要賽季，這次分身過來，難道只為了瞧瞧她工作狀況？

見她還沒走，魏嘉誠揚揚眉：「怎麼啦？」

她握著背帶的手指不自覺收緊，臉色不太自然：「你們不願意對外公開這家店，為什麼還要告訴我？」

魏嘉誠沒料到她會問得這麼遠，愣了下，忽然爽朗地笑了：「余涵光是非常重約定的人，而一個好老闆，和員工有互信關係是最基本的。妳不是想要一個好工作嗎？」

她消化著他的話，沉默良久，最終難得放緩臉色客套一句：「謝謝你們。」

魏嘉誠瞇眼一笑，笑得像隻狐狸一樣：「真想要謝我，就給我介紹個女朋友，我會一輩子感激妳。」

「……」

林星海回家的路上，腦袋都空白一片，每個腳步都像踩在雲端上。

風雨交加，黑色的傘卻很大且牢固，她握緊傘柄，回過神低頭加快腳步。

今天下班得早，公寓裡靜悄悄空無一人，她開了門進屋，換好鞋剛踩進，家裏電話同時響起。

安晨剛下了班順道去買宵夜，問她想吃什麼。幾個月下來林星海已經習慣這生活模式，通常安晨會買些吃的一塊兒分享；宋亞晴最早出門，負責做早餐，林星海一起床就能在餐桌上看見自己的份。

最近還過得挺滋潤。

她也沒跟安晨客氣，簡短交代多帶幾樣回來，結束這通話。

林星海窩在沙發上，覺得有些冷，裹了條毛毯，靈機一動又跳下沙發拿了手機回來，登入銀行帳戶。

瑩白的亮光照著她的臉，黑眸目睹匯入數字時，微愣了下。原本值夜班的酒店服務員工作，也才這錢的一半不到，余涵光給她發了這麼多工資。

這些日子過得好到都不像自己了，有室友作伴、好工作、穩定的薪資。

余涵光就像和她在不同的世界裡，想必家庭富裕，父母為了培養他，打小支付昂貴的滑冰費用，然後就這麼順風順水，爬到了世界顛峰。

而她，歷經底層，啃過三個月饅頭，活得窮困潦倒。

林星海盯著螢幕良久，直到雙目乾澀起來，才靜靜的放下手機，頭埋進抱枕蜷起身軀睡下了。

她是被安晨和宋亞晴的說話聲吵醒的。

林星海睜開眼睛，就看見一桌子的食物，不知何時安晨已經買宵夜回來了。

兩人站在臥房灰色布簾前方，宋亞晴拉著安晨的衣角說：「妳別衝動啊，我真的沒關係，大不了忍忍就過去了。」

安晨雙手環胸板著臉：「沒得商量，我明天再去學校。」

「安晨姐，我不是怕妳又吃虧嘛……」明顯放軟求饒的語氣，宋亞晴正想再接再厲的說服，眼角餘光瞥見林星海從沙發上起來，「啊」一聲：「對不起啊，吵醒妳了？」

林星海看了她一眼沒回答，剛起來腦袋還有些昏沉，揉揉太陽穴，慢慢挪著腳步到桌前，伸手解開塑膠袋子，餃子香撲鼻而來。她嗅著肚子餓，折去廚房拿筷子：「亞晴，妳在那個大學是修什麼科系？」

宋亞晴頓時摸不著邊，乖乖老實回答：「西班牙語文學系。」

靜了一瞬，「刷」一聲塑膠隔門被拉開，林星海已拿好筷子從廚房出來，臉上表情淡淡的：「那欺負妳的叫簡萱？」

宋亞晴垂著肩膀一聲不吭。

「給我看她的照片。」

宋亞晴下意識摸出手機，突然一個激靈，瞪大眼睛：「妳問這些，不會是要跟安晨一起去找校長吧？」

她夾了餃子剛湊到唇邊，嫌棄的掃她一眼：「我閒著沒事？」

「那就好。」宋亞晴拍拍胸脯壓驚，臉上露出苦澀的笑：「簡萱父母是公務員，校方總是不敢太得罪，去幾次都沒無濟於事的。」

而宋亞晴則是孤身打拼，無依無靠，校方想粉飾太平也是不足為奇。

她被簡萱欺負已經不是近期的事，一開始只是言語霸凌，明目張膽的針對她刁難，但宋亞晴性格開朗，都沒往心裡去，簡萱卻變本加厲，慫恿一些同學們對她動手動腳。

林星海不知道詳情，只從宋亞晴的陳述理解一二。那簡萱是出於嫉妒，因為宋亞晴功課好、長相清麗又人緣佳，出盡了鋒頭，讓一向眾星拱月的簡萱心生恨意，最後直到看見自己暗戀的對象跟宋亞晴關係似乎不錯時，理智線瞬間繃斷。

前幾天宋亞晴下課路上，被人從後方推了一把，摔進街邊水溝，整個膝蓋都摔破皮，哭著回家時傷口還往外滲著血，把安晨嚇了一大跳。

安晨恨鐵不成鋼的擰一把宋亞晴腰間肉，惹得後者哎哎直叫痛：「想要我袖手旁觀？老娘做不到！她們那種人就是欺善怕惡！」

「別啊……」哭腔。

她們又爭了幾句才圍到桌邊，吃起那已經微涼的宵夜，一餐下來誰也沒說話，三人心中都像壓了塊大石，格外沉悶壓抑。

晚上，林星海躺在床上輾轉難眠，只聽門外有輕微響動。

她意識朦朧，正要入睡的剎那，耳朵捕捉到一絲哽咽聲。她睜開眼睛，認出是那道聲音。

在深夜裡，宋亞晴摀著嘴巴無聲哭泣，強忍著不發出任何聲音，卻不免從洩出一絲嗚咽。安靜的時刻所有情緒都變得敏感，平日的壓力頃刻之間併發，她卻不敢讓人擔心便獨自一人承受。

隔著一塊門板，林星海盯著黑漆漆的屋頂，直到聽見外頭腳步聲漸遠，關燈聲響起。

因為方才的插曲，她意識清醒過來，腦海閃過許多畫面。

思緒一瞬被深海吞噬，混沌無序的畫面裡，跑馬燈閃過的女孩孤身把自己關在房間裡，一夜接著一夜的無聲哭泣，雙眼佈滿驚懼。

林星海嘆了口氣，用手背蓋住自己的雙眼，自嘲無力的緩緩笑了。

過了半晌，她掀起棉被從床上爬起來，摸過櫃子上的手機，翻找起通訊錄。寥寥可數的聯絡人裡，她輕易找到該電話號碼，也不管現在三更半夜，毫不猶豫的撥過去。

——嘟。

沒通，她極耐心的再撥，等過一陣忙音。

喀拉。

「林星海？」對方語氣帶著疑惑。

「店長，是我。」

魏嘉誠在那頭把手機從耳朵側拿開，摀著嘴打了一個大大的呵欠，瞥見螢幕上的時間，豎眉破口大罵：「妳有什麼毛病啊，半夜三點打電話，當別人不用睡覺嗎！」

「我給你介紹個女朋友。」她淡淡的說。

魏嘉誠聽到「女朋友」三個關鍵字，瞌睡蟲瞬間跑個精光，瞪著眼睛幾秒鐘，乾巴巴討好：「……小姐姐，怎麼不早說，我剛剛在開玩笑呢別當真。有什麼事情僅管吩咐，小弟我上刀山下火海，立馬給您解決！」

「不需要上刀山下火海。」她曲起一隻腿，微微彎腰讓手肘撐著膝蓋：「明早借用我半個鐘頭就行了。」

這麼簡單？深怕她反悔，立刻輕脆的答應：「沒問題！不過妳要給我介紹誰啊？我擇偶標準很高的，最好要腰細腿長、膚白貌美、善解人意……」

「放心，你說的這些都有，不過人家小姑娘也是要挑人，我給你們安排相個親如何？」

這回換魏嘉誠輾轉難眠了。收了線後，他整個人就像打了雞血一樣，激動得從床上跳起來對著空氣無聲打幾拳，笑容想收都收不起來。

他暗暗在內心深處發誓，往後要對林星海鞍前馬後，以報大恩大德。

❖ ❖ ❖ ❖ ❖ ❖

翌日，魏嘉誠掛著熊貓眼前去赴約。

這是條小巷口，一所大學是這區的地標，空氣被昨日大雨過濾一次，清澈乾淨，蒼穹上只綴有幾片疏雲，一眼便能見到湛藍底色。

他對著巷口名字，很快的認出人來。

林星海穿著黑襯衫和黑褲子，顯得身材愈發苗條清瘦，雙手環胸靠在牆邊，腿向後微彎踩著牆面，頭上頂鴨舌帽，露出一截白皙下巴，模樣又酷又跩。

「嗨！」魏嘉誠朗聲招呼，見她抬頭神情淡漠看過來，笑著活潑招手：「我來了！」

她頷首，朝他勾勾手指示意過來。

魏嘉誠屁顛屁顛的跑過去，直到站立到她跟前，才發現她正一眼不眨的盯著自己。

林星海雙眼比以往晶亮，像要裡裡外外的把他看個通透。魏嘉誠被盯得難為情，忽然冒出一個大膽的想法，頓時嚇得瞪大眼：「妳、妳不會是對我……」

她打斷：「一點興趣也沒有。」

魏嘉誠一張臉垮了下來：「妳也別說得這麼絕嘛。」

「聽好了，等會你只需要站著。」林星海直截了當開始交代，抬頭繼續打量他，越看越滿意自己的眼光。

魏嘉誠一米八五身材稱不上魁梧，但肩膀偏寬，氣勢上不輸一般街邊流氓。

就是表情像個小媳婦。

「你表情兇狠一點。」

「這樣嗎？」

「再兇一點。」

「這樣？」

「……算了。」

她扭頭不再說話，魏嘉誠也不敢問，只冥冥中覺得有重任在肩，渾身都亢奮沸騰起來。莫名有種歷險記的感覺呢！

十分鐘後，巷口一端拐進一名少女，一頭波浪長髮，穿得一身白洋裝和帆布鞋，肩膀挎著惹眼的GUCCI名牌包。

她低著頭滑手機，漂亮修長的水晶指甲在陽光下熠熠發光，路過公寓門口時，忽然眼前一晃，前方被擋住了。

簡萱皺起娟秀的眉，語氣不善：「借過。」

前方的人半點挪動跡象也沒有，簡萱不滿的抬頭，狠瞪了眼這身穿全身黑的女子，繞過她離開。

對方卻腿一橫，擋住她的去路。

來人是針對著她的，簡萱心裡咯噔了下，表面故作鎮定的問：「找我有事？」

女子慢慢勾唇笑了，眼角微揚，那鴨舌帽下的表情說多囂張就有多囂張。

唇清晰吐出三個字：「找、妳、碴。」

這「碴」字一落，林星海從後揹包抽出棒球棍，眼底閃過一絲暴戾，單手橫劈過去。

簡萱嚇得花容失色，尖叫拔腿就跑：「啊——」

棒球棍「砰」聲打在她的屁股上，好不響亮。簡萱狼狽前撲在地上，面子都丟光了，整張臉一陣青一陣紅。

直到看見林星海身後走出的魏嘉誠，簡萱臉色倏地刷白，這男人身材高大，臉上粗眉緊皺，目光如炬的望著她，表情還十分兇狠。簡萱原本還有一絲底氣，現在雙腿澈底軟了。

左右看了下，巷口太過偏僻，根本沒有人能求助，她急得眼淚在眼眶打轉。

女子將棍子在掌心掂了掂，漫不經心的提醒：「捂好後腦，如果妳不想腦漿四溢。」

簡萱心底一悚，這回真的嚇哭了，連滾帶爬的往後跑，忽聽後方咻一聲沉低的勁風颳過，令她牙關一酸。

跑！遠離這個魔鬼！

她太過慌亂沒留意到腳邊，「哐」一腳踩進水溝裡，摔了半個人進去。

林星海幾步走過來，到她面前蹲下身平視。

「簡萱。」

她愣了片刻，漸漸瞪大眼睛：「妳、妳怎麼知道我名字？」

林星海一刻也不想廢話，單刀直入的說：「這裡攝像頭壞了，事後什麼證據也不會搜到，報警也解決不了問題。」

頓了一頓，語氣中帶有使人膽寒的笑意，「妳可以選擇向父母求助，不過他們身為殫見洽聞的公務員，應該做夢也沒想過，自家乖女兒會因霸凌別人而遭報復？」

她嚇得渾身瑟縮，女子卻用手指抬起她的下巴，簡萱被迫抬起頭，目光閃爍不敢與她對視。

林星海愉悅的彎唇，一雙明眸勾人魂魄，像極了隻老謀深算的狐狸：「想好怎麼好好跟宋亞晴道歉了？妳最好祈禱我們不會再見面，要是我不滿意，隨時還會再回來。」

話落，她站直身，棒球棍搭在左肩，回頭掃了眼魏嘉誠，抬抬下巴示意跟上。

魏嘉誠摸了摸鼻子，屁顛屁顛的跑過去，經過簡萱面前時，不忘齜牙咧嘴裝作兇狠。

直到彎過巷口，他才如釋重負的鬆口大氣，接著小心翼翼的瞟了眼前方的林星海，她身影筆挺瀟灑，帶著幾分流氓的痞氣。

❖ ❖ ❖ ❖ ❖ ❖

兩個鐘頭後。

余涵光今日身體狀況不佳，從俱樂部出來，忽然憶起一件事，頭疼的揉揉眉心。最終決定親自跑一趟，剛抵達咖啡廳，一眼就捕捉到心情特別好的魏嘉誠，朝著大門口大喊「哈嘍余大人」，甚至吹起口哨來。

「你知道嗎？我要準備脫單了。」魏嘉誠端著茶一下子飛了過來，迫不及待的分享好消息，講得眉飛色舞：「林星海給我介紹了個女孩，剛給我電話號碼，聽說她腰細腿長、膚白貌美又善解人意。」

余涵光顯然對後面一系列成語沒興趣，握了握略溫的陶瓷杯，慢條斯理地抿口茶，那骨節分明的手指彎起好看的弧度，膚白與色澤襯得指下的陶瓷黯然失色。

「你曉得林星海是做什麼的嗎？」魏嘉誠摸了摸下巴，瞇起眼睛揣測起來：「我今天差點被她打人的那股狠勁嚇死，以後少惹為妙，太可怕了。」

余涵光抬眼看他，示意繼續說下去。魏嘉誠興致勃勃的拉開椅子坐下，肘骨撐著桌面雙手相抵：「從一開始我就覺得她給人的感覺神神秘祕的，然後我剛剛突然有個想法……欸，林星海會不會是什麼地痞流氓啊？」

……地痞流氓。

余涵光眉梢嘴角染上淡笑：「怎麼說？」

魏嘉誠知道他不相信，搖搖手指，一臉「你不明白」的表情，替他分析：「那是因為你們見面的時候，她剛好都比較狼狽，車禍的事不是讓你一直耿耿於懷嗎？然後她又接著說缺錢，成功引起你的惻隱之心，覺得我在工作上欺負她。啊啊說到這個，我真的沒欺負她哦，我只是偷懶一下……」

「鈴鈴。」

魏嘉誠虎軀一震。

下一瞬，他飛快地抓起手機，頭一低，眼球都要黏到螢幕上了。

這是封極短的簡訊。

——嗨，我是安晨，我聽星海說過你。

不曉得哪時候方便見一面呢？

魏嘉誠整顆心都要化了，埋頭迅速回覆。

余涵光等了幾分鐘，見魏嘉誠魂都沒了，目光渙散全程盯著手機，最後索性就不等，站起身靜靜離開。

等魏嘉誠重新抬頭，才發現自己太忘我，剛才貌似晾了余大人幾分鐘。

而餐桌上，則安靜的躺著一張票。

❖ ❖ ❖ ❖ ❖ ❖

就在幾個鐘頭前，宋亞晴一早到校沒看見簡萱，不由得鬆了口氣。到了下午的課，她一派輕鬆的入了教室，卻被簡萱堵在走廊上。

宋亞晴心臟砰砰直跳，眸光閃爍：「妳、妳要做什麼？」

簡萱一張白淨的臉上，一雙娟秀的眉緊皺。她經歷過早上的事情，現在想起來都心有餘悸，當時回家換下那滿是泥濘的連衣裙後，仔細思考起來，原本以為宋亞晴無依無靠，沒想到也是有後臺的。

然而宋亞晴的臉色蒼白，看起來完全不知情？簡萱嗓音一沉：「早上有人找過我。」

宋亞晴更加茫然了。簡萱霸凌她的事已眾所週知，眼見走廊上圍觀群眾愈來愈多，她緊張得手心滲了層汗水。

「妳是在裝傻，還是真不曉得？」簡萱難堪的咬緊牙根：「有個女生來找我了，脾氣臭得不行，拿著根棒球棍……說因為妳而找我碴。」

宋亞晴臉色從茫然到震驚，最後目瞪口呆，是安晨嗎？不，以安晨那個性子頂多口頭上挑釁，哪敢來真的。她靈光一閃，想起昨晚林星海才和她要過簡萱的相片，一個蠢蠢欲動的念頭從心底破繭而出……

簡萱卻很忌憚林星海，更沒有要透過宋亞晴來刨出真相的意思，閉上眼，豁出去了：「宋亞晴。」

「啊？」

「對不起。」

周身一陣騷動，每個人不可思議的朝她指指點點，最訝異的人莫過於宋亞晴了，一波接一波的重大消息襲來，整個人像被施咒了般僵在原地。

簡萱算是澈底顏面掃地了，卻仍高抬著下巴：「妳別以為我怕妳了，我只是不想再被找麻煩，知道嗎？」

「喔……」

這段插曲後，宋亞晴直到放學都被行注目禮，然而比起簡萱難得的示弱，令她更感到訝異的是，林星海這樣淡漠清冷的人竟會護著她。

一路快跑回到公寓，她先看見玄關處的安晨正彎腰在換拖鞋，牆燈照得她背上的黑髮如瀑。

「林星海回來了嗎？」宋亞晴劈頭就問。

安晨匪夷所思的瞟她一眼：「星海也剛回來不久，在裡面……」

宋亞晴不等她講完，「蹬蹬蹬」地踩著木質地板跑進去。

此時林星海正在房間內換衣服，毛衣掀過肩膀，大門碰一聲被打開，只見宋亞晴紅著眼眶，像隻八爪魚跳過來掛在她身上不放：「——星海姐！我就知道妳是個刀子口豆腐心的人，太講義氣了嚶嚶嚶……」

話落，眼淚啪嗒啪嗒地全掉了下來。

她神色淡然看不出喜怒，嘴唇也緊繃著：「她跟妳道歉了沒？」

宋亞晴哭得一把鼻涕一把眼淚，紅著眼說：「道歉了道歉了道歉了……」

此時安晨匆匆忙忙地進門，撞見宋亞晴不雅的掛在林星海身上，一瞬錯愕。

她頭疼的揉揉眉心：「我以為發生了什麼事。宋亞晴，妳至少讓星海穿好衣服吧？不知情的人以為妳們搞百合呢。」

宋亞晴這才注意到林星海衣服還掛在一半，依依不捨的鬆開，接著對安晨連珠炮來。

「星海姐多威武啊，簡萱當時一定嚇得屁滾尿流。」

「以後不用再看簡萱臉色了。」

「原來有靠山的感覺這麼棒哇哈哈哈……」

「我說呢，星海姐就是刀子口豆腐心的類型！」

林星海轉身穿好衣服，淡淡的說：「安晨，妳替我辦件事。」

安晨剛聽完好消息，樂得眉開眼笑：「什麼事啊？」

林星海邁到桌邊給自己倒了杯水，冰涼的玻璃杯扣在手裡，水波輕輕晃蕩，湊到唇邊抿一口。

「去跟一個人相親。」

「誰？」安晨漸漸瞪大眼：「李鐘碩嗎？孔劉嗎？朴寶劍嗎？」

林星海意外深長的笑了：「跟我一個朋友，叫魏嘉誠。」

安晨倒退三步：「凡間的男人我都看不上。」

「妳就去嘛。」宋亞晴突然插嘴，笑眯一雙眼睛：「都幾歲啦，還活在幻想裡？我看妳乾脆趁機找個真正的男朋友，順便把幻想症治治。」

安晨一張臉都垮了。

❖ ❖ ❖ ❖ ❖ ❖

兩日後的晚上。

林星海盤腿坐在沙發上，電視機放著新聞臺，女主播溫和好聽的聲線充斥著室內。

「一週後，就要迎來大家期待已久的世界花式溜冰錦標賽，我們可以從畫面裡看見，余涵光已抵達西班牙，機場被熱情的粉絲擠到水泄不通……」

她原本有些昏昏欲睡，聞言渾身打了個顫，一下子瞌睡蟲都跑光了，抬眼看向屏幕。

畫面裡無數的粉絲被隔在欄外，男女老少，每張面孔都掛著朝氣蓬勃的笑容，舉著應援布條。鏡頭霍然一轉，這些粉絲佔滿候機大廳，延伸至機場大門外，密密麻麻的看不見盡頭。

人群忽然一陣騷動。

「出來了！」

那扇寬廣的玻璃自動門映入一抹人影。

「是余涵光！」

自動門緩緩開啟。

年輕男人一襲長版黑色羽絨外套，襯得身形高挑，刺眼的燈光從上方籠罩，面孔模糊看不真切。

他拉著行李大步流星，直到前方爆出熱烈的尖叫聲，余涵光腳步一頓，瀏海下方的那雙漆黑瞳仁，也逐漸升起一絲柔和的光亮。

身側幾位保鑣擠開人群試圖開道。

「——余涵光！」

「比賽加油！」

「你可以的！」

這幾聲應援開了頭，整片人群瞬間轟動，加油聲此起彼落，站在前頭的一位女粉絲近距離看見余涵光，伸出手來。

他經過時停下來，用修長的手握住，頷首微笑說了些什麼，從那薄唇口型看得出是「謝謝支持」，被海浪似的叫喊聲一波高過一波淹得聽不清晰。

隨即手鬆開，即使只有這一瞬，那位女粉絲已經控制不住情緒，摀住嘴巴，眼淚「刷啦」瀑布似流了下來。

每位欄內的粉絲只要伸出手，他都會禮貌的回握並接過他們的心意，沒一會就鮮花抱滿懷，再次由隨身保鑣接過去。

一路上走到出口，耗上許多時間，然而從始至終，他清俊面龐上都沒有露出半絲不耐。

此時，電視機前的林星海不禁被這氣氛感染，腦海裡浮現出他首次自我介紹時，也是這麼伸出那骨節分明的手，手指溫度偏低，五指稍作收攏即鬆，冷與熱只在一瞬相觸。

過於真實的感覺，頓時渾身雞皮疙瘩都起來了，一顆心臟砰砰直跳。

「請問您想對電視機前的粉絲們說什麼？」

一名記者擠過人群舉著麥克風問道。

他看向鏡頭，唇角微勾：「拭目以待，我會帶來金牌。」

簡單明瞭、勢在必得。

那雙黑色的眼眸，好似一汪看不見盡頭的深潭。

❖ ❖ ❖ ❖ ❖ ❖

林星海是在隔天接到魏嘉誠的電話。

他說：「有個好消息要告訴妳，超級大的好消息，平常人求都求不到的好消息！」

「有屁快放。」

魏嘉誠渾身一抖，這語氣，明明就是個女流氓！

他接著說：「我看妳那麼努力工作，打算給妳放個帶薪員工旅遊！以後別說店長對妳不好！」

什麼旅遊？

「不用了。」林星海眉頭一皺：「我才入職一個月不到……」

他趕緊解釋：「妳一定要去，我票都給妳訂好了，不想去也得去。」

「票退錢，我留在咖啡廳，你自己去吧。」她推託。

「不不不，票退不了。」他誠誠懇懇的說：「我留在咖啡廳，妳去旅遊。」

他這個小氣巴拉的店長，怎麼突然大方起來，逼著她去放假？這怪了。

「店長。」她意味深長的說：「你還是坦白從寬吧。」

魏嘉誠：「……」

行，他說還不行嗎！

「我和余涵光討了張世錦賽入場票，短曲、長曲、表演滑三場都有，本來打算自己去的。」他聲音委屈得不行，「哪知和安晨相親時間撞了。」

原來如此。

「怎麼不送別人？」

「當然是為了答謝妳牽線呀！」

她一彎唇，冷冷的道：「說實話。」

「呃，我說啊，給外人送票會惹到某種人，就是他們往後，都糾纏著我再給他們開個後門。」魏嘉誠甕聲甕氣的道，「那種人只要看見余涵光，都恨不得在他身上討好處，這種人我可不敢送，送了會惹麻煩，要是糾纏到我們咖啡廳怎麼辦呢？而妳就是個奇葩，至少讓妳去，不會惹事生非，咖啡廳的事妳也早就知道了。而且……」

「而且？」

「啊……涵光說過要多照顧妳。」

倆人沉默三秒鐘，魏嘉誠笑出聲。

「但是林流氓，有條件。」他調皮的說：「記得在安晨面前多說點我的好話。」

她直接掛斷電話。

「去西班牙看比賽？」

在室友鍥而不捨的詢問下，林星海整理著行李說出行程，當安晨聽見這回答，愣了好一段時間。

「原來星海姐是涵光狂粉。」宋亞晴雙手捧頰，一臉憧憬，「真好，我也好想去西班牙看比賽。」

安晨忽然發話：「不是有一句話是這麼說嗎？『沒親眼一睹涵光，半生富貴也枉然』。星海，妳去完這趟，人生也算是有個交代了。」

……什麼叫有個交代，林星海心中萬馬奔騰。

宋亞晴頻頻點頭：「余涵光不僅長得帥，實力又好，我有一個同學特別迷他，為了看他的比賽，在電腦前守了整個晚上，結果還是沒搶到票。」

「據說都是要特別申請，再依據每個國家分發的票數抽票。」

宋亞晴眼睛瞪得跟銅鈴似的：「安晨，妳怎麼知道得這麼清楚？別跟我說妳又換老公了。」

她溫溫一笑，「我不跟朋友搶老公。」

說完，兩道視線，意味深長的停留在林星海身上。

「……」跳到黃河也洗不清。

林星海對花式滑冰這項運動，本來就不太熟悉，所以對這趟旅行沒有抱有太大期待。

不過既然是多出的票，又是帶薪假期，不去白不去。

告別室友，林星海整理好行李，赴往機場，一路順暢直達到過海關，她很快的拉著行李箱上了飛機，找到自己的位子坐下。

❖ ❖ ❖ ❖ ❖ ❖

「各位旅客早安，歡迎您乘坐本航空公司，此航班前往巴賽隆納。為了保障飛機通訊系統正常運作，請將手機設為飛航模式……」

坐在旁邊的是一位身材臃腫的男性，渾身散發著刺鼻的狐臭味。

這趟旅程整整有六個小時，林星海盤算著一上飛機就補眠，被這味兒熏得睡不著覺。

睜開眼，想拿前方椅背上的毯子，發現他還脫了鞋襪。

她胃一陣翻江倒海，乾脆人一躺，毯子蒙住臉。

或許鼻子被摧殘得嗅覺疲勞，她漸漸的要沉入夢鄉，心中卻像長了草，第六感警報響個不停。

忽然，身邊如雷的鼾聲驚醒她。

林星海最終還是睡不下去了，也不知為何自己這麼惴惴不安，點開平板看電影，只暗暗祈禱時間過得快點。

中途空服員經過兩次，都是無奈又歉意的眼神，林星海連續點了兩次柳橙汁，抬腕看錶，才起飛三個鐘頭不到。

身旁的鼾聲停了，男乘客醒來上了趟廁所。空姐第三次經過時，帶來了一個好消息：他被升等到商務艙。男乘客歡天喜地的離開，身邊座位很快空了。

空氣瞬間清新了起來，林星海終於能好好睡一覺。

然而過沒多久，她剛將椅子調好，找了個舒適的角度躺，餘光瞥見一抹身影。

隔著一條走道，位子上坐著一位惹眼的男人，由於剛才視野被擋住而沒注意。

他的長黑髮披散在肩上，窗外的陽光照得他五官模糊，襯衫領口隨興敞著，手上一杯紅酒，整個人顯得野性又慵懶。

察覺到視線，他側頭望了過來。

對到她的視線，似乎極淺的笑了下。

林星海還沒回過神，他竟然站起身，朝她徑直走來。

幾步就到她身前，一手扶著椅背，一手撐在扶手上，用這個姿勢讓她禁錮在位子上。

接著緩緩俯身。

整個過程裡，將林星海驚訝的眼神收入眼底。

他身上的酒氣濃烈，伴隨低沉的嗓音響起：「秦詩瑤，好久不見。」

林星海看著他，耳朵嗡地一聲響，思緒像突然炸開了。

❖ ❖ ❖ ❖ ❖ ❖

早些年，夏至的太陽高掛天際，陌生的石子路面崎嶇不平，一步步踩上去，都能感受到灼燙。

她就像個普通的女孩，呆坐在路邊，腦袋被烈陽烤得混沌一片，眼前繁華的街景，和她都不在相同的時空裡。

知道被全世界遺棄的感受嗎？

打從有記憶開始，她什麼也不是。

連自己都不是。

秦詩瑤在原地枯坐了很久很久，直到太陽西落，風中摻雜絲絲涼意，接著夜幕低垂，一會兒漫天便綴著浩瀚星辰。

她站起身，沒有目的的在陌生的城市裡行走。

最終回過神時，自己已走進一條小巷，沒有半盞路燈，頭頂是一條條交錯的天線，黑燈瞎火的格外悚人和淒涼。

周圍全是老舊住宅，左側牆面上有個一米寬的縫隙，延綿了條殘破石階。不時傳來遠方像鐵在摩擦的尖銳聲響，似乎是風吹的。

秦詩瑤又餓又冷，也顧不上害怕，兩手搓著手臂取暖，沿著石階走上去。

現在傳來的是別的聲響，像是塑膠袋被捏在掌心揉弄。而這次聲音很近。

突兀的男音從後方傳來：「不要上去。」

她嚇得像隻被踩了尾巴的貓，退了幾步遠，回過頭循聲而望。

牆角漆黑一片，勉強看得見身影，有個人席地而坐在那，身旁滿是酒瓶和幾袋食物。

街友？這是她第一個想法。礙於看不清，她怯生生問：「……為什麼不能？」

他沉默片刻，晃了晃酒瓶，仰頭暢飲一口：「上面治安不太好。」

說得她好像非得上去一樣。

秦詩瑤早已打消念頭，盯著滿地幾袋食物，隔三步遠都嗅得到濃烈酒香與食物香——咕嚕嚕。肚子配合地唱起空城計。

她乾站在原地，手心冒出冷汗，還是沒等到男人的許可，主動低聲問：「能不能分我一點？」

已經整整一天沒吃飯，秦詩瑤身無分文，沒肯拉下臉，現在卻根本管不了那麼多，和同樣境遇的街友開口，反而沒那麼傷自尊，真是個奇怪的感受。

那人隨興的點點頭。似乎吃飽了，身體向後一靠。

秦詩瑤走過去，學著他席地而坐，拿了其中一袋，迫不及待拆開看，滷味香撲鼻而來，還熱騰騰的，一邊還有瓶未開封的柳橙汁。她馬上拿起竹筷大快朵頤起來。

身邊的他一直很安靜，慢緩緩地搖晃著酒瓶，偶爾仰頭灌幾口。

秦詩瑤吃飽後，渾身都暖和起來。

「謝謝，等我之後掙錢了，再回報你一頓大餐。」

他還是沒回話，只將手中酒瓶遞過來。

那手指修長，一條觸目驚心的傷疤，從手背蔓延到虎口。秦詩瑤看著心驚，抬眼細瞅，他的臉隱在影子內看不真切，輪廓卻是像個還算年輕的男子。

他嗤笑：「知道要怕？」

秦詩瑤囁嚅幾下，搖搖頭，接過酒瓶，那玻璃瓶身還有餘溫。她就著瓶口喝一口，實在嗆得不行，硬是吞下，喉嚨彷彿快燃燒起來，舌頭瀰漫著苦澀的味道。

「成年了？」

她又搖搖頭：「再一年。」

手上一空，酒瓶被奪走了。

「喝袋子裡的柳橙汁。」

之後他自己安安靜靜把整瓶酒喝完。

兩人不知道枯坐多久，石階上忽然端出現密集的腳步聲，幾抹身影飛快走了下來，都是二三十歲的男生，面色不太友善。

他們走到身邊那名「街友」面前，為首的人喊道：「徐哥，事情辦好了！」

秦詩瑤轉過頭。

他已經站起身來，身材很高挑，那一直藏在陰影裡的面龐，也終於被她看清——遠山般的目光，直挺的鼻梁，下巴還有些鬍渣。他的頭髮比尋常男生還來得更長，披散在肩膀上，野性散漫，骨子裡都透著成熟男人的味道。

他從口袋掏出根菸含在嘴裡，偏頭點燃，一點火光在黑暗中格外清晰，兩指夾著菸，煙霧從唇邊緩緩吐出。

居高臨下的看她一眼，眸色晦暗不明，深深沉沉。

——徐傾。

秦詩瑤和徐傾初次見面，她是無家可歸的少女，為討口飯吃而接近了他，徐傾則是帶領一幫惡棍的神秘男子，淡看人間冷暖，視人命如草芥，不畏生死。

十年後的秦詩瑤總是想，這種危險的人，本不該相識。

然而那時的她，哪知自己還能多活十年？

她只想著當個自由的人，悄悄翱翔在夜空中，再也別回到有秦母在的家。

轉眼就是幾年後，徐傾招惹上眾幫派，他逃亡了七天七夜，離開熟悉的都市，闖進西部荒郊。

最後一次見面，他們站在懸崖邊，狂風刺骨，那畫面深深刻在腦海裡，至今難忘。

「如果有下輩子，妳肯定不會想遇見我。」徐傾眼角微微上揚，帶著很淡很淡的笑意。

她思索半晌，喃喃自語道：「最好還是別有下輩子，活著太累了。」

「真不認我？」

「不認。」

他笑出聲：「真無情。」

徐傾。

若問誰能理解被全世界遺棄的感受，那麼他，一定切身體會。他和秦詩瑤是同一類人，在黑暗的末路上摸爬滾打，身軀靈魂千瘡百孔，活得筋疲力盡。

「那妳會想當什麼？」

她這次想了很久很久，最後抬起頭，看見夜空像綴滿熠熠生輝的寶石。

星海，就星海吧。

願能成為浩瀚星辰，不需尋找自己存在的意義，就這麼璀璨華美的待著，就算是靜悄悄地度過一生，便知足了。

之後秦詩瑤死了。

林星海活得如自己想像，那麼庸庸碌碌一事無成，只是多隱藏了一個不可言說的秘密。

「妳們信借屍還魂嗎？」

她看著宋亞晴明顯嚇到的表情，隨後皺起小臉：「別開玩笑了。」

大抵解釋了也沒有人會相信。

秦詩瑤忘了自己如何死去的，只是她睜開眼那剎那，全身就像脫力了一樣，躺在全然陌生的異國。她擁有了新的身分，以及新的容貌。

上輩子她出生於一個不美滿的家庭，拼死拼活就為出人頭地，卻在成年前被趕出家門；這輩子她沒有家庭，日以繼夜行屍走肉般的工作，依然一事無成。

「最好還是別有有下輩子，活著太累了。」

像在報復這句話，上天給她開了個玩笑。

❖ ❖ ❖ ❖ ❖ ❖

三月的西班牙，氣候宜人，湛藍的天空漂浮著大片雲朵。蔥蔥花林，陽光斑斕映在柏油路面上，偶有車輛從馬路上駛過。

四周充斥著蟬鳴，以及樹葉被風吹出的沙沙聲響。

余涵光剛從滑冰場出來，意識到身在國外，抬手將口罩摘下。

「涵光！」一道女聲傳來。

程素從後方追了過來，滿面笑容：「你要回酒店嗎？」

他停下腳步，頷首：「對。」

對方很自然的接下一句：「那一起走。」

那是為選手們預約好的官方酒店，倆人自然是安排在一起。

靜靜和他並肩走著，地上全是斑爛的樹枝影，兩人的身影模糊不清。她默了一會兒又道：「方便幫我提一下包嗎？」

余涵光低下頭看她，視線略過她清秀的臉龐，以及因緊張而蜷曲的纖纖手指。

他問：「怎麼了？」

「我想整理一下頭髮，剛剛出來都時候太倉促了。」看見他眉頭微微蹙起，程素臉色刷白，趕緊替自己解圍：「沒事，放地上也可以。」

程素彎腰把包放在地上，一面抬手去搗鼓那丸子頭，一面講些話活絡氣氛：「我說小魏這次怎麼不見蹤影？以前他賽前可都會纏在你身邊聊天呢。」

余涵光看著她放下頭髮，一股女人洗髮精特有的花香味傳來：「魏嘉誠昨天通知我，說臨時有事，來不了了。」

程素「噯」一聲，喃喃道：「太可惜了。」

余涵光只淡淡彎唇：「不可惜，有人會替他來。」魏嘉誠也告知了林星海的事。余涵光說：「我先走了。」

「啊……好的，路上小心。」她強顏歡笑。剛才分明說一起走的……

——程素，女子單人選手，眾人矚目的新一代名將，被稱為「冰上公主」，是實力美貌兼具的佼佼者。

她聲稱自己是余涵光的粉絲，從不缺席他的比賽，在公眾場合上也抱著真摯的心接近余涵光，不過去年被媒體爆出後臺照片，兩人單獨聊天的畫面，成功引起一波討論風潮。

有人說他們格外般配，也有人覺得他們同樣身為選手，聊聊天是正常不過的事。至於余涵光被媒體問及，他低調回答「是值得欣賞的朋友」，然後仔細分析程素在滑冰上的優點。

事實上，他們兩真的乾乾淨淨，沒有任何曖昧關係。

然而對於程素來說，就不是這麼一回事了。

目送了余涵光離開，想起剛才幾乎都是自己在找話題，他則是神情淡漠的模樣，程素心有不甘。

為什麼余涵光對她這麼冷淡？

明知一個單純的問候和關懷，她就會心滿意足了，卻從未主動過。

她揉了揉胳膊上練習摔出的瘀青，臉色蒼白的掉頭走人。

❖ ❖ ❖ ❖ ❖ ❖

翌日。

滑冰場外人山人海，每個人臉上都洋溢著笑容，喧鬧的氣氛引人熱血沸騰。遠方是漫無邊際的樹林，青山模糊，繚繞萬丈彤雲，風景如畫，彷彿成為兩個世界。

——眾人翹首期盼的花式滑冰錦標賽，終於來臨！

通過漫長的安檢，林星海沒有像尋常人，去一旁小百貨湊熱鬧，而是打算先入場等待，走在石頭路面上，眼前一些人們結伴說笑，耳畔都是雜聲。

滑冰場入口很大，裡頭走廊撲滿深咖啡色地毯，由於顧及到冰場設計，走廊同樣是圓形，繞著迂迴前進就像看不見盡頭一樣。

這比外面來得安靜許多，踩在地毯上一點兒聲響都沒有。

找到自己的票口，工作人員堆滿笑容迎來，林星海將票遞給他。

A026。工作人員只看了一眼，抬頭比了一個「請」的手勢，用西語示意要跟隨他。

工作人員推開了身後的門。隨著門縫愈來愈大，裡頭景物漸漸映入眼簾，直至完全大敞——數不盡的座位，明亮的燈光，寬敞潔白的冰場。

場內播放著輕快的流行樂，席位上已經不少人坐著等，雜語聲充斥著場內。

找到了位子後，林星海向工作人員道謝。

工作人員很快離開了。林星海望著近在眼前的冰面，環視四周一圈，發現自己幸運的坐在最佳位子，視野好極了。

「嗨。」

旁邊有道女音傳來。

一名東方面孔的年輕少女，正笑意盈盈地看著她：「講中文嗎？」

林星海點點頭：「妳好。」

少女驚喜地「啊」一聲：「那妳也是來看余涵光的嗎？」

她再次點點頭。

「太棒了！」少女笑露出牙齒，熱絡的說出來意：「介意當個朋友嗎？我這次自己一個人來，等得好無聊，而且好緊張哦！」

她有幾分宋亞晴的影子，性格開朗活潑，就算林星海的回應相對冷淡，但少女好像不在意，抓著她就嘰嘰喳喳聊個不停。

「我的家人也想來的，但只有我的票被抽中，所以我就只好自己出國。」她搓搓被凍紅的手指：「人生地不熟的，語言也不通，路上碰到好多問題，現在能坐在這好像在做夢一樣。」

「嗯……」

「我們這位子是最棒的，就像VVIP，妳看。」她回身指指後方：「評審席都在我們之後呢哇哈哈哈！」

不曉得又聊了多久，少女討論起余涵光的考斯騰[1]、前幾天的公式練習狀況、曲目選擇等等，發現林星海竟一問三不知，大抵懷疑起她是不是真的粉絲，話也漸漸少了。

花式滑冰這項運動，對林星海來說十分陌生。

以前關注過籃球、網球，棒球賽事，花滑卻相對冷門些，只從電視上看過幾場比賽。可她也只是單純欣賞舞姿，對於打分、技巧等卻沒有研究過。

過往的記憶翻湧，她腦海中冒出個名字：「妳知道程素嗎？」

「怎麼可能不知道？」少女笑了下：「女單短曲剛比完，程素遙遙領先呢，我看這次金牌又十拿九穩了。」

是啊，林星海扯扯唇，就像余涵光一樣，生來就比其他人來得優秀。

此時一邊的講臺上，主持人開始活躍氣氛，音樂愈放愈大聲。

等待是最煎熬的。

---

[1] 英文costume，直譯為考斯騰，此指花樣滑冰選手演出時穿著的服裝。

十五分鐘後，第一組選手終於出來了。所有選手對林星海來說都是陌生的，看著他們在冰上流暢滑行，跳出令人嘆為觀止的旋轉，隨著時間推動，刷出的分數一個比一個還高。

余涵光被分配到最後一組的第二位，前面排四組人，今天比的是短曲，進行得非常迅速。第四組很快比完，工作人員上來補冰面上的坑洞，又讓澆冰車磨平了冰面，才退了下去，第五組選手魚貫入場。

林星海一眼就捕捉到余涵光。

他穿了件黑色運動外套，今日頭髮向後梳理，露出額頭，眼神尤其專注，動作俐落的滑上冰面。

六分鐘練習時間開始。

余涵光在冰面上滑行，還沒有開始練習跳躍。

而在林星海身邊的少女根本坐不住，余涵光每每從眼前經過，她一定要高分貝「涵光加油」、「涵光加油」止不住的嬌喊。

終於，在一次余涵光不知第幾次經過時，似乎被這鍥而不捨的喊聲吸引注意，側眸望了過來。

而這眼望過來，對上的居然是林星海的視線。

余涵光認出她，並不意外在此相見，頷首打過招呼，滑了一道弧線，留下一抹背影。

「啊啊啊啊啊——」少女瞬間被電暈，抓住林星海的胳膊：「他剛剛在看我？他剛剛看我了啊！啊啊啊啊我在做夢吧快點掐醒我快點掐醒我……」

「妳冷靜一點。」

「對不起嗚嗚……」她默默抬手抹了抹瀑布淚。

「……」

六分鐘後，選手們紛紛離開，將場地空出給第一位選手開始表演。氣氛變得有些凝重，每個觀眾都將視線放在那位選手身上，整座冰場容納了那麼多人，卻出奇的安靜，彷彿落下根針都能聽見。

這位選手曲目是首冷門的電影配樂。

鋼琴伴奏宣洩而出，年輕女中音歌唱，然而沒有太多人留意曲子，只因焦點全在那名男選手身上。

他完全豁出去了，每個動作都強勁有力，旋轉俐落，引起陣陣掌聲四起。

林星海只覺得他神乎其技，寸寸都顧及到完美。唰唰兩聲，身影如電跳出4T+3T[2]連跳。又是掌聲四起！

最末，琴聲如流水般，向上一個琶音，將氣氛帶到最高點。

一個單足直立旋轉。

完美落幕。

兩分鐘的表演，轉眼就這麼過去了。

選手氣喘吁吁的敬禮，臉上掛著滿意的笑。

「下個就輪到涵光了。」少女緊抿著唇。

林星海沒搭腔，心底確實也有那麼一絲緊張。競技便是如此殘酷，努力爭個頭破血流，終究有一人需被淘汰。

廣播響起，這名選手一邊擦汗一邊聽著，直到聽見最後分數，激動得整個人從椅子上彈起，而一旁笑得開懷的教練則將他抱個滿懷。

「101.05，難得一見的好分數啊。」少女毫不吝嗇的鼓掌，眉宇間染著期待：「不過我們的涵光不會因此退卻！」

現在余涵光已上了冰場。

---

2 後外點冰四周跳＋後外點冰三周跳。

全場群眾都開始鼓譟起來，打氣的吶喊聲與歡呼聲交雜在一起，冰冷的空氣彷彿溫度都開始上升。

林星海的目光也落在場中央的余涵光身上。

他上場前脫下運動外套，現在是一身惹眼的暗紅色考斯騰，白珠繡從衣領一路點綴至腰部，黑色手套，舉手投足仍是從容，適才的精彩演出沒讓他受到影響。

林星海沒有事先看過這項表演，也是第一次看見他穿著如此華麗，突然間，心底的好奇也悄悄萌芽。

他要跳什麼曲目？像前一名選的電影樂曲、或者最常見的古典音樂、還是……

來不及細想，鼓聲已替他開了場，電吉他的聲音同時從耳邊炸開。

他單手向後輕輕一划，身姿開始滑行，速度極快且順暢。

就像無聲宣告著，這麼大一個冰場，都是他的舞臺。

也只有他，能讓舞臺的色彩變得鮮活絢爛。

助滑時刀刃划過冰面的聲響愈來愈大聲，然後戛然而止，右足點冰，身形騰空躍起旋轉，此刻畫面就像被摁下放慢鍵——黑髮隨風飛揚，衣裳的水晶珠繡綻放點點光澤，襯在鮮紅底色上美而炫目。

唰一聲落冰。

觀眾席猛然爆出歡呼與鼓掌聲！

強而有力的四周勾手跳，成功令眾人瞠目結舌。

接著緊湊的高難度步伐，他輕鬆自如化解，每個環節澈底融入這沸騰的搖滾樂，紅唇也微微勾著，直線滑行至接近邊緣處，再次跳躍。

3A+1Lo+3S[3]。

震耳鼓掌聲再次響起，然而節目已達高潮，鼓掌聲被他的身姿牽引，眾人隨著音樂拍出節奏，氣氛像是有火在燃燒。

吉他獨奏和密集鼓聲衝上雲霄，而他一身紅色考斯騰，在觀眾眸裡彷彿映出一簇火焰。

最末他蹲踞旋轉、清晰變刃，旋轉速度加快。

他昂首張開雙臂，讓人看清那雙明亮澄澈的眼睛，戴著黑手套的食指順勢一勾，倏地引起女生們陣陣尖叫聲。

做完一系列動作，他低下頭，不太好意思的笑了。

整個節目clean[4]。

兩分鐘的短曲項目，就像轉眼盛開的璀璨煙花。

——「不親眼一睹涵光，半生富貴也枉然。」

余涵光直起身，得體的敬禮。

所言非虛。

放眼望去，觀眾席上密密麻麻的人們，全都起立鼓掌，無數應援旗被不停晃動著，每個人臉上都帶著欽佩與感動。

此時此刻，對手有什麼重要？排名又代表什麼？

他已是最優秀的人，世界只為他而駐足。

---

3 三周半跳＋後外一周跳＋後外三周跳。

4 指節目中沒有任何失誤地完成全部的技術動作。

余涵光坐在等分區，仔細聆聽一旁教練的叮囑，一邊拿著乾淨毛巾擦額頭上的汗水，這模樣被照在大螢幕上看得很清晰，由於低垂著頭，修長的眼睫在眼下打了層模糊的陰影，臉色也有些發白。

廣播響起，帶來了好消息。

分數是110.28！

歡呼聲再次鋪天蓋地而來，一波高過一波。

少女摀著嘴巴哭出來，剛轉頭想和林星海共享喜悅，卻見她已經起身要離開。

「妳要去哪？」

「回去了。」

「這麼快？不把剩下的看完？」

她頭也不回的擺擺手。

少女看著她漸行漸遠的背影，陷入沉思。

由於林星海言行有些古怪，剛才就有特地留心。

這名女子在看比賽的時候，也冷靜得出奇，沒有像尋常人拿相機錄影拍照、鼓掌或歡呼。她就這麼靜靜的坐著，雙手平放在膝蓋上，望著余涵光。

只是那雙明亮的眼睛，又好像在憧憬。

既然喜歡，為什麼不像大家一樣表達出來呢？真是個矛盾的人。

少女噘嘴，將視線投回冰場。

❖　❖　❖　❖　❖　❖

林星海快步離開。

裡頭比賽進行得如火如荼，外面毫無人煙，她獨自走了好一段路，心跳有些快，抵達接駁車站時，才感覺自己冷靜了下來。

一輛巴士已在那裡待命，司機看見她，開了門讓她上來。

林星海上了巴士，掃了眼空蕩蕩的位子，目光落在坐在最後一排的身影。

一名男子懶洋洋地斜臥在那處，獨佔整排位子，聽見動靜，緩緩睜開雙眼，看見等的人到了，便涼涼的笑出聲。

「出乎我的意料啊小秦。」徐傾低沉的嗓音迴盪在這封閉的巴士內：「以為你是來幹什麼的，居然是來看別人的表演。」

林星海揀了個離他最遠的位子，背著他坐下：「怎麼又是你？」

他「呵」一聲，單手撐著下巴，瞇起眼：「如果叫妳星海小姐，會不會比較受待見？」

「不會。」

「也不好奇為什麼我認得出妳？」

「我不知道你在說什麼。」

他也不勉強，只笑了笑，一時無話。

四周一安靜，林星海覺得感官都變得鮮明起來。

車窗外的鐵圍欄上有幾隻麻雀在蹦跳，望出去就是一片蔥蔥鬱鬱，巴士裡比起外頭還要清涼些，溫度與美景無不怡人。

司機在駕駛座等著發車，頭一點一點的打起瞌睡。

林星海枯坐著，氣氛有些奇怪，只感覺背後一雙眼睛直勾勾地盯她看。

她不想和他相認。

和以前的人牽扯在一起，彷彿會揭露她最深的一條傷疤，就算她這種想法很愚蠢，她還是不想和他相認。

「不會是對生活有新盼望了吧？」他有些戲謔的道：「妳以前最討厭比賽了。」

林星海突然轉頭，對上那雙帶著試探的雙眸，冷冷的道：「所以才說你認錯人了。」

他撐著椅墊緩緩坐了起來，臉上笑意消失殆盡，神情深沉而專注：「小秦，不要去盼望不屬於我們的生活。」

林星海眼眶一熱，低下頭讓頭髮遮住自己的側臉，喉頭乾澀不已。

徐傾忽然站起身，走了過來，蹲在她身邊，盯著她的後腦勺，有些無奈的笑了，忍不住抬手揉揉她的頭。

林星海背脊僵直，終於轉過頭來。

她一張小臉有些蒼白，眼睛長得很漂亮，眸子卻籠罩了層氤氳，又帶著嗔怒，像古井裡探出的天光，熠熠生輝。徐傾看著她的模樣，喉結輕微滾動了下。

他什麼也沒說，直起身單手插進兜裡，慢慢步下了巴士。

就著車窗，林星海看他安靜佇立在車站邊，摸出一根菸點燃，夾在手指上，也不見他抽，就讓火光慢慢地吞噬煙頭。

林星海很快移開視線。

片刻的寧靜使人昏昏欲睡，她心煩意亂的抓抓頭髮，雙眼一閉。

❖　❖　❖　❖　❖　❖

來到西班牙之後，時差至今都未調好。

然而懷著心事的入睡，也註定不會有什麼好夢。

滋滋滋。

耳邊響起扭動發條的聲音，轉到了底後，喀拉喀拉帶著節奏的響起，眼前也逐漸有了畫面，一臺節拍器放在鋼琴上，鐘擺左右晃動不停。

忽然，一名女子出現在身邊，面目猙獰的揪住她的衣領。

那時的秦詩瑤全身都麻木了，不斷的重複彈奏同樣的幾個小節，她的手指生得纖長，卻滿是縱橫交錯的傷痕，襯在白皙的底膚上觸目驚心。

她早已麻木，感覺不到一絲疼痛。

只是心底不斷提醒自己，繼續練習，否則妳死定了。

「小秦。」

一聲低醇的嗓音打斷了思緒，徐傾的身影突然出現在眼前，他的眼神很陌生很冷淡。

四周景物開始變換，變成初次見面的那條黑暗小巷，他唇邊叼著根菸，咬字含糊不清。

「不要癡心妄想。」他說：「我們注定活在社會底層，一輩子都出不來。」

林星海渾身一顫，睜開眼睛。

下雨了。

耳邊充斥著淅淅瀝瀝的雨聲，車內不知何時已經坐滿人，巴士也慢慢駛行著。

窗戶上佈滿雨珠，她打量著外頭，又巡視一眼車內乘客，沒有見到徐傾，大概是留在車站抽煙了。

他為什麼認得出她？

林星海長長嘆了一口氣，重新靠回椅子上，有些自嘲地彎唇。

巴士很快抵達，她跟著人潮下車。

忽然想起夢裡的話，就覺得徐傾說的話雖然不堪入耳，但其實也有道理的。她還真的挺傻，怎麼會聽從魏嘉誠的指令，跑來這裡看滑冰比賽？就算看過再多令人熱血沸騰的表演，她的人生還是要繼續走下去。

雨還是下個不停，她渾身淋得濕透的站在路邊。

路人不是叫好預定的車輛，就是招了計程車離開，有些人等車時有把傘可以躲雨，再不濟也是有結伴同行的朋友，淋著雨暢快地笑著。

而她，還是這麼孤零零一人。

車輛輾過水窪的聲音不斷響起，四周氣溫愈來愈低，耳邊模糊的響起車輛停駛的聲音，司機詢問了是否乘坐，見她六神無主，叫了好幾聲也不回應，低聲咒罵一句，拉上車窗疾駛而去。

時間流逝，人潮從多到少，從少到只剩下她。

「林星海？」

一道嗓音穿透雨簾。

余涵光比完短曲項目，便接受記者採訪，更換衣服和其他選手們道別後，也已過去了兩個鐘頭。

洪秘書駕駛著車輛離開，駛出不長的距離，忽然「咦」了一聲：「前面那不是林小姐嗎？」

余涵光從後座車窗望出去，一戶已拉下鐵門的家門外有個小屋檐，她身影單薄，在那裡避雨。

洪秘書推了推鼻梁上的眼鏡：「過去看看嗎？」

遠方有一輛計程車從對頭駛來，緩緩停在林星海面前。

「不。」余涵光看了眼手腕上的錶：「直接到飯店，醫生應該也快到了。」

「是。」

車輛重新向前行。景物緩緩倒退消逝，余涵光看著後照鏡她愈來愈小的身影，那臺計程車過了幾秒鐘便離開了，而林星海留在那一動不動。

余涵光眉頭一皺，怎麼回事？

彎過拐角，原本的畫面澈底消失在視野。

「洪秘書，麻煩你掉頭。」

洪秘書有些意外的看了眼後照鏡，握著方向盤俐落打了個彎。

很快回到剛才的轉角，車輛停在一邊，余涵光開門下車了。

「林星海？」

她依舊沒反應。余涵光走近幾步，重複喊了一次：「林星海。」

終於聽見了，她有些懵的抬頭，然後看見了他，雨還在持續下著，余涵光身上的運動外套肩線的部位很快濕了一片。

她太過詫異，張了張口欲言又止：「你……怎麼會在這裡？」

余涵光靜靜的看著她，沒有回答，無聲在詢問相同的問題。

迎接而來的是長久的沉默。

世界上彷彿只剩下雨聲，他們相對而立，一人站在屋簷下，一人站在雨中，誰也沒有說話。

良久，她才再次開口：「不用擔心我，你先走吧。」

余涵光嗓音柔和些許：「散場之後這裡很難再搭到車了，我們順路載妳去車站。」

她搖搖頭苦笑：「不用，我想自己待著。」

他遲疑片刻，微微點頭也不勉強：「保重。」

轉過身朝著車子走去，輕搆車門把，外套袖口因伸拉動作，露出一截骨節分明的皓腕。

只聽喀啦脆響，車門已開。

林星海目光落在他手腕上，皮膚很快覆上一層晶瑩剔透的雨珠。

「余涵光。」她下意識喊了他的名字，在他回頭之前說道：「今天的表演……很精采。」

他彎起眼：「謝謝妳。」

林星海注視著他，喉嚨一陣乾澀：「但是我打算明天就回國了。」

余涵光默了幾秒，等著她說下去。

「我覺得……這樣的表演，不應該留給我這種人看。」她說：「太虛無飄渺。」

他還是那麼寡言少語，沒有回應，等著她接著說。

「不是每個人都跟你的粉絲一樣，可以因為一場表演而被激勵。」林星海頓了頓，說得卻更快了：「也不是每個人都跟你一樣同時兼有幸運和天資，達到自己的目標。」

對她來說，很多人能達到的地方，不管如何努力都無法觸及。所以表演看過一場就足夠了，剩下的時間還不如拿來回去工作。

氣氛瞬間降到了冰點。她說完之後，原本堵得發慌的胸口突然找到宣洩管道，頓時暢快不少。

是啊，她是這樣的人才對。

這段時間結交了朋友，還擁有了穩定工作，活得都不像自己了。

她在期待余涵光帶給她什麼？

或者說……她期待自己什麼？

然而當林星海看見他蒼白的臉龐時，內心卻有些難受，剛才的話說得太重了嗎？他眾星拱月般的活著，應該對她這種言論不屑一顧才對。

——轟隆隆，一道雷聲響徹雲霄。

光線一瞬映在他乾淨白皙的臉上，黑色短髮已經濕透，雨順著瀏海從髮梢滴落，他目光沉凝的望著她：「後天還是請妳過來，就當作是對選手的尊重。」

言下之意，妳票都拿了，沒有作廢的道理。

片刻沉默，林星海都沒有作聲。

「我不知道妳經歷過什麼，但我知道，不斷否定自己的人，確實什麼地方都無法觸及。」

話落，他抬手抹去臉上的雨滴，直接拉開車門。

「洪秘書，幫林小姐叫車。」

「好的。」

他拖著疲憊的身軀靠在椅背上，抬手揉揉眉心閉目養神。

過了半晌，洪先生搖下車窗，對林星海囑咐說計程車五分鐘會到，便重新催起油門，駛進一片傾盆大雨之中。

此時手機鈴聲響起，洪秘書接通講了幾句，遞給了余涵光：「冉醫生找您。」

他接過。

「涵光嗎？」對頭的男子的語氣裡藏不住的關切：「你身體怎麼樣，有沒有哪裡不舒服？」

他輕應了聲：「沒有大礙，輕微暈眩。」

「那就好。」冉道軒鬆了一大口氣：「你要小心一點啊，不要把自己逼太緊了，暈眩症狀等等我再檢查一下，只要不跟心臟有關聯一切都好處理……」

他喘了口氣：「對了，我有追到直播！你簡直帥到我都羨慕死了，網路上一片女性觀眾都在尖叫排卵啊。」

……醫生講話方式都這樣？

冉道軒：「怎麼不見小魏蹤影呢？好想念我的好兄弟……」

余涵光這才想起魏嘉誠，無奈的笑了：「他去相親。」

「啊？」冉道軒一時沒反應過來，過了一會兒才氣得跳腳：「這見色忘友的臭小子。涵光，是不是你給他介紹的？還是程素？」

他回答：「不是。咖啡廳新進的一名員工介紹給他的。」

「女員工？」冉道軒一下子都亢奮了：「我突然想起來，自己好久沒去你的咖啡廳了，嗯，我一回國就……」

講到一半，電話那端一陣窸窸窣窣，洪秘書那嚴肅死板的聲音傳來：「冉醫生，余先生要休息了。」

「……喔。」冉道軒一下子蔫了下去。

洪秘書還在開著車，只語重心長的多勸了一句：「如果想找個對象，冉醫生還是先改掉暴躁易怒的脾氣吧。」

冉醫生的玻璃心頓時碎一地：「還有臉給我人生指導，你個性這麼一板一眼，照樣是魯蛇！」

——嘟。

❖ ❖ ❖ ❖ ❖ ❖

同一時間，宋亞晴費了九牛二虎之力，把安晨拖出門，雙手叉腰兇巴巴的威脅：「安晨姐，今天我就親自守在門口，要是妳不乖乖聽星海姐的話去相親，也不用想回家了！」

安晨囧臉站在屋外風中凌亂，完全誤交損友啊：「不是我不想去，只是我歐巴今天簽名會開放購票。」

「再囉嗦，我就把妳的朴寶劍寫真集全部拿去燒了！」

「別別別，我去就是了。」

安晨一步三回頭，滿面愁容的碎念：「跟星海才認識多久，胳膊肘就往外拐。」

門口的女孩對著她齜牙咧嘴。

抵達餐館，安晨輕易認出在門口賊頭賊腦的魏嘉誠。

魏嘉誠昨晚根本沒睡著，躲在被窩裡翻來覆去，腦海裡都是安晨照片的模樣，身為無神論者的他，祈禱了無數次，希望上帝保佑他相親順利。

他一來，即使已經刻意打扮過，頂著黑眼圈還是看起來憔悴無神，然而安晨倒是不在意，反正，魏嘉誠打扮了也不會變成李鐘碩，沒打扮也更不會像李鐘碩。她連他的臉都沒看，有點心不在焉的問：「你就是魏嘉誠？」

「是的是的，安小姐，我們進去聊。」

她即使不太樂意，臉上卻還是掛著生硬假笑。

魏嘉誠為了給她留下好印象，尤其紳士的替她開了門，他們倆一前一後進去，走向服務生安排的位置，魏嘉誠還細心拉開椅子讓她坐。

安晨睨了他一眼，哼，惺惺作態，男人一開始都是這個樣，到手之後，哪個還會這樣對女朋友？她想著想著，忍不住低聲喃喃：「無事獻殷勤，非奸即盜。」

魏嘉誠雖然正在和服務生點菜，但所有注意力卻都放在安晨身上，一字不漏的傳到耳朵裡了，卻一點也不難過，反而湊了過去：「無事獻殷勤，妳知道之後要接什麼嗎？」

「啊？」

「無事獻殷勤，非常喜歡妳！」

安晨以為他在點菜沒聽見，整個人都愣住了，服務員似笑非笑來回多看了他們幾眼：「男朋友惹妳生氣了？看在他嘴巴這麼甜的份上，快原諒他吧。」

安晨：「……」

服務員離開後，她頓時有點不好意思了：「我對你沒什麼偏見啊，就是看得多了，忍不住隨口感慨一句，別放在心上。」

「沒關係，一點都不會放在心上。」魏嘉誠咧開嘴笑，擺擺手：「妳才是不要嫌棄我個性，我唯一缺點就是有點聒噪，以後要是覺得我煩，一巴掌搧過來都沒關係。」

安晨苦笑，有點嫌棄的想，誰要跟你有以後了，老娘今天踏出這家餐廳，還要當自由自在的浪子。然後對方很快的證明，自己不僅是有「一點」聒噪了。

魏嘉誠自以為風趣的眉飛色舞起來：「我小學的時候，曾經暗戀過一名女同學，她就坐在旁邊，我整天盯著她白白嫩嫩的小腿，成績就一落千丈……我父母一氣之下，把我轉到男校。結果我男校一讀，就讀到了大學，出社會後就在咖啡廳工作，一直到了現在，成為咖啡廳的店長……」

安晨眼巴巴惦念著歐巴的簽名會，他說的話全是馬耳東風。她只不停低頭，偷偷從包裡拿出手機，焦急的看著時間推移。

「安晨小姐。」

魏嘉誠見她恍神，再次重複：「安晨小姐。」

她「啊」一聲：「怎麼了？」

「我剛剛問妳，妳平常都做什麼？」他笑得溫和。

「……噢，我平常也沒幹嘛，除了工作，剩下時間就是追星。」她如實道來，也不怕嚇著對方：

「我和星海，還有一位老朋友，一起合租，這樣特別省錢，剩下的錢則全都可以拿去買周邊商品、演唱會、簽名會票，當然還有高等相機。」

魏嘉誠聽得一愣愣的，對這些一竅不通。

他臉上卻不敢表現出來，裝作興致盎然：「妳知道池昌旭嗎？」

「當然！」安晨雙眼一亮，差點說溜嘴「我的前任老公」，趕緊逼自己冷靜下來，她現在在相親，必須要矜持、矜持！

「我之前看過他演的連續劇，真的很精彩，呵呵，呵呵……」他眼神飄移。

安晨卻一臉「我懂我懂」，捧著胸口陶醉道：「他簡直是天使！」

魏嘉誠其實對池昌旭的印象很模糊，但現在，他只能一味附和：「是啊，就像天使，但他有時候就像惡魔……」

「噢！」安晨倏地抓住他的雙手，嚇得魏嘉誠跳了起來。

她激動得雙眼竟然噙著淚水：「沒錯，你說得太中肯了，他尤其是那個……的時候，那個身材，就是個撩人的惡魔嗚嗚嗚……」

「安……安晨小姐。」他還是頭一次見到女孩子哭，手忙腳亂了起來：「請妳先冷靜。」

「哇啊啊！」安晨嚎啕大哭：「我怎麼可能冷靜得了！」

一番騷動，引起四周客人側目，指指點點。

第二章：我已歷經風霜

外頭下起了傾盆大雨。

林星海回到旅館，洗了個熱水澡，接著枯坐在床邊好一會兒，才起身開始整理起行李。

她腦子一片空白，只想起余涵光因為她，淋得全身濕透，卻依舊清亮的眼瞳，林星海差點就被他說服，不打算提前回國了。

就當作是對選手的尊重，這樣，是不是就好了？她一直躑躅不前。

此時，床邊的電話響了起來。

她走過去接起。對頭傳來流利的外語，她一面應著，眉頭皺得越來越緊。這是通前臺來的電話，說有人找她，可是她在這沒認識的人，又會是誰？

林星海拿好房卡，便搭了電梯下樓。

電梯小屏幕正靜靜跳動著樓層數，很快抵達一樓，隨著門沉聲緩緩開啟，電梯內橘黃色的燈光，一寸寸灑在外頭大理石地面。

她一抬頭，就見到兩張陌生的面孔，一男一女穿著西裝，早守在電梯口的等候區，一見到她，立馬就迎上來。

「林小姐，您好！」那女人一開口便是流利的中文，臉上掛著柔和的笑：「請問能不能借用您一點時間？」

男子則從西裝口袋裡拿出名片，遞給了林星海。

她一時摸不著頭腦，女人已禮貌又不容拒絕，請她一同前往旅館公共休息區。

「你們是……」

男子回答：「我們是外派來的記者，因為有些事情，特地前來，有些問題想和您確認。」

林星海一邊走，突然想起車禍的事，停下腳步：「我沒什麼好採訪的。」

「林小姐，真不好意思，我知道我們來得很唐突。」女子為難的皺起眉頭：「但這是我們的工作，正好又是……有點嚴重的事，我們不敢亂下定論報導，所以想請您幫忙。」

男子往前站了一步：「小姐，如果您願意協助，我們一定感激在心。」

「林小姐，請您先不要急著拒絕。」女子從善如流地接話，笑意盈盈：「一定不忘給您謝禮。」

平常人見了，大抵都會因他們的熱絡誠懇而產生好感，但那兩雙飽含和善笑意的雙眼，落入林星海眼裡，就好像毒蛇凌厲的眼，試圖洞穿她的心事。

她不動聲色，微微一笑：「你們找錯人了吧？」

女子和男子相看一眼。女子又環顧四週，四下無人，旅館安靜得落根針都聽得見。

「那我就直說了。」女子筆直望向林星海，字字清脆：「我們是為余涵光選手的事而來的。兩個月前，有目擊者，現場發現他與您發生車禍，抱持著要將真相廣傳的精神，請您將事情告知我們。」

果然是因為這件事，不過……

「真相廣傳？」林星海再次皺起眉頭。

「即使是再多麼優秀的選手，我們都不能姑息，任何肇事逃逸的犯罪者。」女子嗓音一沉。

她仍帶著笑意，說著帶刺的話，林星海心中彷彿有片土地，正一點點一點點，緩緩往下墜。

「你們在說什麼？」林星海處驚不變，語氣很淡：「你們找錯人了，我對這件事不知情，所以請不要再追著我跑了。如果下一次你們再來打擾我，我會叫警察來。」

他們倆同時一愣。眼前的女人，清秀的臉龐上，眼神平穩無懼，真一點破綻也沒有。

林星海用餘光睨他們一眼，沒有多說，徑直離開。整潔乾淨的走廊上，徐徐傳來她的喃喃自語：「煩死了……」

身後的兩人，面色陰沉，適才溫和的笑意早已消失殆盡。

「林小姐，您不是有困難嗎？」女子咬著嘴唇，不甘心的追過去：「只需要稍微配合，我們一定給您豐厚的謝禮，絕對……讓您滿意。」

只見眼前欲離去的背影，聞言腳步一停。

女記者臉上閃過喜色，上鉤了！

林星海連轉身都沒有，從口袋裡摸出手機，按了幾個鍵，偏頭用肩膀把手機夾在耳邊。

對方很快接通。

她嗓音慵懶無比，流利用外語講了幾句話，女記者聽著聽著，臉色霍然一變，抓住同伴就說：「走，她在叫警察。」

林星海目送兩人落荒而逃的背影消失，收起手機，掏出房卡，悠悠閒閒地站回電梯前。

謝禮啊……那會是多少錢呢？

她彎唇想了想，最近過得豐衣足食，但錢還是永遠不嫌少的，真是可惜了。

林星海捂著嘴巴，打了個大大的呵欠。

只是為什麼，這兩個人要將莫須有的罪名，推到余涵光身上？余涵光對人一向處事圓滑，不是會招惹這些麻煩的人。

上樓之後，看著已經整理好放在床邊的行李箱，她長長嘆了口氣坐下，彎身去揉揉發疼的小腿肚。

後天，是去、還是不去？

❖ ❖ ❖ ❖ ❖ ❖

她從很久很久以前，甚至還是秦詩瑤的時候，就很討厭那些面善心惡、滿肚子壞水的人們。

學生時期，秦詩瑤除了上課時間在外，剩餘時間都是關在家裡琴房，彈奏著那些艱澀的古典曲目。有時候彈得好，秦母心情也好，牽著她的手出門逛逛街頭。

秦母最喜歡遇上鄰居，因為他們總是用著羨慕的眼神，稱讚秦母教育有方，獨自將女兒教養得如此優秀。

「小秦上週還上電視了？太厲害了！」鄰居滿臉羨慕：「我在家裡也能天天聽到琴聲，一邊做著家務事，一邊聽著，感覺全身的疲勞都會消失。」

總是板著臉的秦母，難得會露出笑容。

秦詩瑤一直都知道，秦母愛她，不是因為她是親生女兒，而是她有才華。畢竟秦母私下，是從不對她笑的。

而鄰居愛的，不是秦詩瑤的琴聲。

「小秦是跟哪位老師學的？」鄰居臉上仍掛著笑：「我家女兒也很想學，還天天吵著要我給她買琴呢。」

隨著秦母笑意漸深，秦詩瑤心中好像落下一塊大石，沉甸甸的難以呼吸。

為什麼母親不懂呢？

他們哪是真正的崇拜，秦詩瑤分明看見他們轉身時，眼底閃過一絲厭惡的情緒。現在的社會就是如此令人作嘔，為了安撫心中的自卑，恨不得全世界都跟著過得不好。

秦詩瑤一生中，從來沒有被人真心稱讚過。

一年接著一年，面臨青少年鋼琴比賽，她總是孤軍奮戰。

站在舞臺上的她，眼前一片刺目的燈光，不適的瞇起眼睛，隨後映入眼簾的，是觀眾席上一張張冰冷而僵硬的臉龐。

乍看之下，黑壓壓一片，他們就是一群安靜的活屍，注視著妳，等著時機扒了妳的皮、喝光妳的鮮血。

秦詩瑤聽著自己的心跳聲，拉起裙擺，望向不遠處的平臺鋼琴，龐大的琴身被擦得晶亮，像黑暗中蟄伏的野獸正睜著眼對你虎視眈眈。那黑色裡倒映著自己如鬼魅般的影子，隨著緩步邁過去而反射出光怪陸離的影子。

她坐好，垂著頭顱和眼簾，將手先擺放到琴鍵上，身體不受控制地開始顫抖，手心冒出一層冷汗。

廳內的空調刺骨，卻安靜毫無聲響。

時間在這一刻靜止，全世界，彷彿都在等著她，陷入恐慌的漩渦裡。

每逢這一刻，她便會問自己：為何昨夜，沒有鼓起勇氣，將自己的手指切斷？

「喀啦……喀啦……」

夢魘裡惱人的節拍器聲響，似遠似近，迴盪在音樂廳內。

忽然腹部一陣翻江倒海，塵封的回憶就像跑馬燈般，一幀幀播放在腦海裡。

她真的過得一點都不好。

同學們玩樂的時間，她被關在琴房；戶外教學時，別人總有父母陪伴，她卻孤身一人羨慕著別人；同學們吃得圓潤，她卻三餐不繼，瘦得見骨。

秦詩瑤才七歲的時候，身高才到秦母的胸口，拉著母親的衣角，哭得眼淚縱橫：「我不想活了！」

「說什麼鬼話？帶著妳這個拖油瓶，養妳養得這麼辛苦，我才不想活了。」秦母聲線冷漠，一把推開了她：「再讓我聽見一次就滾出家門，別想回來！」

秦詩瑤一聽，哭得更兇了。母親的話是一把利刃，插在胸口上，全身都被抽離了力氣。

之後她不敢再說不想活了，即使是十年後，也就是十七歲的那年，她也沒有說過這樣的話。

就只是帶著少許的積蓄，悄無聲息，離開了這個地方，與家成為兩條已分叉交錯的線，分離得愈來愈遙遠。

正值青春的年齡，懷著受傷又懦弱的心，踏入全然陌生的塵世喧囂，載浮載沉，吃下不少苦頭。可這又如何？

她至少是自由的。

❖　❖　❖　❖　❖　❖

今日是長曲公式練習。

冰場上迴盪著悅耳的樂聲，余涵光一身黑色訓練服，站在冰場一角，目視著來回穿梭的選手們。音樂播畢，又輪到下一位選手上場，樂聲再度響起。

顧忌到他的身體狀況，冉道軒也特地過來了，一身長版羽絨外套，環抱著自己，冷得牙齒嘎吱嘎吱響個不停：「你怎麼受得了這種酷刑？要是我，就直接放棄不滑了。」

余涵光聞言眼中漫開一層笑意，扭開礦泉水瓶蓋喝了一口，脖頸修長白皙，喉結上下滾動。

「我知道勸你沒用。」冉道軒垮下臉：「但身為醫生，再不中聽還是得實說。」

他們隔著一層矮護欄，余涵光背對著身體往後傾，雙肘撐護欄，修長的手指微微垂著。

「雖然目前沒有危險狀況，但你現在身體還很不穩定，隨時都可能發生狀況。」

余涵光仍望著冰場上穿梭的選手們。

「涵光？」冉醫生不滿自己被忽略，頓時橫眉豎目起來：「余涵光你是不想活了是不是！」

「冉道軒。」他淡淡的說：「不用擔心我。」

「怎麼能不擔心？我就是為你操碎心了！」他激動得指指自己：「我才剛奔三，白頭髮都冒出來了，這都是因為你啊嗚嗚嗚嗚……」

任他再怎麼鬼哭神嚎，眼前的男人都無動於衷。冉道軒不禁納悶，到底有什麼比健康更重要？就不能等身體狀況更穩定後，再復出嗎？

「昨天的比賽，有沒有注意到觀眾的表情？」余涵光輕描淡寫的，彷彿在問無關於己的事。

冉道軒一頭霧水：「去注意觀眾幹什麼？有美女粉絲嗎？」

結果被冷冷地掃一眼，嚇得渾身一抖，閉嘴了。

要說余涵光這個人，平時性格謙和溫潤，但對於粉絲和滑冰相關的一切，卻不容許任何人詆毀嘲弄，有時就連開玩笑也不行。他生起氣來不慍不火，只是默不作聲，越是安靜越是令人不寒而慄。

「你如果有注意到，那就會理解我的堅持。」

話落，他一個跨步，緩緩的滑至冰場中央處。

余涵光低頭看著腳下的冰面，腦海中浮現出每場比賽中，觀眾席上那一雙雙帶著憧憬與盼望的眼神。

他們眼底承載了浩瀚星辰，足以讓整座冰場更加明亮幾分。

也有少數時刻，會有人像具沒有靈魂的軀殼，面無表情地望著他。

「——很多人能達到的地方，我不管如何努力都無法觸及。」

昨天林星海坐在最前方的席位上，看他的目光，不帶有任何溫度。他想起第一次見面的時候，在一地觸目驚心的血泊中，她也是用同樣的眼神看他。

余涵光抬頭，輕輕闔上眼睛，燈光灑在乾淨白皙的側臉上，挺直鼻梁邊留下一層模糊的陰影。

四周瞬間靜悄悄一片。

屬於他節目的樂聲翩然而至。

那是弦樂團撥弦，每一下都像低聲細語的傾訴，神秘的森林裡漫開層層迷霧，長笛如破雲而出的晚霞，頓時拉開了序幕。

〈Pavane〉佛瑞創作的古典樂曲，帶著深情輕愁，婉轉悠然。

他睜開雙眼，眼神變得堅定專注。

❖ ❖ ❖ ❖ ❖ ❖

翌日，天氣突然轉冷，風中摻雜著陣陣刺骨的寒意。

定勝負的長曲比賽，也正式展開。

前天林星海遇見的少女，同樣早早就抵達冰場，坐在前方的位子，不漏掉任何能目睹余涵光的機會。

她抓緊應援布，左瞧瞧右瞧瞧，卻沒見到前天遇見的神秘女子。

比賽很快開始了，應該買到其他座位了吧？她壓下心中的疑惑，全神貫注在場上的選手。

她看了一陣，隨著時間推移，渾身血液都開始沸騰。

……咦？

隔著茫茫人海，一抹人影悄悄走上階梯，找了位子坐下。這不是前天遇見的女子嗎？

林星海終究還是來了。機票是沒法退了，於是她提早整理好行李，打算看完比賽就赴往機場。

就在即刻間，最後一組六分鐘練習時間到。歡呼聲四起，又很快的平復下來，一切都在暗潮洶湧，比前天更令人窒息的氣氛蔓延開來。

余涵光和其他選手紛紛入場。

他的考斯騰也成功吸引眾人目光——慣有的黑褲子，上衣藍綠交錯的色彩，顯得鮮豔又張揚，朝下漸層出的黃色羽毛，又鑲上無數熠熠生輝的白水鑽。

「涵光，加油！」

一道清晰的吶喊傳來，循聲而望，看見一名女子站在不遠處，就算穿了全身黑，頭上還壓了頂鴨舌帽，仍掩不了她嬌俏的臉蛋。林星海目光突然定住了，停留在她身上，久久不能移開。

程素。

這名字馬上闖入腦海裡。

顯然不是只有她一人注意到程素，前座的幾名觀眾都交頭接耳了起來，大夥兒一臉瞭然的表情下，好像他們兩個就是有點什麼了。

六練時間轉瞬結束。

余涵光沒有練習任何跳躍，這有些反常，但眾人沒有放在心上。

第一名選手留在冰場上，挺直著背脊自信滿滿的滑行。

❖ ❖ ❖ ❖ ❖

另一頭，安晨拋下寫真集，被宋亞晴拽架著去看直播。

兩個女生趴在床鋪上，一臺筆電放在床頭。

忽然畫面一閃，宋亞晴不淡定了：「啊……啊！」

「妳也看見了？」

她們相視一眼。宋亞晴頓時樂傻了，瘋子似的拍著棉被：「剛剛那是星海姐吧？」

「錯不了。」安晨也笑了。

雖然才一閃而過的畫面，但女子面容清秀，骨子裡透出的清冷，不是誰都裝得了的。

「真巧，剛好入鏡。」宋亞晴捧著臉頰，晃了晃腦袋，突然驚叫：「啊！」

安晨被嚇了一大跳：「幹嘛！」

「程素也入鏡了，還入鏡那麼久，我們家星海姐卻只有半秒鐘……」她吃味的戳戳螢幕：「之前聽說她總是跟在余涵光的屁股後面，沒想到是真的。」

「這是正常吧，她也算明星啊，長得又漂亮多上鏡啊。」安晨翻了個大白眼，踢她一腳：「而且余涵光和程素有一腿的事情，大家早就知道了，妳消息還真夠靈通。」

「嘖嘖嘖。」宋亞晴頻頻搖頭：「妳看她那個眼神、那個笑容，完全就是墜入愛河的模樣。」

所幸畫面一轉，這組的比賽開始了，她才閉上嘴巴。

安晨顯然對這項比賽完全沒興趣，一邊啃著樂事洋芋片，一邊惦記著剛才的寫真集，出浴照才翻到一半呢，真掃興……

宋亞晴顯然正常多了，看得無比專注，兩顆眼睛瞪得都快脫窗了。

就這麼過了好一陣，她激動得抓起枕頭：「快快快，余涵光要出場了！」

音響炸開了觀眾的歡呼，鏡頭轉過去，密密麻麻座無虛席，粉絲紛紛抖開應援布條，場面尤其壯觀。

安晨抬起頭來，嘴裡洋芋片喀滋喀滋作響，口齒不清地說：「夠厲害。」

「這就叫贏在氣勢上！」宋亞晴評價。

兩人頓時噤聲。

螢幕裡余涵光靜靜地滑過，她們這才領會到，什麼叫公子如玉、風姿翩翩、踏雪而來。

「噢。」不約而同的讚嘆。

安晨那包洋芋片都丟到一邊去了：「逆天顏值啊、完全逆天。」

她們倆不是粉絲，從新聞版面上有看過一些零星畫面，印象中的余涵光，是一名顏值和實力爆表的選手，可和如今這麼親眼守著直播，顯然感覺截然不同。

緊張感油然而生，宋亞晴坐立不安，緊緊抱著懷裡的枕頭。

女主播最後道：「……觀眾們一起來欣賞余涵光帶來的長曲〈Pavane〉。」

余涵光站在場中央，等待音樂落下。

短暫的寧靜後，熟悉的撥弦聲從遠方傳來。

他低眉，身姿一動，長笛聲同時乍現。他迎風而上，考斯騰的藍綠色羽毛微微顫動，滑行平穩流暢。行跡過處，皆染上絢爛神秘的色彩。

交叉步、順時針莫霍克銜接，只聽刀齒點冰清脆刷一聲響——後外四周跳。彷彿輕盈的孔雀，在不見盡頭的大雪封山裡，展開絕美的翅膀，輕盈起飛。

他素雅的面龐上有疏淡的笑，掌聲不能阻斷清歌流淌。

長笛進入漫長細膩的顫音，像風吹在碧綠湖面上，泛起柔和漣漪，時間也被摁下了放慢鍵。餘韻纏繞，使人心頭似長了草，擾得不能呼吸。他的眉目能傳神，融入哀傷神秘的西方曲調，在冰上演繹出人間悲戚。

很快地迎來下個跳躍，落冰軸心卻偏移，單手扶冰。他再次調整好，滑出一字步，再次起跳——落地，像踩在雲端上般的輕盈又俐落。

上方觀眾席猛然炸出了歡呼與鼓掌聲，激昂的氣氛讓地面都為之震動。

他瞇起一雙漂亮的丹鳳眼，優美的身姿在潔白的冰面上滑行，雙手向後舒展滑出鮑步，墨髮飛揚，手臂肩膀的線條流暢優美。

四周的聲音瞬間被隱去，只聽風聲隨身影襲來——「唰」，冰刀划過，濺起細碎冰渣。而觀眾席上的林星海望著他，渾身像被澆下一壺涼水，全身不受控制的發顫。

——你知道嗎？在他的表演裡，再美的形容詞都被用盡了。

在這裡，沒有刻意的跳躍、步伐和旋轉。

只有名叫余涵光的男人，綻放光芒、深入人心。

長笛輕輕點著高音，他滿頭已佈滿汗珠，雙手併起，抬頭望向遠方。

優雅的結束了尾聲。

隔著人海，遙遠的距離，余涵光那雙眸子就朝她這個方向望來。

過了數秒，靜悄悄一片。周圍的人們還沉浸在剛才的表演裡，一時忘了鼓掌。

半晌，世界重新甦醒了起來，掌聲忽然炸在耳邊。

所有觀眾紛紛站立起來，一張張面孔澎湃激昂，歡呼聲就像海浪，一波高過一波。他已不著痕跡的移開視線，林星海卻久久不能平靜，心跳一下比一下還快。

另一頭守著直播的室友們，也是同樣的狀況。

螢幕已經開始慢速回放，余涵光跳躍都天衣無縫、俐落輕盈，除去一次扶冰，簡直就無懈可擊。

「哇，怎麼可以輕鬆的在空中轉那麼多圈，他真的是人嗎？而且又在冰上……」宋亞晴瞪大眼睛，戳戳螢幕：「絕美，完全跳進本姑娘心裡了。」

安晨同意的點點頭：「真的精彩。」

「妳看這個！」

畫面放慢速度，播放到男人準備跳躍，側身迎風迅速滑來，面容清俊乾淨，墨髮飛揚。

「他的眼神好辣。」宋亞晴激動捧心狀，一臉陶醉：「而且妳看看他滑行角度，這麼傾斜卻不會倒。果然是謫仙下凡吧，地心引力都拿他沒辦法！」

分數很快就出來了。

女主播嗓音有些發顫：「余涵光再次刷新自身紀錄……」

❖ ❖ ❖ ❖ ❖ ❖

聽完比分，余涵光禮貌答謝了觀眾，便離開了休息區。

黑色布簾子剛蓋下，掩去身後一片喧嘩，又是記者簇擁而來，他只說了幾句話，便找藉口脫身。

走廊上一頭，冉道軒風風火火跑了過來，劈頭就問：「你臉怎麼這麼蒼白？」

他眼前一陣暈眩，模糊中只聽得見冉道軒焦急的叫喊聲。胸口變得有些悶沉，呼吸也不太順暢。

「涵光？」女音傳來。

急促的腳步聲逼近，突然伸來一隻溫熱的手臂扶住他的身體，程素獨有的香水味兒竄入鼻腔。

冉道軒見到來人，一下子驚呆：「妳怎麼……」

程素抬頭看他，緊緊皺起娟秀的眉：「冉醫生，發生什麼事了？」

「他……他……」張口結舌。

程素還在等著下文，冰涼的手突然推開了她。余涵光站直身體，除了臉色蒼白，看起來倒是沒有異樣：「請妳先出去。」

她下意識就說：「不行，我先帶你去休息，再讓冉醫生做檢查。」

「程素。」

聽他嗓音一沉，程素不甘的緊咬下唇，對冉道軒叮囑幾句，才轉身背影裊裊婷婷地離開。

一關上門，余涵光找了角落的位子坐，拉起手套指尖的布料，緩緩地脫下。

冉道軒倒抽一口氣：「我的老天！」

只見他指骨分明的手指微微屈起，掌心腫了一小塊，透著青色。

在震驚的目光下，余涵光淡淡的道：「剛才比賽的時候碰到的。」

冉道軒急忙拿了醫藥箱給他包紮。他手上動作不停，不忘碎念一番：「當運動員真不容易啊，幸好我醫生，再難過頂多熬幾天夜班，不至於時不時就要多幾塊瘀青。」

余涵光沒搭腔。

他臉色不太好，但至少有些血色，沒有適才下場時那樣煞白。冉道軒給他看診多年，馬上猜測是老毛病又犯了。

「暈眩？」他頓了頓，又問：「還有心悸？」

那得回醫院檢查了。

「撐過頒獎典禮，我們就走。」

冉道軒點點頭：「對了，程素剛剛……就這樣把她趕走，沒關係嗎？」

「不用理她。」他闔上雙眼。

❖❖❖❖❖

瞅著時間逼近，來不及看頒獎典禮，林星海直接離開了。

這次的比賽，算是完美落幕，她也順利趕上班機。坐在靠窗的位子，耳邊迴盪著機長廣播的聲音，過了沒多久便起飛。

外頭風景開始倒退消逝，愈來愈快，直到機身乘風而起，慢慢飛向雲霄。

她望著窗外，眸底映著層層悠悠白雲，彷彿有一簇燈光。或許是看完比賽的緣故，滿腦子混沌，頎長優雅的身影不時浮現在眼前，他瞇起好看的丹鳳眼，勾著紅唇，眉梢嘴角都帶著風韻。

余涵光在眾人眼裡，是完美無瑕的典範。

以選手的身分，他橫闖冰場，奪得無數獎牌，在歷史上劃下濃重的一筆。私生活上，則十分乾淨自愛，畢業後全神貫注在事業上，沒有沾染半點污穢，憑實力獲取一切。

更遑論他的性格和為人，溫潤謙和從不對人發怒，也從不踰矩。不時捐出龐大資金給慈善機構，自己則過著樸實安靜的生活，內斂低調。

以他的處世之道，基本上和大家都相處得融洽，也沒有人會去故意招惹。

這也是林星海回國後，才發現事情並不是想像中的完美。就像她記憶中偽善的鄰居，他們都見不得人好，遇見再完美的人，都試圖將其從高處狠狠扯下。

你明白嗎？這世界的殘酷。

奪得金牌，本該凱旋歸來，新聞版面上卻有了負面消息。

——余涵光的面具，是溫柔的假象？

林星海滑著手機，看到這則新聞上了熱搜。裡頭是余涵光的賽後採訪畫面，他微沉著臉色，只講了幾句話，便聲稱有急事離開。

新聞內容一番長篇大論，無非是批評他的失禮，得了金牌就高傲，國外記者對他感到十分失望。接著又翻出歷年的一些畫面，都是他面色清冷的模樣。

隔著螢幕，林星海都嗅到煙硝味了。編寫這則新聞的人，句句帶刺，不是故意在找碴嗎？

幸好眾人眼睛雪亮，沒有被危言聳聽的文字帶風向，紛紛站出來為余涵光發聲。

「呵呵，爛媒體蹭熱度。」

「本來就是照選手的意願採訪，你們硬纏不放，是我早就忍無可忍，一拳往你臉上招呼去！」

「敢抹黑我們涵光，姐往你家寄刀片。」

「他哪裡擺臉色了？完全看不出來。」

「……」

「怎覺得我老公採訪時臉色有點蒼白？」

林星海滑動螢幕的手指一頓，看著這條留言，飛速滑回去點開影片確認。

她現在才恍然想起，那日短曲比賽結束，碰巧洪秘書開車經過，那時的余涵光臉色就不是很好，只是她沒有放在心裡。

他應該沒事吧？

此時，海關提醒她可以過了，林星海將手機放回口袋，抬手把擋到視線的髮勾至耳後，拉著行李走過自動門。外頭人聲吵雜，滿滿的人海映入眼簾，皆是接機的陌生群眾。

「咦！」一道熟悉女聲傳來：「星海姐終於出來了！」

只見宋亞晴嬌俏的身影火箭似的衝過來，把身後面色無奈的安晨拋得老遠。

林星海還未反映過來，宋亞晴已經用獨特的方式「迎接」——充當起樹懶，緊緊掛在她身上不放。

「一日不見如隔三秋啊啊啊！」宋亞晴含著淚水大喊：「星海姐，妳玩得怎麼樣？有沒有想念我們？」

安晨好不容易跑了過來，見狀無言以對，戳了戳她的腰間肉：「快下來。」

宋亞晴依依不捨的放手，眼睛還是直勾勾的盯著她，非逼出一個答案不可。

林星海嘆了口氣：「不是都說不需要接機了？」

「嗯。」宋亞晴乖巧點點頭：「妳不需要我們接機，但我們需要見妳啊！」

「……」

安晨終於聽不下去了：「閉嘴，不知情的以為妳們搞百合呢。」

「對不起嘛。」她俏皮的吐舌。

她們連車都叫好在機場外守著，於是三人風風火火搭車，赴往公寓。

宋亞晴的嘴皮真沒有一刻消停，一路上說著這幾日遇到的趣事，又提及看直播比賽，用盡所有讚美的話來描述余涵光有多帥。

抵達公寓後，幾人泡了茶喝，她仍絲毫不覺疲憊，繼續聒噪不休。

「對了，星海姐，妳是怎麼成為余涵光的狂粉的？」宋亞晴不解的皺起眉頭。

忽然被點名，林星海默了片刻，低頭抿了口水，「嗯」一聲含糊其詞：「緣分吧緣分。」

「妳藏得也有夠深，我跟宋亞晴知道的時候都超震驚。」安晨單手托腮，眯起眼睛：「從來沒見過妳在看余涵光的影片、房間沒有貼海報、沒有任何周邊產品，也從來不跟我們安利……」

「對啊對啊。」宋亞晴趕緊插嘴：「也都不會像安晨姐一樣，忍不住對偶像有各種遐想。」

對余涵光有遐想？林星海腦海下意識浮現出他的臉龐，低頭凝視著她的模樣，頓時覺得腦袋一熱，趕緊壓下這荒唐念頭。

「我沒有。」安晨出聲狡辯。

「妳就有。」

「我才沒有！」

「行，妳沒有，妳是直接得幻想症。」她白眼都翻到肛門。

安晨頓時如啞巴吃黃蓮，委屈巴巴的「哼」一聲扭頭不理。

短暫的寧靜後，宋亞晴湊過去，戳戳安晨的胳膊：「真的生氣了？」她其實不是每次都故意打趣，而是真心希望安晨過得好，別總是過著撒錢給歐巴而自己吃著泡麵的生活，這道理安晨當然也明白。

「沒生氣。」她伸手拍拍宋亞晴的頭頂。

安晨剛想再說些什麼，視線不經意落在一直保持安靜的林星海身上，她臉上的笑意已經散去，放在桌面上的雙手白皙纖細，手指習慣性的微微一動。

基於上次的經驗，安晨這次壓下心中的疑惑，只當作沒有看見。

❖　❖　❖　❖　❖　❖

回國後兩天，林星海也回到咖啡廳工作。雖說她才離開不到一週的時間，魏嘉誠對她這次的歸來，卻感到十分欣喜。

至於原因嘛……

林星海微笑和他打過招呼，徑直走向櫃檯，後方擺放杯盤的架子積了薄薄一層灰塵，這週內沒有任何人擦拭過。

她默默看他一眼，看來沒少偷懶啊。

「拜託啦。」魏嘉誠拋給她一條抹布，轉頭拿出手機坐在角落，《絕地求生》遊戲的歡樂音樂很快傳來。

這點小事，林星海倒不覺得辛苦，開始安分地打掃衛生，接應著客人。到了傍晚時分，客人漸漸多了起來，手機嗡嗡響個不停，她也沒有閒暇去接聽。

好不容易做好結帳，抓著空檔把手機點開，才發現是安晨的簡訊，說宋亞晴吵著要來咖啡廳。林星海迅速將地址發了過去，就拋下手機開始忙活，角落的魏嘉誠也伸個懶腰放下遊戲，跑過來煮咖啡。

持續到了六點，天色已經暗了下來。

此時已經沒有客人了，魏嘉誠看了眼牆上的時鐘，拍了拍手大聲說：「半個鐘頭後關門，今天提早打烊。」

「為什麼？」林星海皺眉。

「余涵光說會過來一趟。」他戴起手套，進廚房去洗杯盤：「等等妳可以直接下班。」

余涵光是在五分鐘後抵達的，他一身黑風衣，戴著口罩，只露出一雙丹鳳眼。

他見裡頭沒客人，抬手把口罩摘下。沒看見魏嘉誠蹤影，應該是進去忙活了，而林星海在站在櫃檯處，手上還拿著一條抹布，一眼不眨的盯著他。

她一張小臉白皙，柔和的燈光灑在頭頂上，形成一圈溫暖的栗色光暈，緊抿著嘴唇，顯得有點僵硬。

「林星海。」

余涵光自然的朝她頷首，彷彿根本不記得那在西班牙的雨天，她說過莫名其妙的一席話。

她微微放鬆了心情，也向他打招呼。

之後余涵光邁開腳步進了廚房，身影消失在拐角處。他的聲音溫潤帶有磁性，廚房傳來他和魏嘉誠談話的聲音，聽不清楚，但一絲絲餘音傳進耳裡，穩重沉著，格外平和。

林星海動作不經意也放緩了些，抬著用具走進儲藏室放，裡頭的電燈已經壞了，一閃一閃的有些刺目，等會兒得來換燈泡了。她再將桶裝水抬出來。來來回回幾次，便見余涵光已經從廚房出來。

他看見這情況，幾步朝她走來，二話不說提過她手中的重物。林星海只覺得手中一輕，余涵光已經朝著儲藏室走去。

哪裡有讓老闆抬東西的道理？她趕緊追了過去：「我自己來。」

此時，店門被推開。魏嘉誠先是跑了過去：「不好意思，我們已經打烊了。」

「啊？」一道清脆的嗓音傳來：「可是你們外面沒有掛打烊……」

這聲音實在熟悉，林星海轉頭一看，居然是宋亞晴，這才恍然想起安晨向她討過地址說會過來。

她整個人都不好了。

余涵光剛在儲藏室放下桶裝水，卻見林星海也開門進來。

「咿呀」一聲，它自動關起。

她抬頭看他，特別叮囑：「外面是我朋友，你先別出來，我出去讓他們離開。」

余涵光也聽見外頭的談話聲，點了點頭。

林星海轉身，手剛搆到冰涼的門把，卻聽到魏嘉誠一陣驚慌失措。

「安安安安晨？妳怎麼也來了？」

安晨：「我們本來想喝點東西，順便來找林星海的。」

「林星海應該已經下班了。」魏嘉誠是真的沒看見她的蹤影，以為她已經離開，便熱絡招呼道：「請坐請坐，我給妳們泡茶。」

宋亞晴問：「不是說打烊嗎？」

「妳們都特地來了……」

林星海握著門把，差點被魏嘉誠的話搞得內傷，頓時留在儲藏室不是，出去也不是。

細微的聲響從頭頂傳來，燈泡閃了幾下，澈底壞了。小小的室內倏地陷入黑暗，她瞇起眼睛，趕緊從口袋拿出手機開啟手電筒。

一束光亮照在角落箱子上，她低聲說：「我找新燈泡來換。」

外頭宋亞晴早已和魏嘉誠打得一片火熱，不時傳來陣陣笑鬧聲。

魏嘉誠一見安晨，早就把余大人拋之腦後，哪料到他和林星海正被關在儲藏室裡？

一旁的宋亞晴則笑彎一雙眼睛，當初把安晨推去相親的決定實在太明智了！

「小魏，沒想到你本人這麼nice。」她熱絡的道：「以後還請你多多照顧安晨姐和星海姐！」

魏嘉誠小雞啄米般點頭：「應該的應該的。」

「安晨不用說了，人美心善也沒有不良嗜好。」她突然板起臉：「星海姐看起來比較……高冷，但其實是個刀子口豆腐心的人，內心和其他小姑娘也沒什麼差別。」

魏嘉誠差點把嘴裡的茶噴出來。

小、小姑娘？這跟林星海的氣質搭不上邊啊！

宋亞晴一臉「你不懂」的表情，解釋：「一開始我們才驚訝。你知道嗎？她跟安晨一樣是迷妹耶！」

「啊？」他嘴巴張成O字型。

安晨說：「你認識余涵光吧？她是余涵光的粉絲。」

宋亞晴講得都眉飛色舞起來了：「對啊對啊，不是普通粉絲，她還追到國外去看比賽，前天才回來呢！」

魏嘉誠一下瞭然了，擺擺手：「哦，應該不算什麼粉絲啦，就只是有點好感而已，然後再剛好有點興趣就去買票吧。」

「不！妳不懂！」宋亞晴激動拍桌站起，試圖說服：「她還覺得余涵光很帥，昨天才跟我們說自己跟余涵光很有緣分！」

安晨點點頭附和，心裡只覺得有點奇怪，不過林星海昨天確實講過類似的話，就算沒講過，意思也差不了多遠……

然而那句「覺得余涵光很帥」，林星海無法否認，但這分明是宋亞晴的心裡話吧？

這下氣氛有些微妙。

外面的談話如火如荼的展開，一字不漏的傳了進來。她有些尷尬的清了清喉，掂了掂手中冰涼的燈泡，接著把儲藏室的總開關給切掉。

前方的余涵光傾身，冷不防接過她手中的燈泡。林星海渾身一顫，才聽到他的嗓音：「幫我照燈。」

鬆開了掌心的燈泡，他溫熱的手指不小心微微摩挲過她的，引起一點麻癢。她定了定心神，舉高手機，只憋出一字：「……哦。」

儲藏室的天花板低矮，正好是余涵光伸直手臂的高度，修長的手指扣著燈泡，微微使力，便輕易的扭下來了。

之後林星海就沒仔細看，她有些恍神的望著他抬高而露出的一截白皙緊實的小臂，動作一氣呵成，沒一會兒就換上新的。

余涵光打開她身後的總開關。頭頂的電燈泡倏地亮起，讓林星海不適的瞇起眼睛。

等眼睛適應了光亮，她才發現兩人距離多麼曖昧，儲藏室本就狹窄，地上擺滿箱子和雜物，給人站的空間就更少了。林星海眼前就是他潔白平整的衣領，隱約聞得見細微的柔軟精味兒。

他或許也有察覺到，收回手退開距離，隨著他的動作，上方耀眼的燈光傾瀉而下，形成一圈圈豔麗斑斕的光暈。

地上倆人的身影恰恰交疊在一處。

林星海剛抬眼避開，門外忽然一陣哄笑聲炸開。宋亞晴「咯咯咯」鬼畜般的笑著：「咱們霸道高冷的星海姐，就是需要余謫仙那種溫柔類型來攻陷啊！」
隔著一層門板，林星海心中咯噔了下，胡說八道。她下意識看向余涵光，他只是同樣低頭凝視著她，一雙眼眸如黑曜石般晶亮。
林星海尷尬輕咳一聲，低聲道：「別聽她瞎說，那些話我都沒講過。」
然而她本人都沒察覺到，因為外面一幫人歡快製造的「謠言」，當事人又在眼前，自己耳朵都窘迫得染上紅暈，這模樣倒是第一次看見，令余涵光著實有些意外。
就像和幾天前全身帶刺的模樣判若兩人。
「林星海。」
「嗯？」她輕輕應著。
「謝謝妳替店裡做這些。」他望向角落邊擺放整齊的桶裝水：「但如果太重了，記得說出來，別自己一個人扛。」
她聽完，有一瞬恍神。
這還是第一次有人和她這麼說。
以往的她，就算多麼辛苦，也不會有人關心。就連有血緣關係的秦母，也總冷著臉，態度強硬的逼她面對。離開家後，她淪為徐傾的手下，縱橫所有街路，被視作窮凶惡極的一員。
她自甘墮落，日夜被良心撻伐得千瘡百孔，早已活得筋疲力盡。
——記得說出來，別自己一個人扛。
如果當時有人對秦詩瑤這麼說，那麼該有多好？

❖ ❖ ❖ ❖ ❖ ❖

此時，外頭幾人終於準備離開了，聽他們又寒暄幾句，腳步聲漸遠。

而魏嘉誠把門牌翻到「已打烊」那面，毫無形象的打了個呵欠，接著靈機一動：「對了，燈泡還沒換呢。」

他快步走向儲藏室，卻眼睜睜看那扇門，自己緩緩的打開了。

裡面走出的是面色已經恢復平淡的林星海，以及……

「余大人，你怎麼被關在儲藏室？」

嗷嗷嗷嗷——

魏嘉誠心中小野獸一陣叫囂，孤男寡女共處一室，再加上宋亞晴剛才一番「薰陶」，他馬上覺得事情不太單純！

「林星海，妳快從實招來。」他眯起眼睛，像個凌厲的法官：「妳剛剛意圖對余大人做什麼好事？」

「小魏。」余涵光語氣清冷又無奈。

小魏看看林星海，再看看余大人的臉色，還是乖乖閉上嘴巴溜走了。

少了聒噪的人，咖啡廳內終於澈底安靜下來。他回過頭向她說道：「我送妳回去。」

林星海注意到停在外頭的車，微笑搖搖頭：「我自己回去就可以了。」

而此刻，大門清脆的風鈴聲再次響起。

魏嘉誠聞聲一個箭步從廚房跑出來，大喊：「都說打烊了！」

他目光落在門口的人影上時，頓時覺得所有底氣都被抽乾。

那處站了名高挑男子。

他的襯衫鈕扣半解，露出大半古銅色肌膚，手指夾著一根菸，緩緩湊在唇邊，任裊裊白煙模糊了容顏。

一看就知道不好招惹。魏嘉誠趕緊推了推余涵光，示意先離開。

「小秦。」徐傾沙啞的聲線響起，散漫的勾起唇角：「好久不見。」

林星海腦中嗡嗡一響，雙腳彷彿有千斤重。徐傾漆黑的眸子如盯著獵物般，望穿她所有的脆弱，引得從心底發寒。

她早該料到了，徐傾會找過來。

前一刻，她還望著余涵光那雙細長溫和的雙眼，他說要帶她回去；下一刻，她瞬間被拉入看不見盡頭的深淵，被迫承受現實的殘酷。

為什麼？上天分明給了她新的生命，卻不許給她一絲喘息的機會。

見她站在原地，徐傾大步流星的走來。

時間像被摁下放慢鍵，每一步，都彷彿踩在心尖上一樣。

不要靠近我。

林星海聽見耳邊的吶喊聲。

徐傾曾說過的話，再次迴盪在腦海裡：「小秦，不要去盼望不屬於我們的生活。」

當他尋找的是「小秦」，林星海尚能佯裝鎮定，但他踏進咖啡廳的那刻起，整個世界都變得詭譎靜謐，伏在黑暗中的怪獸，也咧開嘴，一點點吞噬掉所有光亮。

余涵光察覺到她的不對勁，轉頭過來：「妳認識他嗎？」

她沒有聽見，就這麼愣愣地望著徐傾。

一個背影闖入眼簾，余涵光已擋在她身前。

徐傾也不著惱，低低笑出聲：「小秦怎麼會去看比賽，原來是和鼎鼎大名的余涵光認識。」

余涵光沒有作聲。

徐傾收起笑容，一字一句清晰的道：「余先生知道，自己眼前的『林星海』是什麼人嗎？」

「徐傾，別說了。」林星海打斷。

徐傾是最了解秦詩瑤的人，他有本事令她言聽計從，也有本事令她失去理智。

從以前到現在，他在秦詩瑤的人生，都是扮演著這樣的角色。

❖ ❖ ❖ ❖ ❖ ❖

徐傾，縱橫於黑白兩道，是叱吒風雲的狠角色。平常人沒聽說過他，但知情人聽到他的名字，心肝都得抖三抖。

沒有人曉得他從哪來，也沒有人敢去好奇。傳聞裡的他是個不要命的瘋子，為了錢，任何事都幹得出來。

可當秦詩瑤剛認識他的時候，他只不過帶領著一幫惡棍，不似現在能呼風喚雨。

「收留？」他似笑非笑的看她一眼：「就憑妳這小身板。」

秦詩瑤的臉蒼白了幾分。

在那僻靜黑暗的小巷裡，徐傾饒有興致的看著她。這突然跑出來的小姑娘，為了討口飯吃而接近他，現在還想要留在他身邊。

她無處可去，可骨子裡倔強的勁兒，讓她抵死也不回家。良好的教育告訴她，不許靠近這些人，但越是這麼想，她心中叛逆的情緒也如潮水般湧上。

身後的一幫惡棍，也正一眼不眨的盯著她。

徐傾抬手吸了口菸，那煙頭逐漸嫣紅，在黑暗中有些毛骨悚然。

「快回家吧。」

他丟下一句話，邁開長腿離開。秦詩瑤不甘的咬著下唇，心一橫，直接抓住他的手。

見他停下腳步，秦詩瑤彎腰捲起褲管，兩條修長的腿一覽無遺，白皙的肌膚上都是縱橫交錯的鞭痕，或青或紫，甚至有些新傷口還泛著血。

秦詩瑤望著他，彷彿要望穿他的內心，語氣輕描淡寫得令人膽寒：「我沒有家。」

徐傾收留她之後，秦詩瑤時常想起這一晚，他到底是一時動了惻隱之心，還是看見她身上有利用價值？

答案是哪一個，似乎也不太重要了。

她的生活有了好轉的跡象，衣暖食飽，少了鋼琴，身上也不再有新的傷痕。秦詩瑤做的工作很簡單，只需要在公司坐櫃檯，偶爾和客戶見面或打電話。

離奇的是，她在每家都做不過半年，就會被通知又要換公司。秦詩瑤曾好奇回頭去找自己上班過的地方，發現每一家都已惡性倒閉、人去樓空，尋不見半絲線索。

久而久之，她才發現自己認知中的「惡棍」，並沒有如想像中的簡單。他們聰明狡詐，白天可能是溫柔的紳士，晚上成為張牙舞爪的惡魔。

她親眼看過那些人，成群闖進其他人家門打砸搶，滿屋子凌亂與淒厲尖叫聲，地上潑滿刺目的紅油漆，鬧至警車鳴笛聲劃破夜空才收手。

他們無惡不作，而秦詩瑤和他們一伙，這是不爭的事實。

在短短幾年間，對秦母的恨意也變得遙遠，可隨著見不得光的勾當越做越張揚，她心中的不安定感也越來越強烈。

她和徐傾見面的機會並不多，直至有一次，秦詩瑤收到命令，要陪同他出航。

那是個炎熱的盛夏，碼頭的天空蔚藍無際，空氣中彷彿瀰漫著熱浪。

她一輩子從未看過如此龐大的郵輪，十幾層甲板，船身勾畫著別緻的煙火，五彩斑斕中有隻鯨魚昂首，栩栩如生，彷彿下刻便會破海而來。

周圍全是排隊等候的人們臉上，洋溢著得體笑容，穿著打扮亮麗，舉手投足優雅從容，一看便知全是有錢富商。

徐傾微微瞇著眼睛，形狀極好看的唇輕抿，負手站在陽光下，氣質沉著。

在一旁的秦詩瑤則穿了身碎花長洋裝，裙袂隨風飄揚，漫步在碼頭上，好似踩著盛開的花朵而來。

她很快明白自己的工作是什麼。周圍的人們成雙成對，尤其三十歲的男子身邊，都帶著語笑嫣然的妻子或女伴。

徐傾帶領的女手下本來就寥寥無幾，而秦詩瑤長得清秀乾淨，看起來和普通姑娘一樣，讓人下意識放下戒心，她確實是比較合適。

不過……和其他女人比起來，卻顯得年紀有點小了。

「徐傾。」她和他並肩走著，問：「需不需要我像她們一樣，畫個妝？」

徐傾聞言低下頭來，在她不施粉黛的小臉上端詳片刻，簡單回了句：「不用。」

這輕描淡寫的語氣，怎麼聽都有點嫌棄的意味，讓秦詩瑤有點不甘心：「為什麼？說不定會好看一些。」

「不化也好看。」

沒料到他會這樣回答，秦詩瑤一時失了聲音，小姑娘被誇好看，不免還是有些竊喜。

過了一會兒，他們通過檢票口，終於踏上通往郵輪的階梯，秦詩瑤早就被烈陽曬得口乾舌燥，額頭佈滿細密的汗珠。

身邊突然傳來徐傾低沉獨特的嗓音：「想學化妝了？」

她爬樓梯爬得有些喘，盯著前方人潮和階梯，每跨一步，身上的力氣也流失一分。

沒聽清他的問話，她抬頭發出一個單音：「啊？」

徐傾步伐穩健的往上走著，臉上沒有任何汗水，整個人清清爽爽，走得比她稍快些，也沒有再搭理她。

終於上了郵輪，一片金碧輝煌映入眼簾，地上鋪著異國紋路設計的地毯。他們搭乘電梯，十一樓是純住房樓層，安靜舒適，前往戶外甲板也方便快速。

他們隔壁，入住一對夫妻。秦詩瑤剛放下行李想出去透透氣，便在走廊上撞見他們，中年男子將女人壓在牆上交纏擁吻，畫面十分激烈。

秦詩瑤佯裝沒看見，匆匆忙忙的離去。

之後徐傾帶著她，上樓吃過晚飯，又讓她獨自行動一會兒，約晚上十一點鐘時才帶她下樓。

郵輪上的酒吧也十分豪華，地面乾淨得熠熠生輝，燈光稍暗，還有爵士音樂的鋼琴演奏。

她再次看見那對走廊上擁吻的夫妻。

他們坐在對面的沙發上有說有笑，秦詩瑤看見男人的手藏在桌底下，緩緩的撫摸著女人的大腿。

剛撇開目光，那男人忽然望了過來，若有所思地在她臉上徘徊一圈。

秦詩瑤依然不懂徐傾要做什麼。他身影半隱在黑暗中，一手搭在秦詩瑤身後的沙發上，另一手拿著酒杯，也不見他喝，僅僅是拿在手上。

他思考的時候常有這類習慣，手指夾菸，任它靜靜地燃燒。

此時服務員走來，臉上擺著得體的微笑：「請問還需要什麼嗎？」

徐傾輕輕晃了晃酒杯，低頭看秦詩瑤一眼，說：「給她一杯柳橙汁。」

……柳橙汁？

服務員有些不解，眼前的男人淡淡解釋：「我妻子對酒精過敏。」

服務員表示理解，很快的離開了。秦詩瑤皺起眉頭，低聲問：「我哪時候對酒精過敏了？」

「妳年紀太小。」

我早就長大了。秦詩瑤想頂嘴，但看著他如墨勾勒的成熟眉眼，頓時像洩了氣的皮球。

對桌的夫妻忽然站了起來，朝這走來。

「嗨。」男子友好的打招呼：「可以交個朋友嗎？」

秦詩瑤心跳突的一跳，徐傾看了他們一眼，漫不經心微微點了下頭。

這對夫妻顯得十分熱情，開始聊起郵輪上各種不同的活動，並且詢問他們是否會參加晚會，秦詩瑤看了看徐傾，他一向不喜人多的地方，便回答說不會。

「剛剛我聽到你說，她是你妻子？」女人笑意盈盈的望著徐傾，俯身將雙肘撐在桌面上，禮服下性感的乳溝隱若現，感嘆道：「看起來好年輕啊，真羨慕。」

徐傾抿了口酒，態度有些疏離。短暫但沉默，秦詩瑤頓覺氣氛有些尷尬，趕緊自我介紹：「叫我小秦就可以了。我才羨慕妳呢，妳真的好漂亮。」

「謝謝。我叫劉芸，我丈夫叫張明軒。」她彎了彎性感的紅唇，意有所指的道：「不過漂亮有什麼用呢，都是給自己看的……」

自從他們過來併桌，秦詩瑤就覺得渾身不對勁。張明軒沒說太多話，一眼不眨的看著她，看得她毛骨悚然。劉芸顯然對徐傾異常執著，張明軒不可能沒察覺，卻並不在意。

不會是那種夫妻吧……秦詩瑤眼簾低垂，雙手握緊冰涼的杯子，拇指一下下刮著玻璃杯上附著的水珠。

聊了十幾分鐘，這對夫妻就去準備晚會了。秦詩瑤眨了下眼睛，問道：「你不會是故意吸引他們來的吧？」

徐傾低低笑了起來，屈指在她腦門上一彈：「人小鬼大。」

她吃痛的「嘶」一聲，抬手護住額頭。

他仰頭將酒一飲而盡，修長脖頸上的喉結一滾。過了半晌，解釋：「張明軒喜歡玩交換伴侶，特別喜歡年紀輕的女孩子。」

果然。

秦詩瑤聽著一股作嘔，眉頭皺得都能夾死隻蒼蠅：「那他妻子呢？」

他斜睨她一眼：「她的喜好重要嗎？」

秦詩瑤張了張口，確實不太重要。徐傾這種成熟神秘的男人，具有相當大的吸引力，劉芸不可能不上鉤。

之後郵輪上的人都去參加晚會，她獨自回到房間躺下，望著白得晃眼的天花板，有些昏昏欲睡。

她翻了下身，抱著枕頭闔上雙眼。

結果她做惡夢了。

秦詩瑤睡得很沉，夢中再次出現節拍器的聲響。畫面一轉，她突然站在懸崖邊動彈不得。

而秦母從遠方走來，面目猙獰地抓住她的肩膀一推！

強烈的失重感傳來，她身體向後一仰，頭朝下的往山谷下摔去！

秦詩瑤打了個激靈，擁著被子坐起來。

心臟砰砰直跳著，太陽穴彷彿快炸開的痛。她也顧不得穿拖鞋，下床扶著牆，踉踉蹌蹌的往浴室走去。

打開浴室門，裡頭裊裊霧氣爭先恐後的湧出。

有人。

她扶著門框望去，眼前的浴缸放滿水。徐傾舒坦安靜的躺著，臉龐輪廓分明，眉眼如畫，略長的頭髮服帖在後頸處，一綹垂在胸前。

秦詩瑤第一次看見他毫無防備睡著的樣子，他修長如玉的指托腮，夾著未點燃的菸，眼簾低低的，投下密密的陰影。

「醒了？」他低沉沙啞的聲線響起。

徐傾緩緩睜開眼睛，漆黑的眸子裡凝縮著她的身影。

「嗯。」秦詩瑤走到洗手臺前，掬了涼水潑在臉上，才逐漸冷靜過來。

「那裡有妳的東西。」

「……這個？」

洗手臺上有一個精緻小包，她拆開一看，裡頭是一些化妝品，都是未拆封過的。突然想起今早隨口一提的事，他竟然都記得。

「過來。」他命令。

秦詩瑤依言捧著化妝包，蹲在浴缸旁與他平視。

他肩膀寬碩，身上是多年訓練下的精瘦線條，古銅肌膚上泛著水珠的光澤，即使全身赤裸，倒也不介意秦詩瑤多看。

此時他伸手在化妝包裡翻找片刻，拿出一條口紅，秦詩瑤眨了下眼，這是要幫她塗？

「妳確實也到了喜歡這些東西的年紀。」他溫熱濕淋淋的手指扣住她的下巴，語氣依舊很淡：「以後不用問，想做什麼就去做。」

徐傾靠得很近，近得看得見他細密的眼睫，感受得到他身上的溫度，拿著冰涼的唇膏一下下沿著她流暢的唇形的塗抹著。

見秦詩瑤在發愣，他發出一個單音：「嗯？」

那尾音慵懶上揚。

她聽得一陣發慌，趕緊應道：「知道了。」

當她回到臥房時，站在鏡子前，鏡中的自己氣色不錯，五官似乎比幾年前更來得成熟端正，也更好看了。

心中有股淡淡的情緒蔓延，她知道徐傾身分特殊，性格乖張、心狠手辣，但偏偏在某些事情上，他似乎又細緻入微，甚至還是……她的恩人。

這麼長的幾年裡，或許是因為她乖巧聽話不愛惹事，徐傾都從未傷過她分毫。

這次的郵輪豪華假期轉眼即逝。

她之後是在電視新聞上看見張明軒的，主播陳述著他的富商背景，並且在一場郵輪旅行結束後，被清潔人員發現死在房間裡。

秦詩瑤渾身都冷了，印象中徐傾溫熱的手彷彿還扣著她的下巴，也不知道前一刻的手指，是否是扣著板機。

這是個完美的暗殺計畫，可能有雇主，也可能是他自己起意犯案。徐傾利用自己和秦詩瑤的外貌引起張氏夫妻的注意，獲取信任之後，在熱鬧喧騰的晚會時刻行動。

這秦詩瑤都知道，可黑暗中有一隻手扼住喉嚨，令她發不出半點聲音。

即使雙手沒有染血，但她正違背著良心生活，夜夜都不敢入睡，只怕以前的惡夢又會重現。

「請問能不能索取器官捐贈同意書？」

她赴往醫院，在護士親切的笑容下，接過遞來的紙張。

手心冒出一層冷汗，秦詩瑤埋頭快速填寫完畢，盯著腳下大理石磁磚發愣。

此後除去平時工作的時間，她只要有餘力，都會去社會上各個角落應徵當志工，彷彿這麼做，就能彌補心中一塊空缺。

這麼做有用嗎？

她仍然是一具行屍走肉，改變不了透支青春，更改變不了夜晚夢魘纏身。

❖　❖　❖　❖　❖　❖

林星海承認自己是個自私又懦弱的人。

從前的秦詩瑤逃離了秦母、逃離了折磨自己的夢想，而現在則試圖逃離徐傾。

可徐傾對她瞭如指掌，早就事先堵住她所有的去路。

「你怎麼認出我的？」

她擁有不同的外貌、不同的身分，徐傾再多麼了解，也很難在茫茫人海中發現林星海就是秦詩瑤。

他到底是如何辦到的？又是如何……對她這麼執著？

此時天色很暗，路燈卻明亮得像流水般傾瀉而下，灑在他們兩人身上。即使前段時間都有短暫的交集，但林星海都沒能仔細看過他，跟以前相較起來，徐傾真的一點變化都沒有，仍舊蓄著比尋常男人更長的頭髮，眼裡像有一簇燈火聚攏，氣場令人不敢逼視。

「在妳上飛機之前，我就起疑心了。」徐傾掏出根菸點燃，濃烈菸草味兒很快傳來：「那時候妳一個人站在機場口的背影，和以前很像。」

背影？她頓時啞口無言。

「還有妳的手指。」他想起來，忍不住低低笑出聲：「自己都沒發現過嗎？妳聽歌的時候，手指都會彈琴。」

那日在機場上，充斥著免稅商店宣傳的音樂，她靜靜的待在等候區，雙眼望著前方，手搭在行李箱的拉縮槓，手指一下下輕微的抽動。

那是秦詩瑤常有的習慣，疲憊或焦慮的時候，手指會下意識震顫。

徐傾跟在她身後，登機以後，空姐詢問她要什麼飲料，她一律回答：柳橙汁。

徐傾一開始也是不相信的，只認為是巧合。

可是當他每每站到林星海面前，她那雙微微睜大的眼睛，那似曾相識的眉梢嘴角，以及相同的說話方式，都和記憶中的小姑娘重疊到了一處。

她叫做林星海。他和秦詩瑤最後一次見面的時候，逃離到了西部荒郊，說若擁有不同命運的下輩子，那麼她想叫做星海。

「徐傾，你難道忘了？」林星海看著他，眼神裡太多複雜的情緒：「我說過我……不會認你，為什麼你還要來找我？」

他盯著她的眼睛，喉結輕微滾動，心中都變得灼燙不已。

真的是她，若不是她，世上絕無第二人知道他們之間說過的話。

——因為說完這些話不久，秦詩瑤就被殺死了。

❖　❖　❖　❖　❖　❖

咖啡廳裡，魏嘉誠咬著指甲來回踱步，急得都快尿出來了。

「余大人，怎麼辦？真的要讓他們獨處？」

余涵光站在窗邊，靜靜看了眼外頭在講話的徐傾和林星海。

魏嘉誠抖了抖腳，沿著他的視線看過去，那陌生男人一看就知道不是什麼善類，莫非林星海欠了高利貸，人家來討債吧？

還是這是林流氓以前的上司？

現在居然……啊……動了！

男子朝林星海邁了一步，她抬著頭，鼻子幾乎都要碰到他的下巴了，倆人距離近得有點誇張。

接著他伸手，將林星海扣進懷中。

魏嘉誠瞠目結舌：「什麼情況什麼情況……」

林星海也是滿腦子混沌，徐傾忽然將她拉進懷中，力道大到讓人喘不過氣，下巴靠著她的肩膀，溫熱的鼻息全灑在她脖子上。

林星海本來要推開，但掙脫幾下無果：「你……」

「別說話。」他低沉的嗓音傳來，震得她耳朵有些麻癢：「安靜讓我抱著。」

他們在地上的影子重疊在一處，被路燈拉得老長。林星海抬眸看向咖啡廳，剛才站在那裡的余涵光已經離開了，只剩魏嘉誠趴在窗口上，瞪著一雙八卦的眼睛。

她又好氣又好笑，同時胸口像被掏空了般，一股濃烈的惆悵感油然而生。

腦海中突然閃過許多畫面，像是室友和她一塊兒聊天的模樣、魏嘉誠偷懶被抓包的嘴臉、余涵光在冰場上划行的身姿，以及那句「如果太重了，記得說出來，別自己一個人扛」。

她逃離多年過往的記憶，以為能輕易的忘卻，此時此刻才明白，記憶一直都清晰的刻劃在腦海中，沉重到令她喘不過氣。

「工作辭了，整理好行李，明天我叫人去公寓。」徐傾終於鬆開她，無視她眼裡的慌亂：「不出來的話，我會親自去找妳。」

她一字一句清晰的道：「徐傾，我說過已經不想和你有任何瓜葛。」

「小秦。」他危險的瞇起眼睛：「我的話，從來不說第二遍。」

❖ ❖ ❖ ❖ ❖ ❖

夜很深。

外頭下起了毛毛細雨，一聲聲輕響打在屋簷上，幾乎要聽不見，林星海卻覺得這場雨，比以往任何一場傾盆大雨都還來得寒冷。

她縮在被窩裡，幾番入睡了卻又被冷醒，恍惚間，耳邊再次響起惱人的節拍器聲響。

「叩、叩。」房門被小心翼翼的敲了兩下：「星海姐，妳睡了嗎？」

林星海用手背擋在眼上，沒心情理會宋亞晴。

「怎麼辦，她好像已經睡了。」外頭傳來她的竊竊私語。

門外，安晨站在宋亞晴身旁，看著緊閉的門，幽幽的嘆了口氣：「可惜我千里迢迢去買了披薩。」

宋亞晴噘嘴看著她手上的盒子：「妳還買三盒，是要撐死我們嗎？」

「這是朴寶劍代言的，我當然要多捧場……」

話還沒講完，喀一聲響，眼前緊閉的門緩緩開啟。

裡頭的林星海雙手環胸，倚著門框，抬抬下巴：「還不走？」

宋亞晴驚喜得「啊」一聲，蹦過去挽住她的手臂：「快快快，一起吃宵夜！」

一桌子，擺滿了披薩，三人吹著暖爐吃宵夜，有伴在就沒有罪惡感。

宋亞晴笑彎了眼睛，抓了抓自己的肚子：「我的肥肉，乾脆抽脂抽掉，拿來做假奶剛好。」

安晨同情地瞥了眼她平坦的小胸脯：「吃東西呢，講這些有的沒的。」

「不是啊，我只是想說以後乾脆天天一起吃宵夜……」宋亞晴皺起眉頭，可憐兮兮的望向林星海：「星海姐，妳能理解我吧？」

安晨從塑膠袋拿出幾罐啤酒，遞了一罐給林星海，宋亞晴大聲歡呼要拿，被安晨擋住了：「妳太小了，不准喝酒。」

似曾相識的一句話，讓林星海有些不是滋味，搶過一罐「啪」一聲放在宋亞晴面前：「想喝就喝。」

接著開了自己那罐，仰頭咕嚕咕嚕的暢飲，身旁的安晨和宋亞晴看得目瞪口呆。

苦澀的味道一入喉，林星海皺起眉，這麼難喝的東西，徐傾怎麼愛不釋手？

看她沒幾下就要喝下一罐，宋亞晴趕緊勸道：「星海姐，妳這樣喝會醉的！」

她淡淡的睨宋亞晴一眼：「哪有人這麼容易醉？」話剛說完就覺得氣血上湧。

林星海本就沒有喝酒的習慣，現在一股腦的灌，過沒幾分鐘，果然有些醉醺醺的了。

她滿腦子都在煩惱徐傾的事，愈想愈氣，拿出手機開始打電話。

她撥去好幾通，那頭卻都遲遲沒有接。

安晨看得一頭霧水：「星海……妳有什麼急事嗎？」大半夜的打什麼電話。

「嗯……」她懶懶的掀了掀眼皮：「我想找余涵光幫忙。」

宋亞晴皺著臉拉住她的衣袖：「星海姐，妳怎麼可能有余涵光的電話號碼？別亂打啦，妳喝醉了。」

「我沒醉。」她眼神清亮，臉卻被熏得微紅。

林星海鍥而不捨的打了好幾通，又打給魏嘉誠，詢問了余涵光的去處，得到答案後抓了鑰匙就走。

宋亞晴急得跳了起來：「妳要去哪？」

林星海揉了揉發脹的太陽穴，換鞋開門：「去找余涵光。」

「找到之前會先被凍死啊，外面很冷的！」她八爪魚似的纏在她身上：「星海姐妳快醒醒，拜託妳不要想不開！」

而喝醉酒的林星海竟比往常更頑強，最終當然還是拗不過她。宋亞晴深吸了口氣，瞪著緊閉的房門：「她會自己回來吧？」

安晨躺在沙發上伸懶腰：「放心吧，我是過來人。」

「星海姐好可憐。」宋亞晴嘆了口氣：「沒想到她愛余涵光，愛得這麼瘋狂，平常卻一點都沒表現出來。」

安晨從沙發上彈起，忿忿不平：「我也很愛我每任前夫！」

「妳？妳差得遠呢，星海姐對人家可是一心一意。」她捧心狀，望向窗外：「可惜愛上明星，是不會有結果的，虐戀情深啊嗚嗚嗚嗚……」

安晨：「……」無言以對。

❖ ❖ ❖ ❖ ❖ ❖

林星海剛步出公寓，招了臺計程車，向司機報上一段地址，便一路閉目假寐。

二十分鐘後，車子駛進一片豪華靜謐的住宅區，暢通平穩的抵達目的地。

林星海下車後，對照著門牌找到余涵光的住宿，狂風颳得她一身雨水，酒意也醒了三分。

待在保安室的警衛也望了過來，見她站在門口不走，便開了對講機：「小姐，妳找人嗎？」

她回答：「六樓的余先生。」

「是余先生的朋友？」警衛不太安心的多問一句：「他沒有事先告知。」

有所警惕也是情有可原，林星海拿出手機嘗試撥電話，對頭忙音響了幾下，這次很快就接通了。

「你好。」余涵光清潤的嗓音響起。

「是我，林星海。」她用手背擦了擦額頭上的水珠：「有點急事找你。」

對頭安靜了幾秒鐘。他靈敏的聽見她這頭的雨聲：「妳來找我了？」

「嗯。」她回答：「我在樓下。」

不出幾秒鐘，警衛點頭哈腰地替她開了門，滿懷歉意的笑著：「不好意思啊小姐。」

搭了電梯上樓，隨著門開啟，前方是一條明亮雅緻的長廊，左右兩邊便設有壁燈，延伸至盡頭。

那扇門已經大開，門口站著一名身材修長的男人，身穿簡約的白T黑褲，目光深沉似海。余涵光一如既往地禮貌頷首：「請進。」

不曉得是不是因為喝了酒，她深夜不請自來，竟也不感到侷促不安，一踏過門檻，暖氣如潮水般湧來，一直緊繃著的神經也隨之鬆懈。

「余涵光。」她深吸一口氣，用有些玩笑的語氣說：「如果你能幫我，那這次……就真的欠你大大的人情了。」

他關上門走來，微微一笑：「坐吧，當自己家。」說完便折去廚房。

林星海依言坐下，聽著細碎的燒水聲響，一邊環視周圍。這裡擺設像主人一樣，簡潔文雅不乏舒適，客廳的低窗只開了點小縫，隱約可見凝縮得極小的萬家燈火。

過了片晌，他已從廚房徐徐走出來，手扣著馬克杯，輕放在她面前的桌上。

「謝謝。」林星海端起來，茶的溫度透過杯壁傳透到指尖，不燙卻足夠暖和。

「安心慢慢說吧，我都會聽妳說。」隔著一張桌子，他坐在她對面的椅子上，姿態神情都比平時放鬆，指骨分明的手輕搭在膝蓋上，眸光柔和，好看的丹鳳眼也減少了銳利感。

她抿了口茶，問道：「今天過來咖啡廳找我的男人，你還記得嗎？」

他點頭。

「我想你應該也猜出他是幹什麼的。」她抬手捋了捋還有些濕潤的髮尾，有些艱澀的道：「之後我要跟你說一些事情，或許你會信，也或許你不會信。」

余涵光看著她，忽然想起第一次相約見面的時候，場景和現在有些類似，都是相對而坐，夜色已深。唯一的不同，就是女人的一雙眼睛，已不像當時那般寒冷無情。此時她筆直的望著他，眼眸裡映著光亮，彷彿溶溶的月光，撒下的迷離清輝，不再冰冷、不再躲避。

林星海信任他。這個念頭毫無預兆的冒了出來，余涵光自己也愣了下。

他其實也沒幫她做過什麼事情，單純替她找了份工作，並且善待她，就像對任何人一樣。

「余涵光，你相信借屍還魂嗎？」

而這名叫余涵光的男人，則靜靜的目視著她。

過了良久，他淡淡地說道：「這世界上，無奇不有。」

她聽著舒心，便放膽說下去：「但這件奇事就發生在我身上。」

❖ ❖ ❖ ❖ ❖ ❖

他會相信嗎？

當她瘋了也好、騙人也罷，憑他的傲骨與溫柔，絕不可能會袖手旁觀。

余涵光在極短的光陰裡，成為她最可靠的人，如果連他也沒有能力幫助林星海，那麼她也想不到其他人了。

是不是對生活抱有了期待？這個問題已經失去了意義。現今的林星海，只單單想逃離那個黑暗的夢魘，使勁蹬著腿兒，跑得越遠越安心。

林星海重新睜開眼，看見的是白得晃眼的天花板，她打了個呵欠，擁著被子剛坐起來，整個人都懵了。

這是哪裡？

早晨縷縷陽光照射進來，將室內照得格外明亮。林星海慢半拍的想起，昨晚自己喝了酒，一時腦熱跑來找余涵光幫忙……之後呢？她摸了摸沙發，余涵光就把她丟在客廳？

牆上的掛鐘，不偏不倚指向五點。

不知呆坐在沙發上多久，她實在是等不下去了，站起身開始走動，直到走到臥房前，才聽見裡頭隱隱的聲響。

「余涵光？」她輕喚一聲。

裡頭的人發出悶哼。林星海又重複叫了幾次無果，一股不祥的預感傳來，趕緊推開門。

臥房只有張大床和幾個櫃子，唯一的窗子，厚重的黑窗簾遮住，不透出一絲陽光。她站在臥房和客廳的連接處，光影就斜切在腳前，就像同時處在黑夜與白晝。

余涵光躺在床鋪上，一張清俊的臉龐隱在黑暗中，只能見他闔著雙眼，額頭佈滿了汗水。

林星海走到床邊，碰了碰他的肩膀：「你生病了？」

話一落，一隻手猛然抓住她的手腕，力道大得她一下子被拉到床上，直直往床上的人身上摔去。林星海嚇得用另一手壓在他胸膛上，男人的臉龐已近在眼前。

這個姿勢，真的就像躺在他懷中一樣。

余涵光還睡著，一雙眼睫修長的閉著，紅唇緊抿，高挺的鼻梁與她的相抵。

這樣近的距離，林星海能感受到他平穩溫熱的呼吸，像羽毛一樣撓得自己臉龐輕癢。

那道輕癢就像在心中生了根，又長了枝葉，一路向上纏繞。

余涵光眼睫一顫，緩緩睜開雙眼。

林星海觸電般連忙下床，尷尬的咳了幾聲，解釋：「我看你好像不太舒服才進來，結果你緊抓了我不放……」

他單手撐著床鋪坐了起來，一時沒有說話。

林星海看了他一眼，他臉上表情分辨不出喜怒，一雙眸子深邃，似乎透著點點寒意。

她被看得頓時定在原地，走也不是、留也不是。

余涵光給人的感覺，一直都是禮貌疏離、溫潤如玉，但現在卻讓人背脊發涼。

怎麼回事？是因為進了他的臥房？可他不像是會為這點小事而生氣的人啊，況且也解釋了原委。

林星海冒出一個不可思議的念頭，舔了下乾澀的嘴唇，整個人都不好了。

一定是自己昨晚喝醉，做了什麼事，得罪了人家。

「我昨晚……喝酒了。」她憂心忡忡的道：「忘了做過什麼。」

他抬頭看她，剛起床的嗓音格外沙啞有磁性：「妳昨晚拉著我講話，講完之後……」

「講完之後？」她的心被懸在半空。

他回想起了什麼，忽而低眉淺笑：「吐得滿地都是，倒頭就睡。」

那滿地穢物豈不是他清理的……

林星海臉頰微微發燙，一輩子從未如此丟臉過，

余涵光沒再說話，起身撫平衣服的皺摺，靜靜前往浴室洗漱。而她像個做錯事的孩子一樣，被晾在原地。

之後是聽見廚房傳來的聲響，林星海趕忙出了臥房。余涵光站在寬敞的流理臺邊，低頭洗著手。

她走過去：「我給你打下手。」

他沒作聲，只用手臂虛擋了下。

於是，林星海便站在廚房，看他動作俐落快速，沒一會兒客廳桌上就擺好了早餐，鮮蔬吐司、荷包蛋、燻雞沙拉、兩瓶保久乳，看起來豐富均衡，也準備了她的份。

「謝謝你。」她說。

「當作補償，剛剛騙妳了。」他微微彎唇：「妳確實是倒頭就睡，但沒有吐得滿地。」

林星海：「……」

早餐才吃到一半，余涵光放在桌上的手機震了震，他只側眸看了一眼，不予理會，對方卻又接連打來好來幾通。

一段小插曲，她沒有放在心上，直到玄關處掛在牆上的電話響起。余涵光過去接，聽著管理員的話，頭疼的捏了捏眉心。

「我等等就回來。」他穿了件外套，拿起鑰匙就走。

林星海望著他頎長的身影，消失在正緩緩闔上的門縫，接著一個輕響，室內徹底陷入寧靜。

雖說馬上就回來，但她卻等了好一陣子。

林星海把碗筷都洗好，剛從廚房出來，就接到魏嘉誠的電話。

「林流氓。」他笑嘻嘻的沒一個正經：「結果妳昨晚有找到余涵光吧？」

她含糊的「嗯」一聲：「怎了？」

「那時候他睡了沒？」

她努力地想了想：「應該沒有吧。」

「噢。」魏嘉誠心情一下跌落谷底：「原本還想讓妳見識見識他的壞脾氣。」

林星海一頭霧水。

魏嘉誠打了個呵欠：「余大人已經傳簡訊給我，說妳不會來上班了，我們之後有緣再見吧。」

接著他又碎唸幾句，很快便掛了電話。

林星海沉默的握著手機，不用去上班，自己是被炒魷魚了嗎？

思及此，太陽穴又開始隱隱漲痛。雖然記得不清楚，但她昨晚分明是全盤托出，余涵光不幫忙，大抵當她是個胡言亂語的瘋女人了。

林星海坐了一會兒，良久之後，起身準備下樓。

到了一樓公寓的大廳時，她看見余涵光在和一名女子說話，她嗓音溫柔動聽，在這寒冷的天氣裡，令人倍感舒適。

女子偏瘦，脫下的長外套掛在手彎處，裡頭的米色毛衣，襯得身段柔軟勻稱。

林星海原本要走，余涵光的視線忽地一抬，對上的她的雙眼。

「林星海。」他溫涼的嗓音響起。

那女子身形一頓，轉過頭來。

林星海這才看清了她的面容，細緻的淡妝，唇邊掛著得體的微笑。

這個人她認得，是程素。

「請問妳是？」程素遲疑地問。

「我是余涵光的朋友。」

話一說完，程素便禮貌伸手和她相握：「很高興認識妳。」眉梢嘴角都是善意。

林星海轉頭仰臉望向余涵光：「我先走了。」

「妳去外面等我。」他目光仍在程素身上，話卻是對林星海說的。

外頭天氣有些冷。

林星海站在外頭，保安室的管理員見到她，熱情的招呼她進去坐坐，又遞了杯溫開水。

「昨晚下大雨，現在天氣一下轉冷，小心不要感冒了……」他笑著叮囑。

林星海捧著紙杯，拇指輕輕摩挲杯沿，整個掌心都是溫暖的。和保安多聊幾句後，視線還是停留在大廳裡的兩人身上，程素伸手拉住余涵光的袖口，而他低頭和她說著話。

隔了幾分鐘，程素先出來了，低著頭連看都沒看這邊一眼，推開鐵門，匆匆的離去。她的背影形單影隻，顯得格外惹人憐愛，用手背擦著臉，似乎還哭了。

林星海把水喝完，紙杯扔進垃圾桶走出保安室，余涵光也從大廳走出來了。

那輛熟悉的賓士停靠在一邊，她走過去，余涵光已開了副駕車門，等進去後替她關好門，繞過車頭進來。

「我已經找好旅館，先載妳過去，這幾天先將就著。」他催起油門，看了眼後照鏡一邊駛上馬路，一邊道：「有我信任的人會保護妳，可以放心。」

這句話像鎮定劑，將原本不平靜的心情一絲絲撫平。

她剛繫上安全帶，喃喃一句：「以為你是炒我魷魚呢。」

緩緩轉過一個拐角後，車速漸漸加快。林星海望著窗外倒退的景物，心想這次真的欠下大人情了。

「昨晚聽我說那些，你真信了？」她被前方陽光照得瞇起眼睛：「還是你現在是想把我載到精神病院？」

他難得笑出聲，低低的格外悅耳：「要突然相信確實有些難，但是也沒有理由不幫忙。」

「像你這樣願意淌渾水的人可不多。」林星海跟著笑了：「不過確實，很難相信我兩次的人生，卻過得像一次。」

他很快聽明白，一時沒有搭腔。

直到前方紅燈，車輛停了下來。他單手握著方向盤，側眸看來：「妳到現在，不是都過得好好的？」

這話就像潮水一般，湧進了她的心。

確實是過得很好。只是過得越好，越是害怕失去。

余涵光眸子裡映著陽光，明亮透澈，裡頭凝縮她的影子，像能這麼把人看穿似的。

林星海忽然想起早晨，意外落入他懷中的時候，他清俊精緻的臉龐就在自己眼前，不像平常疏離遙遠。

「你平常都是這樣看別人？」她很快的移開視線。

前方轉綠燈，車輛重新通行起來，他看著路況問：「我怎麼樣看妳了？」

她頓時一陣語塞。

這麼安靜的駛行一段路，林星海原本想說些後續問題，但又覺得不合時宜，索性什麼也不提了。

抵達旅館後，一名男子已經候在門口等待。

「他是陳毅，這段時間如果不放心，妳想離開旅館都讓他跟著。」余涵光沉吟片刻，又道：「暫時先這樣避避。」

她卻沒有說話。

林星海的心情，當真是五味雜陳，覺得自己就像在做垂死掙扎一樣。

「余涵光，有時候我會覺得……我們就像在兩個不同的世界一樣。」她將掩在頰上的頭髮勾至耳後，感覺喉頭逐漸乾澀起來：「前陣子其實一直都有記者找我，就為了報導車禍的事，之後我又看見新聞。」處處將他放大檢視。

余涵光看似風光的處境，其實如履薄冰，只要稍不注意走錯路，就可能墜入萬丈深淵。

「你堅持走到今天……是為了什麼？」

她的話音清晰的落下。

林星海知道這個問題突如其來，但其實在第一次，當她接到醫院通知記者想採訪的電話時，這疑問就深埋在心中，悄然萌芽。

他淡淡的道：「只因為我的命，是別人給的。」便竭盡所能……讓自己的存在也成為別人的力量。

他回答得太快，也過於生僻難懂，彷佛早已擬好了稿。

直到林星海進了旅館，都還在思考他這句話的涵義。

命是別人給的？是在暗指她不知感恩父母？

林星海皺皺眉頭，又覺得有些古怪。

之後她也沒多想，進了浴室泡了個熱水澡，揉了揉還有些作痛的小腿肚，有些昏昏欲睡，自從意外車禍以後，小腿總會犯疼，趁著最近有時間應該要去趟醫院複診了。

她穿好衣服，從皮夾裡拿出余涵光之前給的名片，拿出手機將地址輸入進去。

第三章：待我溫柔入骨

一個隱密的廢棄停車場拉下了鐵門，裡頭靜悄悄一片，連落下根針都聽得見。
男人坐在角落，屈著一條腿，手肘撐著膝蓋，指間一點紅光，半個身影都籠罩在陰影裡。
鐵門轟隆隆響起，他慵懶的抬眸看一眼，只見一名青年彎下腰進來，又將鐵門給拉上。
「徐哥。」青年聲音迴盪在密閉空間裡：「上次程先生的請求，請問要回覆嗎？」
徐傾吸了最後一口煙，煙蒂扔到地上踩熄，問：「林星海帶來了？」
青年臉色複雜：「我到公寓的時候，只剩下兩個女人，據說都是室友，林星海昨晚出門後就沒蹤影了。」
他有一瞬恍神，隨即輕輕笑出聲，她會逃，也算是預料之中，反正徐傾有的是辦法逼她出來。
不過，昨天連夜下了雨，也不曉得她有沒有帶傘。
「查查這家咖啡廳。」
青年接過他手上的紙條，畢恭畢敬的應道：「知道了！」
徐傾略一沉吟，又說：「轉告程樺，他的要求我可以辦到。」
「明白。」青年頷首，轉過身離開。
徐傾將背靠在牆上閉目養神，眉頭卻皺了起來。
他想起昨日在咖啡廳意外遇見的余涵光。平常人見了徐傾，即便不認識，卻也知道不該招惹，但余涵光卻不同，身姿挺拔的擋在他面前，舉手投足都是冷靜沉著，沒有一絲一毫的顧慮。
有點意思。
徐傾彎起唇角。

❖ ❖ ❖ ❖ ❖ ❖

這幾日，旅館待遇處處細緻妥帖，林星海待了好幾天才出門。那說派來保護她的陳毅總離她一段距離，基本上在大街上，就是她逛她的，也沒感覺身後有跟了個人。

今天她沒敢在外太久，剛想著回去，卻聽見一聲叫喚：「林星海小姐？」

循聲而望，只見程素站在一間服飾店外，手彎處掛了好幾個大大小小的袋子，看來也是剛逛街出來。

見真的是她，程素幾步邁到她跟前：「沒想到在這見面了。」

「好巧。」林星海回道。

程素和一週前的打扮不太相同，長髮簡單紮在腦後，暖灰色開杉搭了白短T，輕便的藍色牛仔褲，顯得很年輕。臉上淡妝，加上溫婉的笑，整個人都給人一種分外舒適的感受。

「妳應該還沒吃過午飯？」程素低頭看了眼腕錶，才抬起頭來：「對面有家有名的餐館，不如一起？」

林星海推託：「不用了。」

她抿唇一笑：「妳是涵光的朋友，我上次沒能打聲招呼就走了，這次我請妳一次，算賠個罪。能賞臉嗎？」

話都說到這個地步，顯然不給拒絕的餘地。

對面開的是一間日式餐館，裝潢雅緻，比午飯時間還早一些，就已經有不少人了。

才剛坐定位，一名少女就跑了過來。

「妳是程素嗎？」她眼中滿是憧憬：「請問可不可以討個簽名？」

程素溫柔一笑，接過紙筆。少女喜不自勝的歡呼一聲，又討了張合影，激動得眼眶泛紅，滿口不是說「程素我愛妳」就是「程素我崇拜妳」，過了幾分鐘才一步三回頭的離開。

打發走了粉絲，程素歉意的道：「不好意思，有時候會碰見這種情況。」

林星海微微一笑，表示可以理解。

「我可以直呼妳星海嗎？」她柔聲問。

兩人慢慢地聊著，飯菜也很快送上來了，餐廳內悠揚著古箏樂聲，隔著擦得乾淨剔透的玻璃門，能望進一個滿是綠色植物的院子，角落有小池塘，設置了一支添水的竹筒。

每隔段時間添滿水，便砰一聲倒出，聲音清脆好聽。

「原來妳是讀音樂系，主修鋼琴畢業的。」程素目視著她，眼底散著細碎的笑意：「那鋼琴一定彈得很好。」

林星海晃了晃手中的茶杯，彎唇：「現在已經不彈了。」

程素自然說了幾句惋惜的話。

在林星海看來，程素有些心不在焉，即使表面上彷彿興致盎然，眼神卻出賣了她，這也顯得她有些虛情假意。

這麼有一搭沒一搭地聊著，過不其然，程素眼神閃爍了下，佯裝不經意地問：「對了，妳跟涵光是怎麼認識的？」

此話一出，林星海就知道她這頓飯，請得心思頗深。

「路上偶然遇見。」她回答。

程素明顯鬆了口氣：「原來妳是涵光的粉絲。」

林星海也不否認，低垂著眼簾略一思忖，難得補充：「這麼說來，我也算是妳的粉絲。」

「啊？」程素睜大眼睛。

「我跟妳同齡，以前就經常在電視上看見妳。」她抿了口茶，修長白淨的手指還夾著筷子，意有所指的道：「只是從來沒想過，會有機會和妳一起吃飯。」

「千萬不要把我當成什麼特別的人啊。說起來，我也是遇上貴人才有今日。」程素說著笑了起來，陽光照在她白皙的臉上，如朝霞映雪：「因為我生得晚，家裡的人總是慣著我，所以小時候性格就又傲慢又懶散，而我長兄大我整整十歲，那時候就是拔尖選手了，我的滑冰就是跟他學的，卻學得不怎麼好。」

她頓了頓，忽地想起什麼，眉梢嘴角都是柔和的笑：「之後我透過哥哥介紹認識了涵光，他做任何事情都要求完美，為人又謙虛。我從來沒有見過像他這樣的男人，所以……」

程素剛想說下去，耳朵和修長的脖子都一點點地紅透了，音量也愈來愈小聲：「所以就學著他的樣子，開始發奮圖強，努力想要和他並肩。」

庭院裡竹筒清脆地一喀，接著傳來細碎悅耳的水流聲。

林星海有一瞬恍惚，看著眼前的程素，就像看見一名成熟溫柔的女人，說到自己心愛的男人，變得嬌羞撫媚。

愛情真能改變一個人嗎？

林星海嗤之以鼻的事，程素此時卻坐在面前，將她的經歷侃侃道來。

程素是名成功的女人，余涵光更是名成功的男人。差別在於，程素是被余涵光吸引而改變了。

兩人彷彿是天造地設，生來就是註定站在世界頂端閃閃發光。

只是不知，余涵光是否也曾被誰而改變？

「星海。」程素雙手托腮，微微偏頭，臉上是恰到好處的淺笑：「能不能交換電話號碼？這樣以後想逛街就約妳一起，不用自己一個人了。」

她低垂著眼簾，掩住眼底的思緒，唇角微勾，這樣旁人看起來就像在笑：「好。」

林星海聲稱有事，提早離開了餐廳。

程素坐在原本的位子，沐浴在窗外斜照而來的陽光下，輕輕地舒了口氣。

就這麼坐了好一會兒，她叫來了服務員道：「麻煩你替我結帳。」

「剛才與您同桌的那位小姐都付清了。」

程素愣了下，臉色卻變得不太好看。

服務員記得程素不久前有給粉絲簽名合照，已經在旁惦記許久，便趁著機會問：「請問我可以跟您討簽名嗎？我是您的粉絲。」

將準備好的紙筆遞出去，程素卻滿懷歉意的道：「不好意思，私人活動的時候，我不接受簽名。」

在對方錯愕的表情下，她戴上墨鏡拎起包，踩著高跟鞋，婀娜的背影一步步離去。

隱約間能透過窗戶看見她偏頭將手機夾在肩膀上，眉頭微微皺著。

「喂？哥。」她嗓音格外甜美：「都說你人脈特別廣，能不能幫我查個人？」

❖ ❖ ❖ ❖ ❖ ❖

週一，天氣分外晴朗。

林星海赴往醫院，在前臺掛完號，坐在等候區好一段時間。醫院的消毒水味兒刺鼻，偶爾湧來一些神色匆匆的人們，誰也沒有特別留意她。

玻璃自動門外車水馬龍，隱約看得見一臺低調的黑賓士，隔著大馬路，停在一邊停車位裡。她覺得這臺車有些熟悉，便一直盯著，好不容易等馬路上的車輛疏通，卻因為遙遠而看不太真切，直到盯得雙眼疲憊，才移開視線。

他怎麼可能會在這。

林星海沒有再理，中途上樓去了趟洗手間。出來的時候，旁邊辦公室的門開著，站著在談話的兩個男人。

其中一名是醫生，一襲大白掛，說著關於術後事宜。

事不關己，林星海本想離開，可另一名男子一開口，雙腳卻像有千斤重，硬生生頓在原地。

循聲望去，入眼的是男子修長高挑的身影，襯衫黑褲，手彎處掛著件外套。燈光灑在他腳前，留下一地的斑駁光影。

余涵光察覺到視線，偏頭看來，微微一愣，略思忖後就瞭然。

即使他戴著口罩，一雙形狀極好看的丹鳳眼，也讓林星海輕易認出來了。

穿著大白掛的醫生見他沒再說話，也看了過來，問：「朋友？」

余涵光點頭：「之前和你提過。」

林星海有些意外的抬眸看他，冷不防撞見一雙帶細碎笑意的眸子，便飛快移開。

醫生恍然大悟，幾步走了過來，臉上帶著親切的笑：「妳好，我是冉醫生。」

簡單自我介紹後，覺得讓余涵光站在外面有些醒目，冉道軒趕緊先將他們都招呼進去。

關起門，冉道軒繞過辦公桌，比了個手勢：「請坐。」說著卻是自己最先坐了下來，打開筆記型電腦，臉色卻漸漸變臭，眉頭皺得能夾死隻蒼蠅。

「前臺在搞什麼啊，把腿創傷的患者送到我這。」他拿起電話筒輸入號碼，開始嘟囔：「我是心胸外科，又不是創傷內科，是嫌我工作不夠忙嗎……」

「醫生。」林星海淡淡的道：「腿創傷的患者是我。」

冉醫生愣了三秒鐘，趕緊掛了電話，正要說些什麼，一旁一直沒發話的余涵光卻問：「上次留下的腿傷？」

她含糊地「嗯」聲：「不是特別嚴重，加上前陣子忙，所以拖到現在才來。」

「沒想到我們余大人還會關心別人的身體啊。」冉道軒酸溜溜，一字一句都從齒縫裡擠出：「我以為你已經超脫世俗，感受不到肉體疼痛呢。」

林星海眨了下眼，下意識抬頭看他。

余涵光就站在身邊，手臂靠在櫃子上，另一手插兜裡，修長雙腿交疊，顯得隨興自然。聽著醫生的話，眼底染上清亮的笑意。

原來他和朋友在一起，都是這個樣子。

「上次車禍撞到是吧？」冉道軒捋了捋下巴的鬍渣，瞇起眼：「距離大概多久了？」

「兩個月半。」余涵光替她回答。

冉醫生再次感到不滿。

他的視線在他們兩人之間梭巡好幾次，最後嘆氣：「先去拍X光片再說。」

之後她真被推搡去隔壁拍片了。

出來的時候，冉道軒剛看完一輪病患，給她開藥又叮囑了幾句，他就被護士叫去做手術。

林星海去前臺繳費，被告知已經付清所有費用。似曾相似的情況，她下意識望向窗外，隔著一條大馬路，那臺熟悉的黑賓士已經不在。

他走了。

時間不早，正準備踏出醫院門口，掛在牆上的電視新聞臺報導了驚人的消息。

「……為您插播一則消息，位於新中路的這間咖啡廳，雖不起眼，但竟然是余涵光開的店面。」女主播清亮的嗓音響起：「附近鄰居則表示，他們確實有見過疑似余涵光的身影，不排除以後幸運可以遇見。我們可以從畫面看到，現在……」

畫面一轉，熟悉的店面映入眼簾。咖啡廳內水洩不通，塞滿了人潮，連落腳之處都沒有，而店門外排了一百米的長龍隊，馬路上甚至有車停下湊熱鬧，後方吵雜喇叭聲不絕於耳。

林星海臉色蒼白，只覺得自己身體上的溫度，緩緩在被抽離。

她趕緊拿出手機打給魏嘉誠，忙音聲不止，最後轉入語音信箱，她又試著打幾次，都沒有接通。過了半個鐘頭，魏嘉誠終於打來，語氣說不出的憔悴：「林流氓啊……」

她皺緊眉頭：「我看到新聞了，到底是怎麼回事？」

「我哪知。」他煩躁的抓了抓頭，恨不得把頭髮都拔下來似的：「這邊都亂成一團，根本沒辦法好好工作！要關門也關不起來，一堆記者擠在這，操，到底誰走漏風聲……」

他祖宗十八代都罵過一輪，好不容易平息怒氣，又說：「中午就一群記者守在外面，我沒放在心上，才剛開門營業，他們瘋了一樣全衝進來採訪，還沒來得及趕他們走，外面人潮就來了，一波比一波多人。我現在真的應付不來。」說話一停，他可憐兮兮的問：「妳可不可以過來幫忙？」

她答應的話剛到嘴邊，卻忽然感到不對勁。

——新聞記者。她想起了糾纏不休，甚至追到西班牙的兩位記者，為了抹黑余涵光，不惜付出龐大資金。

她被多少人惦記著？這會不會是故意設下的局，而那人躲在暗處，等待她自投羅網？

林星海冷靜下來，回道：「先不要急，我叫警察過去把人趕走。」

掛了電話，她發現屏幕電子郵件程式右上角，閃出一個紅色的「1」。下一秒「叮」一聲響，上頭的訊息通知傳來。

那是個陌生郵件，內容只有一句話。

「小秦，妳連姚淑娟都放不下，怎可能放得下我？」

此信給人的感覺慵懶又輕佻，彷彿在說天氣真好一樣。

她的第六感果真準，這段日子裡，徐傾在暗中目視著她，極有耐心的玩著貓捉老鼠的遊戲，一下一下、不緊不慢地逗弄著，等她筋疲力盡後，順從地變回他那熟悉的秦詩瑤。

徐傾一向只喜歡乖巧聽話的人，眼裡容不進一粒沙子。

❖ ❖ ❖ ❖ ❖ ❖

姚淑娟是秦詩瑤的母親。那句「妳連姚淑娟都放不下」，就像一把寒刀插進胸腔，疼得無以復加。

林星海掙下的錢，扣下房租與日常開銷，全都匯進秦母的銀行帳戶。

當初秦父去世的早，姚淑娟就像變了個人似的。

秦詩瑤時常會想，要是父親沒有去世，那溫柔和善的母親，是不是也就不會變了？

她一生中最幸福的回憶，僅僅六年而已。六歲的獨生女孩懂什麼？擁有父母的寵愛，過著平凡的生活，處處覺得不滿足，恨不得自己就是電影裡的公主。

那時姚淑娟對她，自然也是極好的。

秦詩瑤五歲上幼稚園時，見到老師竟然會彈琴，那身材肥胖不甚美麗，但學音樂的人，骨子裡都透著一股優雅知性。聽著美妙的樂聲，她深深被吸引，回家就嚷著想學琴。

秦父二話不說，買了一架昂貴的Kawai三角鋼琴，又請來一位老師，每週督促她練習。

她一開始自然是歡喜的，到學校便四處炫耀，同學們羨慕的眼光讓她感到無比驕傲。然而才過沒幾週，她被老師糾正了手指角度，每天又得按時練習，她猶如洩了氣的皮球一樣，瞬間失了熱忱。

一旦她放學回家，姚淑娟就是哄她去練琴，說如果乖乖練習就有獎勵。秦詩瑤記得鋼琴昂貴，怕惹父母生氣，只好依言照辦。

然而她手指摁著琴鍵，心思卻早已飄到九霄雲外，每次都忍不住打盹。

某天凌晨，她睡到一半想上廁所，卻聽見刻意壓低的談話聲從門縫傳來。

「我還是覺得很可惜，先不說琴有沒有辦法原價賣掉，」姚淑娟的嗓音滿是不贊同：「小秦還小，耐不住性子是正常。」

秦父沉默片刻，又和秦母談了幾句，最終敲定要再堅持一段時間。

隔天是個週末，秦父出遠門。秦詩瑤記得昨晚的談話，今日難得不用姚淑娟催促，自己主動端坐在琴凳上，有些吃力的認著譜上的黑色小豆子，好不容易練完一次，扭頭就看見姚淑娟倚在門邊，笑容溫婉的看著她。

「小秦，辛苦了。」她走了過來，寵溺地揉揉女兒的頭，彎腰與她平視：「媽媽先去車站接爸爸，妳練習到我們回來，就帶妳出門玩。」

秦詩瑤喜不自勝，響亮亮的應了聲「好」。

然而她卻沒有開心太久，雀躍的心情隨著時間推移，也逐漸消逝殆盡。

她不記得自己練了多久，忍不住趴在琴蓋上打盹，見天色漸暗，夜幕降臨，她打起精神又多彈了半個鐘頭，卻遲遲等不到父母回家。

家裡空蕩蕩一片，沒有一絲聲響，只有窗外呼嘯而過的風聲，就像有人在哭泣。

躲在被窩裡，她瞪著通向客廳的長廊，黑漆漆的一片格外滲人。她害怕極了，想把家裡全部的燈都打開，卻又不敢踏出房間一步。

秦詩瑤恍惚間也睡下了。隔天，她聽見大門的響動，歡天喜地的跳下床去迎接，口中不停嚷著：「爸爸、媽媽！」

然而看見來的人是鄰居，她的笑容僵在臉上。

「小秦啊，過來。」鄰居婆婆瞇起眼，朝她招招手：「妳媽媽臨時有事，回不了家，剛才打電話要我過來照顧妳。」

婆婆和她談了幾句話，又給她帶來便當，等她吃飽喝足，目視著她的小臉許久，垂眸長嘆了口氣：「可憐的孩子。」

之後搖搖頭，拄著拐杖，步伐蹣跚的離去。

姚淑娟是在第四天回來的。她一推開門，臉上沒有任何表情，唇色蒼白，眼神更是冰冷。

秦詩瑤跑到她跟前，仰頭看著母親陌生的表情，即使年幼無知，但孩子終究敏感，隱隱中，似聽見有什麼東西破裂的聲音。

秦父再也沒有回過家。

每當她問起，姚淑娟總一聲不吭，直到真被纏著問煩了，就折回房間，下一刻，就拿著藤條出來使勁抽她：「妳倒是去找妳爸問問！」

秦詩瑤嚇得哭了出來，姚淑娟捏緊手中的藤條，不知不覺，眼淚也模糊了視線。

秦詩瑤印象中溫婉的母親，從此被塵封在記憶裡，幾次翻找出來想一想，卻發現記憶愈來愈淡，取而代之的是姚淑娟猙獰陌生的嘴臉。

母親的世界隨著父親的離去而支離破碎；秦詩瑤的人生名為母親的光芒，也消失殆盡。

在短短幾個月裡，寬敞的房子被隔成兩半，另一半租了出去。

姚淑娟早出晚歸，家裡無人打理，久而久之雜物堆滿了角落，幾乎沒有落腳之地。

秦詩瑤每天從學校帶點剩飯回家，晚餐孤伶伶地站在流理臺前方，盯著微波爐內轉動的食物，全世界彷彿只剩下她一個人了。

姚淑娟染上煙癮，一回家便是坐在沙發上抽菸，見到秦詩瑤，便不耐煩的皺起眉頭。

「媽。」她戰戰兢兢的捧著聯絡簿，走了過去：「您可以幫我簽嗎？」

姚淑娟靜了幾秒鐘，任煙霧從唇邊緩緩地溢出：「今天有練琴了？」

「練了。」她答。

母親挑眉，接過聯絡簿，只掃視了一眼，涼涼地笑了聲：「帶著妳這拖油瓶，還嫌我不夠累是吧？」接著將簿子狠狠摔在地面上，「以後這種通知都不要給我看見，告訴妳們老師，這面談我不會去！」

說著便將菸捻熄，扔在煙灰缸裡，頭也不回的進房休息。

秦詩瑤鼻腔一酸，委屈混雜著菸味兒，眼淚就像斷了線的珍珠一樣，沿著臉頰不斷滾落。她蹲下身，撿起地上的簿子，慢慢的挪著沉重的腳步，走到陽臺邊開啟窗戶。

冷風灌入，終於吹散了幾分嗆鼻的煙味。

她以為這樣水深火熱的日子，已經是最差勁的了，卻沒料想到，真正的地獄還沒臨頭。

家裡缺錢，姚淑娟抽煙的次數漸少，原本烏黑亮麗的一頭長頭髮也逐漸斑白。生活過得拮据，她性格一日比一日暴躁，沒有一刻不想找女兒出氣。

秦詩瑤成績一落千丈，考上一所不怎麼好的私立高中，見到要付龐大的學費，毫不猶豫的辦休學了。由於姚淑娟禁止了她交友，秦詩瑤成天都是待在家裡練琴，偶爾參加一些大大小小的比賽，拿下不少獎牌，資金則全被母親沒收。

每當姚淑娟帶工作認識的男性同事回家，秦詩瑤便要把自己關在骯髒的閣樓，不能發出一點聲響，地上偶有老鼠亂竄，嚇得她面無血色。

她受夠了這種日子。童年裡溫婉知性的姚淑娟，也被現實吞沒得乾乾淨淨。秦詩瑤形單影隻的站在黑暗中，失去了人生的方向。她受夠了為母親而活、受夠了沉溺在過往幸福的記憶裡、受夠了每晚午夜夢迴後，睜開雙眼才發現自己其實一無所有。

門吱呀一聲，姚淑娟一張陌生冰冷的面孔，從門縫間露出。

❖ ❖ ❖ ❖ ❖ ❖

「星海姐，妳瞞得我們好苦。」一道女聲語氣責怪的道：「怎麼不早點說呢？」

宋亞晴抱臂，嘟嘴瞪著眼睛。安晨在旁無奈的笑，拍拍她的腦袋瓜，安撫了幾句。

林星海打從那晚喝醉酒，就再也沒有回公寓。擔心了幾天，宋安二人看著電視新聞，見咖啡廳居然是余涵光開的，頓時驚訝得如遭雷擊。林星海居然真的認識他！

爭先恐後的打了電話，劈哩啪啦就是對林星海一頓嚴刑逼供。

「不用擔心啦，我們會替妳保密。」等被慢慢地「哄」過後，宋亞晴顯然心情好轉不少，語氣輕快：「不求見一面，只求一張簽名。星海姐星海姐，妳可不可以幫忙討一張？拜託了拜託……」

林星海一陣語塞。

討簽名？現在咖啡廳暫時關了，和他哪時候會再見面都不曉得。

通話結束後，林星海在床沿坐了一會兒，放在被子上的手機卻震了震。拿過來一看，竟是程素的一封簡訊。

「嗨，星海，這幾天過得都好嗎？我是程素。四月二十七日，我和我幾位朋友籌辦了一場給余涵光的秘密生日宴，想到妳是佘涵光的好朋友，就一起邀請妳過來狂歡，再順便介紹幾位姐妹給妳認識，大家都是很好的人，跟妳一定會相處得很好。總而言之，希望妳能撥空參加。四月二十七日，咱們不見不散！」

林星海感到十分意外。她沒想到程素竟然會邀請她，更沒有刻意注意過佘涵光是哪時候生日。思及此，她點開搜尋欄，查詢「佘涵光」三字。畫面一閃，琳瑯滿目的資料全閃現在眼前。新聞、照片、影片、介紹、安利、技術分析……令人目不暇給。

手指輕觸著屏幕，林星海頓時沒了主意，又向下滑了幾下，目光被幾張照片給吸引。

那是〈Pavane〉，她親眼看過的長曲比賽。佘涵光迎風而上，一襲考斯騰的藍綠色羽毛微微顫動，滑行平穩流暢，就像會隨時起飛。他素雅的面龐，始終掛著疏淡的笑意。

這畫面被攝影師拍成張照片，卻更像是用筆勾勒出的一幅畫，美得令人屏息。

林星海垂眸看著手機，心念一動。回想當時的畫面，他的身影閃過，耳邊聽見了涼風吹拂而來，接著刀齒劃過冰面，俐落的「唰」一聲響，格外悅耳。

——她彷彿身臨其境。

她竟還記得那種感覺，渾身的血液都在沸騰，目光緊鎖著佘涵光，哪怕是移開半秒鐘，都覺得是種浪費。

❖　❖　❖　❖　❖　❖

庸庸碌碌地過了好幾日，林星海動身赴往派對。

那是特大間的餐館，一邁進去，頭頂便是巨大的水晶燈，地上是寬敞乾淨的地面。她一面走著，便望見掛滿牆的藝術畫，不禁想起那趟人生中唯一一次的豪華郵輪旅行，相比之下，倒是有幾分相似。

程素剛好出包廂，便看見她：「星海？」

林星海循聲而望，不禁微微一愣。程素今天打扮得特別有女人味，大紅色的露肩晚禮服，鎖骨線條流暢性感，脖子還掛上細細的珍珠項鍊，襯得她身體肌膚勝雪。

程素的裙擺從大腿處開衩，露出筆直修長的腿，腳下是雙黑色經典款高跟鞋，走來時，鞋根踩在大理石磁磚上，發出清脆聲響。

「太好了，原本我還擔心妳不來呢。」她熱絡的挽著林星海的手臂，莞爾一笑：「走吧，我帶妳進去。」

程素又指了指通往二樓的樓梯：「余涵光在樓上跟教練談話，他還不曉得我們給他準備了什麼……」

走進包廂，人們不約而同的望了過來，原本充斥著歡笑聲的室內，慢慢的靜下。探究和疑惑的目光，全停留在林星海身上。

「給你們介紹我的新朋友，也是涵光的朋友。」程素彎起眉眼，輕輕拍了下她的肩膀，介紹道：「她叫作林星海，是個音樂家哦！」

林星海微微一笑。

「還是單身？」程素俏皮地眨了下眼睛，見她沒有反駁，轉頭揚聲道：「各位男士們注意了，星海不僅長得漂亮，還是單身。」

隨著這句話落下，原本有些凝結的氣氛，瞬間流通了起來。

見許多人站起來歡迎，程素和她低聲聊了幾句話，便優雅款款的離去。

率先迎來的是一名西裝筆挺的年輕男子，臉上掛著友善的笑意，紳士的伸出手：「您好，我叫程樺。」

「請多指教。」她禮貌地回握，聽見名字突然覺得耳熟。程樺見她的表情，解釋：「我是程素的哥哥。」

林星海點頭微笑。

原來如此，他就是程素口中那名滑冰教練？他氣質溫文儒雅，看起來才三十出頭，比想像中年輕許多。

「嗨，林小姐。」

一名西方面孔的男子走了過來，用碧色雙瞳打量著她，自我介紹道：「我叫安德烈。」

她接著和他寒暄了幾句。

原來安德烈是名法國人，雙人花滑選手，性格相當開朗。他說道：「我中文講不是很好，請林小姐不要介意。」

她回答：「你講得非常流利。」

幾乎沒有任何腔調，要不是一張惹眼的深邃面孔，其實很難察覺出他是外國人。

陸陸續續幾位知名人士走過來，她被敬了幾杯酒，幸好之後安德烈擋下，帶她過去沙發區坐坐。

「涵光竟然會認識圈外的女生，太讓我意外了。」安德烈摸了摸下巴的鬍渣，「他的交友圈雖廣，但平時只對滑冰有興趣。剛剛程素說妳是個音樂家，那讓我猜猜——涵光應該是向妳請教了有關曲目的事情？」

安德烈瞇起漂亮的雙眼：「他一直都很喜歡鋼琴。」說著指了指角落：「程素為了他，還特地訂了有鋼琴的包廂。」

那裡擺有一架白色的三角鋼琴，在燈光下熠熠生輝，甚是高雅漂亮。

在大圓桌旁的程素臉上始終掛著得體的笑容，見服務生端來了蛋糕，輕聲道：「辛苦了。」服務生欠身離去。

程樺將杯中的紅酒一飲而盡，見她身旁已經沒人，便走了過來，在對方不解的目光下，他眼底閃過一絲桀黠：「她就是妳想調查的人？」

程素皺起眉頭，不由得壓低聲量：「別在這裡說。」

他卻不以為然的笑了笑：「她不是讀音樂系的人，說準確一點是……根本沒有音樂背景，學歷也只有到高中畢業。」說著又給自己倒了杯酒，神情頗愉悅：「看來是在妳面前感到自卑，所以撒謊了。」

程素慢慢地「嗯」了聲長音，紅色唇瓣勾起一個弧度：「高中畢業？」

他聞言微微一哂：「不過她也在余涵光那間咖啡廳打工。」

「這種女人我見過太多。」程素望著林星海的背影，眼底漫開一片清冷：「現在眼巴巴往安德烈身上貼呢，大概是知道自己跟涵光沒戲唱了吧。」

「妳對余涵光倒是很衷情。」程樺將玻璃杯舉高，和妹妹的酒杯輕輕一碰，轉身離去。

程素隨即失笑。

低眸將精緻的蛋糕擺正，腦海中忽然升起一個疑問。哥哥人脈雖廣，但查到的個資也未免太過齊全了吧？

這個念頭才剛閃過，那扇包廂大門緩緩被打開。四周瞬間靜了下來。

一名滿面紅光的中年男子喊道：「我們主角到了！」

滿室的人們都躁動起來。

聞言，一直興致缺缺的林星海也看向門口，那名中年男子向旁邊一讓，眾人期盼的人物終於邁了進來。這是林星海第一次親眼見余涵光穿正裝，西裝革履，更顯身影筆挺修長。

即使如此，仍掩不了如清風明月般溫和的氣息。他望著眼前熱熱鬧鬧的景象，抬手輕捏了下眉心，無奈的啞然失笑。

「涵光，生日快樂！」

眾人笑著道賀。程素婀娜多姿的捧著蛋糕幾步走來，忽然想起了什麼似的，轉頭問：「星海，能不能麻煩妳彈生日歌？」

余涵光明亮的雙眸望向了林星海，顯然對她在此感到意外。林星海心中則咯噔了下，只因一句話，滿室人們盯著她瞧。

看熱鬧的程樺噗哧一笑，這妹妹，真夠狠毒。

安德烈自然不知道這些淵源，只露齒一笑，帶著期待的目光瞅她。

她被推搡著過去，渾身都冷了下來。

朝角落那臺鋼琴走，那晶亮的琴身倒映著自己模糊的身影，光怪陸離如同鬼魅一般。

每走近一步，耳鳴聲卻愈來愈大聲，震得頭隱隱作痛。

已經多年沒有碰琴了，然而這種被壓在海底窒息的感受，卻如出一轍。不就生日歌嗎？有什麼困難的，幾分鐘忍忍不就過了。這麼安撫著自己，身後無數火辣辣的目光像要看穿她一樣，林星海的手剛碰到冰涼的琴蓋，後方一道低沉的聲線響起：「不用了。」

轉頭一看，余涵光目光清亮無比，語氣裡含著笑意：「以前每次都是清唱，這次怎麼繁瑣了？」

有些玩笑的話，卻讓程素臉一僵，連忙解釋：「這不是因為星海來了嘛，我們這群人，對音樂都是一竅不通的。」

「程素。」他嗓音壓低了幾分，低眉垂眸看她：「妳唱歌好聽，以往都是由妳來唱。」

隨著這句話，焦點又回到了程素身上，滿室一陣騷動，有人輕佻的吹了聲口哨。

他難得稱讚她，程素臉上不禁有些燒，可抬頭對上他深沉如海的眸子時，好像自己的心思全被攤在陽光下，被檢視得一清二楚，那些小歡喜頓時蕩然無存。

她臉色蒼白幾分，尷尬的笑：「那大家一起吧。」

最終是安德烈拍著手先開口，竟是標準的男中音嗓子，大夥兒接著熱熱鬧鬧地唱了起來，這群人裡不少外國人，幾乎把各種語言都唱了遍，一片喜氣洋洋。

服務生推著車送餐，擺上滿桌子佳餚。

有過前車之鑑，林星海不敢再喝酒了，靜靜地待在角落，注視著場內最被受矚目的男人。他的側臉白皙乾淨，唇角微微勾著，水晶燈在柔軟的黑髮鍍上一層流光，隨著動作而細碎地閃爍。

打從踏進門的那一刻起，程素就沒有離開過他身側。

所有女人羡慕的身材曲線，用一襲艷麗的紅色禮服展露無遺，即使奪目，卻在主人的舉手投足間顯得落落大方。

不知聽誰講了什麼，忽然眉目一彎，抿唇悄悄笑了起來，連帶耳朵上的鑲鑽吊墜耳環也靈巧地擺動著。

安德烈連開了好幾個黃色笑話，走過來想歇一回，見到她坐在原位，面前的食物也沒動過，壓下心底的疑惑，熱情的招呼：「星海小姐，過來這邊一起聊天！」

她卻搖搖頭婉拒：「謝謝。」

「怎麼了，身體不舒服？」他一屁股落座在身邊，關切的問道：「要不要帶妳出去透透風？」

又和她聊了幾句，確保她只是單純沒有興致後，安德烈猛扒幾口飯，又往人堆裡砸去了。

林星海抬頭眯眼，被水晶燈閃得有些刺目。富麗堂皇的頂級餐館、達官顯貴的上流人士、耳邊的雜語聲、此起彼伏的笑鬧……她坐在一隅角落，明明沒有被孤立，卻覺得自己格格不入。

望向那臺鋼琴，它那麼安靜的待著，卻讓人心生退卻。

她曾經也有過自己的舞臺，只是待在那裡太過痛苦，每一分每一秒都是煎熬，十七歲那年逃離後，便從未想過去碰觸那塊傷疤。現在看著留在舞臺上神采奕奕的人們，心裡又很不是滋味。

忽然，就有點後悔自己今天過來了。

「——啵。」開瓶的聲音響起。

桌上的紅酒和葡萄酒全被撤下，杯子也被換新，滿上香檳。站在不遠處的程樺往自己杯裡摻入威士忌烈酒，大喊一聲：「乾杯！」

氣氛高昂，人人仰頭就喝。林星海皺起眉頭，酒氣混雜著氣泡湧上，又苦又爽快。

看這些人高漲的心情，今天怕是要通宵了。

她趁著大家不注意，悄悄拎起包出去室外。此時天色已經徹底暗下，月亮懸掛著，漫天星斗閃爍。

腦袋一絲絲泛著疼意，抬手揉了揉太陽穴，或許真的像徐傾所說，她不適合喝酒。

渾身輕飄飄的，每一步都像踩在雲端上，她想要回包廂，眼前景象模糊起來，只能扶著牆慢慢的走，才走到那僻靜的長廊，包廂卻走出一抹修長的人影。

她眯眼定睛，隨後懶懶的喚了聲：「余涵光。」

他側目看了過來，目光深沉又平靜，一連串的酒精顯然對他毫無作用。就這麼打量了她一會兒，問：「喝醉了？」

林星海搖搖頭，嘗試走近幾步。一陣微涼的風從後方的大門灌進，她失神間，腳下一絆，眼見要跌個狗吃屎，一隻手扶住了她。畢竟也喝了酒，余涵光那扣著她手臂的手指格外溫熱。

實在沒辦法走了，乾脆席地而坐，闔上眼、頭靠在牆壁上。

他難得又看見她失態，兩次失態都是因為酒。無奈的搖搖頭，彎身輕拍了拍她的肩膀：「林星海。」

不知是在置氣還是真的太難受，她只皺下眉，完全不搭理。

他又重複喚了幾次。

林星海腦袋一片混沌，眼皮沉甸甸，睡意侵襲了全部的感官。隱約聽見有人在叫自己的名字，那嗓音低沉有磁性，原來她的名字也能如此動聽。

她忍不住「嗯」了聲，睜開眼睛：「余涵光。」

「妳喝醉了。」他蹲下聲與她平視，輕聲道：「我讓陳毅帶妳回去。」

林星海搖搖頭，一聲不吭。

他心底暗暗覺得有些好笑，捏了捏眉心：「先帶妳去休息室，如果很不舒服，我讓廚房準備醒酒湯……」

話還沒說完，一雙手忽然撫上他的雙頰。

他下低頭，而她微瞇著的眼睛很亮，卻蒙著恍惚，就像古井裡探出的天光。

雙頰上的手溫熱，一路燙到了胸口。隔著極近的距離，她仰著頭，就這麼無聲看著他幾秒，然後撐起身體，緩緩貼近……

「涵光？」一道清麗的嗓音響起。

程素站在包廂門口，看著眼前的情景，臉色蒼白如紙：「你們……」

余涵光只側眸看了她一眼。林星海根本沒注意到她，瞇著眼睛，但聽程素的叫法，口中下意識學著喚了聲「涵光」。

他也發現了她今天不同尋常，便耐著性子問：「怎麼了？」

她似乎就等著他這麼問，難得彎唇笑了起來：「手伸出來。」

他沒動。

她又催促：「快點。」

他在她明亮的目光下，緩緩攤開手，林星海往自己口袋裡摸了摸，往他掌心放了一樣物事。

冰涼的觸感，那是個簡單小巧的冰鞋吊墜。

在冰刀上有一行細小不易察覺的字，是他的名字。顯然是請人特意訂製的禮物。

「生日快樂。」說完，她睡意又湧了上來，朦朧間想睜眼看他的反應，卻撐不住眼皮的沉重，靠著牆重新閉上眼。

後方，程素緊抿著唇，眼底掠過一絲複雜情緒，走上前來關切：「星海喝醉了？」

不等回答，她低頭看見那冰鞋吊飾，語氣溫柔中帶著笑意：「沒想到她有這麼孩子氣的一面。不過也是用心良苦，剛才大家一起送你禮物的時候，她一直待在角落看著，畢竟大家送的不是錶就是名酒，想來是不好意思拿出來……」

她一連串講了那麼多話，余涵光依舊沒有表示什麼，只吩咐道：「我去叫人接她回去。」

程素看著他的背影，心裡有些不是滋味。

她開始胡思亂想起來，想起剛才的一幕。他彎著腰，林星海坐在階梯上，仰臉看著余涵光。

如果自己遲來一步……她好像就會吻他。

這個想法一出，程素咬緊下唇，渾身血液彷彿都冷了下來。

❖　❖　❖　❖　❖　❖

陳毅本來就守在附近，接到余涵光的電話，二話不說就開著車過去，在三分鐘內迅速抵達。

隔著一條街，他看見餐館門口有兩抹身影，慢慢的走出來。余涵光在後面，林星海則走得有些踉蹌，每幾步就被後方的人扶一把。

剛走到街邊便停了下來，陳毅剛想驅車過去，便看見兩束白光，一臺卡車從對頭歪歪斜斜的駛來。

沿著街角擦過去，接著朝著他們撞去！

刺耳的煞車聲響起，碰一聲巨響。

卡車筆直的撞上了牆，滿空都是揚起的塵土。

前前後後只有幾秒鐘，讓人措手不及。

林星海被這巨響轟得酒醒了大半，瞪大眼睛看著眼前的景象，那臺卡車就離了幾公尺的距離。

大家都愣住了，馬路上的車全停了下來，附近居民也紛紛張望。

那臺卡車的車頭撞在牆上，司機閉著眼睛一動不動，臉上流滿了血，在裡頭沒有出來。

過了幾分鐘，車子發動機油路的燃油緩緩流了一地，在地上留下一大灘深色。

沒有任何專業人員，也沒有人知道該怎麼辦，全部的人都交頭接耳起來，叫了救護車，卻都遲遲不敢上前。

一瞬的愣神，只覺身邊掠過一陣涼風。余涵光快步朝那輛車跑去，用力敲了敲車窗，駕駛員臉埋在安全氣囊裡，聞聲迷迷糊糊地抬起滿是血的臉，眼中全是驚懼。

林星海眉頭一皺，也跑了過去。

門開了之後，駕駛員低低的呻吟，喊著腿疼。

往下一看，他的一條腿像在血液裡浸泡過一樣。余涵光二話不說，解下了領帶，轉頭問她：「有沒有手帕？」

她趕緊點頭，從包裡掏出來遞過去。

他做了簡單的止血，再用領帶纏繞住，確定足夠牢固後，他問：「還有沒有哪裡特別痛？」聲音低沉冷靜，像個鎮定劑一樣。駕駛員搖搖頭，余涵光將他的手臂勾上自己的肩膀，慢慢扶他下車。林星海學著模樣扶著另一側，眉頭卻始終皺著，因為她聞見愈來愈濃烈的汽油味。

安置好駕駛員，救護車很快就抵達，將他載往醫院急救。

她環顧四周，全都是圍觀的人們。

幸好，沒有爆炸。

❖ ❖ ❖ ❖ ❖ ❖

出了這麼一樁事，生日會也進行不下去了，見事情平息下來，便紛紛回家休息。

作為目擊者，他們被警察問了幾句話，結束的時候已經到了凌晨。

一整天這樣折騰下來，林星海著實累了，上車之後靠著椅背，卻一點睡意都沒有。陳毅駕駛著車輛，從她的角度，只看得見副駕上余涵光的脖子，以及隱在黑暗中的側臉。

剛才那樣子，不怕惹麻煩？汽油漏了出來，要是意外爆炸，那他就粉身碎骨了。或者判斷錯誤，不應該去移動駕駛員……

余涵光一點猶豫都沒有就衝上前去，這熟悉感讓她不禁回想，當初發生洪秘書車禍時，他是否也是這個樣子？那時大抵可以讓洪秘書自己處理，但他也一點猶豫也沒有，徑直下車。

那時，她躺在冰冷的雨夜裡，隨著他一步步走近，風轉瞬變得較溫和，時間像被無限拉長。

那雙皮鞋被雨水沾濕，反射出晶亮剔透的光彩，就停在她的前方。

男人彎身蹲了下來查看。

他的短髮被雨淋濕，瀏海貼在白皙的額頭上，目光卻很光亮，彷彿點著一簇燈火。世界上也只有他，靈魂的純良，從眼睛就能瞅出一二。

林星海靜靜地笑了，深吸一口氣。

結果她真的不太適合喝酒，不僅一碰就醉，還變得愈來愈愛胡思亂想。

❖ ❖ ❖ ❖ ❖ ❖

余涵光回到公寓，將鑰匙拋在玄關的櫃子上，換鞋進房，將外套脫下來掛上衣架，掃見口袋處的鼓起。

他拿出裡面的冰鞋吊飾，握在掌心裡有微涼的觸感。

想起今晚車禍的時候，駕駛員滿頭是血在車內動彈不得，加上汽油味濃厚，所有人都不敢靠近一步。他前腳剛到、林星海馬上後腳跟來。

其實魏嘉誠在昨天有打電話過來，說既然咖啡廳暫時沒有開業，那最好先趁機擺脫掉林星海。要知道雖然工作上相處還算融洽，但對這名冷酷得摸不清底細的女人，他還是保有一定的戒心，甚至大膽揣測徐傾與這次咖啡廳上新聞有所關連。

然而林星海再怎麼古怪，余涵光卻是不願在毫無證據的情況下，去懷疑她。甚至經過這段時間的相處，幾乎能篤定的說，她即使外表清冷，但實則是名善良而嚮往自由的女人。

她今晚出席了生日宴，當聽到要彈琴時，雙手握拳又鬆、鬆了又握，彷彿內心在與恐懼交戰。若她說的經歷都是真實的，那她以前叫什麼名字？徐傾這個人，又要怎麼樣才會肯放過她？

余涵光擰起眉，獨自坐在沙發上，許久沒動。

❖ ❖ ❖ ❖ ❖ ❖

此時，徐傾剛談完一筆交易，含著煙未點燃，一名青年就報告了餐館外車禍一事。

他突然抬起眼簾：「沒傷到林星海吧？」

青年畢恭畢敬的答：「張奕也沒想到林小姐會跟余涵光一起走出來，所以臨時轉彎，不過因為我提前把煞車線切斷了，所以是直接撞到牆上去……」他神色複雜了起來。

「死了？」徐傾淡淡地問。

青年的頭垂得更低了：「沒有，余涵光和林小姐一起救他出來。」

一起救出來？想到那個畫面，他不怒反笑：「把張奕處理掉。」

此時房門就被敲了敲，

推開門的是程樺，一手插兜的走了進來，臉上笑意吟吟：「讓我好等啊，怎麼談這麼久？」

徐傾皺了下眉頭。

「這次鬧得真大。」程樺逕自找了位子坐下，腿一抖一抖的：「那時候汽油味可重了，機會難得，你應該要找個人放火才對。」

徐傾垂下眼簾，從口袋拿出打火機點燃，煙頭瞬間被燒得嫣紅。他深吸了一口，說：「你妹妹也在現場，要是看見那種情景，怕是一輩子都會對他念念不忘。」

「這連你都知道。」程樺朗笑幾聲，蹺起二郎腿：「我那個笨妹妹就只喜歡余涵光，喜歡到都忘了自己小時候，到底是誰手把手教她滑冰了。」

徐傾聞言，想起了某人似乎也是類似的狀況，涼涼的笑出聲：「頂尖選手再配一張小白臉，女人自然喜歡。」

「徐哥竟然懂她們的小心思。」程樺哈哈大笑起來：「你這樣的男人，要什麼樣的女人會沒有？直接抓來就是了，不用在乎那些小情小愛。」

徐傾微微一哂，眼底的笑意卻已消逝殆盡。

「自然不用在乎。」他喉結輕輕一滾，嗓音低啞幾分：「但我從來不勉強女人。」要來，也得是心甘情願的走來。

程樺點點頭。

早就聽說過他不迷戀煙花之地，也正因為如此，總只用金錢交易。以往讓女人前來賄賂的人不在少數，但全部都被原封不動遣返，幾次過後，大家也知道這招不管用了。

不過這一年來，徐傾的案子可說是迅速的在減少，為了要讓他親自接手，程樺這次可是砸下了血本。

「不說這個了。」他收起吊兒啷噹的笑，身體前俯，手肘靠在桌上：「明年的冬奧會，我的學生是要咬金牌的。徐哥明白我的意思嗎？」

對方吐出最後一口煙，在煙灰缸裡捻熄，目光深遠的望了過來。

「車禍這種事，危險性太高，搞不好余涵光會英年早逝，反而被人們紀念頌讚。」程樺舔了舔上顎，覺得渾身的血液都沸騰起來了：「比起車禍死亡，我更想看見他斷手斷腿，變成一個連拉屎都要人伺候的殘廢，無法再站到冰上，半輩子只能慢慢老去。」

徐傾皺起眉頭，移開了視線。

這個人的仇恨，已經深入骨髓，變得面目醜陋。

❖ ❖ ❖ ❖ ❖ ❖

與徐傾交易的原則很簡單：只要能勾起他的興致，什麼都好辦。而能勾起他興致的似乎也只有金錢。

寧市的前市長顏明路帶著女兒進來，熱絡地和他握手，滿口客套話。

「不知不覺間，我們都合作這麼多年了。」他彎起眼，眼角細紋愈發的明顯：「唉，你還是一點變化都沒有。」

第一次見到徐傾時，他只不過是街頭上領著一批惡棍的小伙子，還不是幫派裡的老大。顏明路當時有點破事兒，又聽說這批人挺狠的，所以才找了過來。

這小子，那時一開口就不離錢，現在也一樣。

顏明路一開始還不信邪，偏偏要試探幾次，談交易的時候，都帶幾名身材火辣的美女，讓她們坐在徐傾身邊，不時用小手使壞一兩下。

結果徐傾正眼也不看，真的被摸煩了，就抬眸掃幾眼，美女立刻噤聲不敢造次。

顏明路深思起來：「這麼說來，你不會是喜歡男的吧？」

徐傾沒料到他口中會蹦出這話，怒極反笑：「你這死老頭，想要我把你塞進棺材？」

顏明路哈哈大笑起來，一旁的女兒也低下頭偷偷莞爾。

「暖暖。」他稱呼女兒的名：「去拿棋盤過來，我跟妳徐哥比幾場。」

「好的爸爸。」顏暖暖清脆的道，撫平裙子上的皺褶，起身到內室去找棋盤。

顏明路見女兒離開，伸了個懶腰，手臂放在椅背上，瞇起眼：「我聽說程樺也找上你了？他那個傢伙，並不是什麼善類，私生活混亂，毒品也沒少碰。」

徐傾挑眉，不感到十分意外。這種外表活得光鮮亮麗，實則潦倒失意的人很多。

「他之前找過江城的陳氏老大，想要除掉某位名人。」顏明路皺起眉苦想了一會兒，又續道：「要知道其實名人不好處理，尤其是對國家有重大貢獻的名人，他們身上牽扯到太多利益關係，高層是不敢亂動的，要是在高層眼皮子底下讓名人出什麼岔子，一定會派人徹查，那時候事情就麻煩了，陳氏也是怕惹禍上身才拒絕了。而且那小子太不自量力了，就憑他一個人和一點破錢，讓誰給他幹這種高風險的事？」

這弦外之音太過刺耳，徐傾淡淡的道：「我就是為那點破錢辦事。」

「嘿嘿。」顏明路搔搔頭：「這你也能聽出來。」

徐傾不鹹不淡的睨他一眼。

此時顏暖暖也抱著棋盤盒回來了，彎身放在他們中間的桌案上。

顏明路話鋒一轉：「暖暖，妳覺得妳徐哥人怎麼樣？」

沒想到父親會突然這麼問，她像被施了定身咒，整個人都愣住了。低頭瞅瞅，卻正好對上徐傾的視線，耳根一下子紅了起來。

就這麼沉默了下，顏明路語氣惡狠狠地道：「妳徐哥就是人面獸心。暖暖，妳看上誰都好，就不要看上徐傾。」

「啊？」

父親素來和他交好，怎麼說變就變？

顏明路吹鬍子瞪眼：「他剛才和我炫耀，說昨天去了紅燈區，把裡面的女人都辦了一輪，依舊金槍不倒！」

「——爸！」顏暖暖嬌嗔，臉都漲紅了。

「不只呢不只呢，妳徐哥……」

「不想下棋了是吧？」徐傾冷聲打斷。

顏明路臉上立刻堆滿了笑，伸手擺起棋子：「下、怎麼不下？好不容易有機會一起玩，這回一定要把你殺得屁滾尿流。」

顏暖暖揉揉發燙的臉頰，眉開眼笑了起來，幫著徐傾說話：「明明每次都是爸你輸掉。」

他嘆了口氣，口中念念有詞：「才幾歲呢，胳膊肘就往外拐……」

之後果真如顏暖暖所言，三場三敗。顏明路望著天花板，一時無言以對，在外大家敬他是大名鼎鼎的寧市縣長，所以總有意讓他小贏幾場，到了徐傾這小子面前就不同了，開局沒多久，就被殺得片甲不留。

把女兒先支到樓下，顏明路抿了口茶，慢緩緩地穿上外套，拍拍徐傾的肩膀：「先走了，你保重。」

徐傾微微頷首，從口袋裡掏出根煙含住，口齒不清的道：「不送。」

顏明路笑罵了聲「臭小子」。隨著門關起，徐傾將手伸進口袋，碰到冰冷的打火機，神智頓時清醒了許多。

這隻老狐狸，今天過來，無非就是想讓他對程樺的提議三思後行。

將菸夾在手指間，修長的食指一點一點的敲著。

至於顏暖暖……

這女人對他有意思，明眼人都看得出來。只是她身為官家大小姐，行事倒是謹慎，即使對他有好感，也刻意保持著若即若離的距離，不讓他產生厭惡的情緒。

顏暖暖一襲碎花洋裝，舉手投足優雅得體，骨子裡也帶著女孩子獨有的羞怯。

徐傾忽然想起好幾年前，那場為了暗殺張明軒設置的郵輪旅行。秦詩瑤也是一襲碎花洋裝，裙袂迎風飄揚，漫步在碼頭上，好似踩著盛開的花朵而來。

她小臉不施粉黛，肌膚散發著如玉的光澤，灼人的烈陽下，一雙眼睛微瞇。

顏暖暖確實聰明。但城府太深的女人，也不怎麼吸引人了。

徐傾抬手解開襯衫上的鈕扣，幾步邁進浴室。

❖ ❖ ❖ ❖ ❖ ❖

回溯至二十年前。

在記憶裡的傍晚，一覽起伏連綿的眾山，遙遠寧靜的雲煙繚繞移，若即若離，偶有鳥啼聲穿破雲霄，劃破寧靜。

山腳下有稀少的街路，一所育幼院尤其熱鬧，孩子們穿梭在每個角落，充滿了歡聲笑語。沿著長階梯向上看去，屋頂上穩穩掛著一個醒目的十字架。

鈴聲一響，孩子們雀躍的高喊「吃飯了」，匆匆跑進了大堂。

唱聖歌、祈禱、午睡、學習、玩耍、睡覺。這是他們毫無變化的日程，不過孩子們樂在其中。

在辦公室裡的志工們，偶爾會談起這些孩子們的背景。

「說起來，新來的那個男孩幾乎不說話。」

另一名志工皺起眉頭，嘆息連連：「太可憐了。」

他們口中的人，兩天前由警察親自來，是名十五歲的青年。父親殺害了母親現正在服刑，青年寄宿在叔叔家，也沒有受到好的待遇，身上全都是傷，可說是體無完膚。鄰居目擊家暴後緊急通報，孩子才被警察從那水深火熱的家庭救出來。

「那孩子叫什麼名字？」

「他名字還滿好聽的，叫……」

叫徐傾。

此時，青年低頭看著碗內的食物，幼兒院的食物，竟比叔叔家的豐盛許多。舀飯的志工親切的笑了笑，溫聲提醒：「碗要雙手捧著，不然掉了就不好了。」他沉默片刻，緩緩點點頭，另一手抬起虛扶著碗。沉穩聽話，完全像個大人，那隻手臂斑駁的傷痕，卻讓志工眼底閃過一絲尷尬。

恰巧，今天輪到他帶大家做謝飯禱告。徐傾卻笑了笑，推託：「我不信神。」他無法像其他的孩子一樣，朗聲唸出志工們擬好的禱告臺詞，因為這臺詞，都不是自己的肺腑之言，虛假又矯情。

徐傾淡淡一笑，感謝上帝的恩典？

在這世道上所有的恩典，都是用自己的雙手掙來的。

徐傾只在這待了幾個月。

他搭上一天一班的火車，重返了都市，沿途看著窗外倒退消逝的景色。掙脫了那窩囊叔叔的束縛，他終於有機會看看外頭的世界，展開屬於自己的生活。十年後的他，必須權高位重、活得富有，不再過寄人籬下的日子。

陽光像流水般傾瀉而下，灑在他清秀年輕的面龐上，這溫度卻像一把火，將野心燒得愈來愈旺盛。

他赴往城市尋找工作，沒有一家公司願意僱用童工。最終循著各種門路，最終只得應急先在一個工廠打工，薪水少得連基本房租都付不起。

這把火愈燒愈旺，也將理智一併吞沒。

在地下錢莊找上高利貸，他們比想像中的友善，先是詢問了徐傾的基本資料，談了好一陣。安靜地待在這鐵皮屋裡，那面談的是一位年輕漂亮的小姐。

「我叫唐雅淨。」唐雅淨雙肘撐在桌案上，看了眼基本資料，抬起頭，笑彎了眼睛，溫聲道：「我們這裡都好講話。其實我們老大以前也過得很苦，好不容易才熬到今日，所以想盡微薄之力，幫助一些走投無路的人們，不會為難的。」

徐傾微微頷首。

「基本上有按期還錢就沒什麼大問題。」她將幾張紙遞到他眼前，輕聲細語：「你主要是生計的問題，比起那些學貸或賭博欠巨額的人們，已經好多了。等你找到正職工作，這些錢就能慢慢補上。」

「知道了。」他垂下眼簾：「不過要給我充足的時間。」

「當然。」

她伸出手，和他的輕輕一握。交易達成。

或許聽信了花言巧語，又或許他本就知道，自己注定要走上這條不歸路。

拼死拼活掙到的錢全拿去還錢，等好不容易還清了，又提了一筆當初未談過的高利息。原先一點點小金額，就像滾雪球一樣，越滾越龐大。

他們就像上百隻吸血蟲，死活抓著你不放，恨不得將你身上的血肉全都抽乾。

隨著時間流逝，口頭警告成為了威脅勒索，叔叔家也被找上麻煩，在門前潑滿紅色油漆、灑冥紙，還掛上一個死豬頭，他此時此刻，怕是怕得連門都不敢出。

最後一次，徐傾被一群面色不善的黑衣人圍堵，架著打一頓，又拖去了初次交易的鐵皮屋內。那裡頭的燈光很昏暗，他被打得五臟六腑都像在翻湧，渾身抽搐不停。

嘴裡剛吐出一口鮮血，高跟鞋踩在水泥地上清脆的聲響鑽入耳裡。

那聲音，就像魔鬼催命的腳步，不疾不徐，每一步卻都重重地踩在心頭上。

慢慢抬起頭，先是紅色高跟鞋入眼，一雙白皙的腿，紅色裙子和白色襯衫，接著是一張年輕貌美的臉蛋。

唐雅淨低頭，看著趴在地上一動不動的青年，臉上頗有惋惜之色。

她張了張口，最終什麼也沒說，蹲下身來，從懷裡拿出一張乾淨的手帕，輕輕拭去他唇角上的血跡。

「所以才說好好還錢就不會這樣……」她無奈的扯扯唇角。

幾年過去，徐傾的五官已經長開了，退去青澀稚嫩，輪廓英俊分明。即使現在姿態狼狽，但一雙炯炯有神的眸子，幽深得似一汪深不見底的寒潭，格外使人心顫。

唐雅淨溫婉一笑，朝著一旁的幾名黑衣人打了個手勢。

黑衣人微微躬身，退了出去。室內就只剩他們兩人，靜悄悄一片。

唐雅淨扶著他坐到椅子上，然後自己上了二樓，手上又拿了幾份資料，鐵皮屋內迴盪著她來來回回的清脆蹉步。不知過了多久，她折回徐傾前方，拉開對面的椅子，緩緩坐了下來。

「我幫你想了三條路可以選擇。」唐雅淨向他分析：「第一條路，是今天就把所有的錢連本帶利還上。」

徐傾覺得好笑，扯了扯唇。

她卻不理會他的鄙夷，一清二楚的道：「第二條路，在這裡工作五年，用勞力償還。」

「要我加入你們……」徐傾淡淡地問：「然後一起讓更多人上鉤？」

他滿身防備的模樣，讓唐雅淨不以為然，溫聲安慰：「這是生存法則。要在這社會中立足，誰不需要使一點小手段？」

見他沒再作聲，她指了指他身後續道：「第三條路，就是直接走出這扇大門，然後再也不用回來了。」

徐傾用餘光瞥了眼，此時大門緊閉著，透過旁邊的窗戶，隱隱能見幾個高大模糊的影子。顯然，此時直接走出去，就會被一槍斃命。

在這短暫的幾分鐘內，腦海中思緒萬千。他想起自己的工作，即使上了全天班，也僅有一點微薄薪資；想起自己的家人，剩下的全是面目醜陋的親戚；想起了那偏鄉裡的育幼院，每個孩子都衣衫襤褸，省吃儉用的過著生活。

要在這社會中立足，誰不需要一點手段？

唐雅淨說：「你只需要取得老大的信任，成為他的心腹，那麼家財萬貫的好日子，也不再是夢了。」

徐傾沉默良久，才點了點頭。

她笑彎眉眼，站起身來：「那跟我來吧。」

這間寬敞的鐵皮屋有個地下室，通往後方的住宅區，十分隱密。拉開一扇鐵門，能窺見裡頭寬敞華麗的室內。

到了的門前，唐雅淨正想敲門，卻聽見裡頭一番動靜。

她歉意地笑了笑，請徐傾坐在沙發上等待，說：「老大一向不喜歡這種時候被打斷。」

說著，她也從容的坐了下來，雙腿優雅交疊。

門內傳來女人似痛苦又歡快的叫喊聲，伴隨著男人粗重的喘息，以及肉體相撞的聲響，進行得如火如荼。

不知道過了多久，時間像被無限拉長，直到愈來愈高亢，女人不停地求饒，最終全部的聲響都戛然而止。

唐雅淨又等了一會兒，低頭看了眼錶，確定時間差不多了，便輕敲敲門：「老大，我帶人來了。」門應聲而開。

裡面先走出的，是一名年輕女子，皮膚很白，眼眶微紅，看起來竟像個大學生。似乎是覺得難堪，低著頭匆匆擦肩而過。

滿室污穢的腥味、凌亂的書桌和陽臺倒落的花瓶，無不彰顯著剛才的戰況多激烈。

那是徐傾第一次見到「老大」。是名身材發福的六十歲男子，臉色有縱情後的潮紅。遠遠地，就能聞見一股又臭又濃的老男人味兒。而他那雙黯淡混濁的眼眸，此時正一眼不眨的盯著唐雅淨白皙的雙腿。

快走到生命盡頭的人，卻成天只知道不擇手段，騙取金錢、玷污年輕女人的肉體。

顯然，這種作風已造成許多人的不滿。

在短短的五年內，徐傾獲得了他的信任，在他日夜沉淪的時刻，集結了所有不滿的聲音，試圖砍斷他的左膀右臂。

這一路走來，徐傾學會了如何心狠手辣、如何成為強者、如何將一個支離破碎的黑暗組織，納入自己手中，重新整理得井井有條。

最後，是唐雅淨親眼看見徐傾一槍射向老大的眉心。

——砰。

短暫的耳鳴，她卻只淡淡的笑了笑，指揮下面的人把屍體帶到山裡掩埋好。

踏著那雙紅色高跟鞋，她婀娜多姿的走了過來，眼底滿是細碎的晶亮：「徐哥，恭喜你啊。」

徐傾沒答話，從口袋掏出根煙點燃，夾在手指上，緩緩地抽著。

她深深吸氣，看著徐傾隱在黑暗中的輪廓，心念一動，伸手奪過他手上的菸。

徐傾終於側眸看了過來。

「如果當初你是老大，說不定我會心甘情願入幫。」唐雅淨舌頭掃過上顎，一眼不眨地盯著他：

「我不介意跟你上床。」

面對露骨的邀請，他面色卻平靜無波，道：「是走是留都隨妳。」

聞言，她陷入了長久的沉默。

當時唐雅淨十八歲的時候，也是欠下巨額，被迫與老大進行性交易。在這樣的青春年華裡，她被狠狠拔掉雙翼，最終一步步，成為幫內的最佳獵手。

事到如今，她早已忘了什麼是活著，突然將自由雙翼還給她，反而不知怎麼飛了。

不出幾年，徐傾——這個名字很快地引起宣揚大波。眾人認知裡的他，是個鬼魅般的人物，受各門幫派尊敬，他的神秘與果斷，令所有人都退避三舍。

在那陰冷的小巷內，他靠在牆角上歇息，讓不遠處的手下們自己去辦事。

一道極輕的腳步聲傳來，睜開眼睛，只見一名骨瘦如柴的少女，緩緩爬上階梯。

那是他第一次見到秦詩瑤，她就像一隻受傷的小獸，步伐蹣跚，眼底盡是迷茫。

「我沒有家。」

這句話，一絲絲格外柔弱的慢慢鑽入耳朵。

收留她過了許久，徐傾很少和她見面，透過手下的匯報中，完全掌控著她的一舉一動。

秦詩瑤接近他，真的只是為了三餐溫飽，又因為良心不安，所以除去工作時間，她都去各個機構應徵做志工服務。

照片內的年輕女人坐在辦公桌前，眼睫低垂，手撐著腦袋在打盹。她的臉頰有淡淡的紅暈，微風捲起了身後簾子，落地窗外的陽光霎時灑了滿桌。

秦詩瑤已不像第一次見面，那骨瘦如柴的少女。她白皙的皮膚就像一塊尚好的玉，隱隱散發著光澤，此時被刺眼的陽光照得微微皺起眉頭，格外溫順可愛。

徐傾不由得想，這小姑娘，肉倒是長了不少。

之後又與她相見過幾次，只是隔著一群手下，遠遠的看得見她翹首以盼，用好奇的目光朝這方向張望。

或許是她一個乾淨的女人站在黑暗中，就像墮入凡間的天使，格外容易受到矚目。她的頭髮留長了不少，瀑布般傾瀉而下，恰好及腰，讓人想要抓在手心裡把玩。

又這麼過了幾年，這期間富豪張明軒澈底槓上寧市顏市長，處處都與他作對。顏市長面臨大選，此時張明軒不抓到他什麼把柄，讓顏市長急得想趕緊談和，不料張明軒態度堅決，據說在一次豪華郵輪旅行過後，便會抓準時機拉顏市長下臺。

徐傾受顏市長所託，把事情處理乾淨。

意識到這次任務的重要性，他將張明軒的個資全搜刮出來，接著佈下天羅地網，等著獵物上鉤。

張明軒與眾多政商人士勾結，開了多家大公司，產品價格低廉得出名，專門低薪錄用勞工，不少勞工被工廠機械割斷手或腳卻申請不了理賠，或者因受不了被長期壓榨，而走向自殺身亡的路。他私生活十分混亂，還有定期交換伴侶的習慣，特別喜歡年紀輕，就像洋娃娃般的女生，生得愈是精緻，他愈是愛不釋手。

認識的所有女人裡，唐雅淨最為年輕漂亮，也很熟悉如何玩弄男人於股掌之間，然而她在多年前便已經金盆洗手，此時正過著自己平靜安然的生活。

還有秦詩瑤。

那像白紙般純淨的女人，更有本事讓張明軒那種老狐狸，完全放下戒心。

徐傾很快地敲定讓秦詩瑤參與這次的計畫。

那天在碼頭上，她素面朝天，一襲簡單的碎花洋裝，精靈般的遺世獨立，卻不知道自己待在人群裡有多麼的奪目。

她有些不安的左顧右盼，幾步和他並肩走著，接著道：「徐傾。」用清脆悅耳的嗓音喚了聲他的名字，似乎覺得有些難為情，咬字模糊軟糯：「需不需要我和她們一樣，化個妝？」

徐傾低下頭來，視線在她臉上梭巡一回，輕描淡寫的道：「不用。」

小姑娘似乎不服氣，鼓著腮幫子，非要逼出一個滿意的答案。這倒是她第一次用這種眼神看他，不只長了肉，膽子也大了不少，徐傾下意識輕笑出聲：「不化也好看。」

她正值青春年華，明明懷著一顆浪漫善良的心，然而成天不是栽在義工堆裡，就是在想著過去的陰影，安安靜靜、不爭不鬧，懂事得惹人心疼。

那一瞬間，徐傾突然有點後悔帶她過來了。

這樣脆弱的女人，本就不適合黑暗。

「以後不用問，想做什麼就去做。」

那天晚上，徐傾輕扣著她小巧的下巴，在她震驚慌亂的表情下，用指腹抹去她唇線上多餘的口紅。秦詩瑤的唇生得飽滿，塗上了口紅後，就像盛開的花瓣，泛著光澤，彷彿在引人採擷。

打從這次郵輪旅行後，他們便很少再見面。秦詩瑤顯然對張明軒的死耿耿於懷，覺得全是自己一手造就的。

那晚只因第一次化妝，而能站在鏡子前久久徘徊的女人，似乎也澈底消失不見了。不知是否是內心過於愧疚，她將多年來掙下的一戶房賣掉，與自己一半的薪水一併匯進秦母的帳戶中，自己則搬進了間偏僻狹窄的合租屋。

白天當志工、晚上工作，慣性的往秦母帳戶裡匯錢。週而復始，她幾年下來的作息從未改變。這一切，徐傾全都目睹。

以為這樣的日子會一直持續，然而一番驚天動地的變故，就像一枚震撼彈，冷不防丟在眾人面前。張明軒生前勾結的幫派，早已掌握了郵輪成員名單，順藤摸了過來，以協商的名義在外悄悄佈置好人手，想殺他們個措手不及。那時徐傾的勢力一系之間土崩瓦解，連帶波及到秦詩瑤，逃到西部荒郊爭取時間。

她從未爬過如此顛簸的路，手肘膝蓋都蹭破了皮，鼻子被凍得通紅，卻仍一聲不吭地跟著他。

每隔幾年見面，她都變得更加沉鬱。

她說，活著太痛苦，下輩子要當星海。

四周呼嘯的寒風刺骨，秦詩瑤抬手按住自己後腦的長髮，渾身輕輕哆嗦起來。說出口的話卻是那麼冷淡決絕，好像身體跟心，都徹底被摧殘得千瘡百孔。

遠方突然傳來了車子引擎聲，徐傾拉起坐在地上的她，拔腿就奔。身後的引擎聲愈來愈大，伴隨著刺目的車燈，一下子朝這邊照了過來。

——砰砰。徐傾當機立斷拔槍，射破了幾輛車的車輪。

伴隨著震耳的煞車聲，塵土一陣亂揚。經歷了這麼長時間的跋涉，秦詩瑤明顯已經體力不支，聽見這兩聲槍響後，忽然停住腳步，雙目空洞的站在原地。

徐傾一輩子都忘不了這幕畫面。

她彷彿被施了定身咒，臉色蒼白如紙，唇止不住的發顫。嬌小的身影背後是一片光怪陸離，一輛接一輛的車化身怪物張牙舞爪而來。

徐傾轉頭朝著下坡抖崖跑去。

那些車輛停在崖邊，幾名黑衣人從車內跳出，其中一名直接看見了徐傾，抽出手槍瞄準。

此時秦詩瑤想也沒想，踉踉蹌蹌的就往他面前撲去。

——砰。

槍響一路射進了腦門。

徐傾看見她奮力的想站穩，卻像斷了線的風箏，身子沿著陡峭的斜坡翻滾而下，最終停在一塊大岩石前方。

忽然惡犬吠聲四起，警車鳴笛大響。幾名黑衣人連忙跳上車想逃，不出多久卻全被包圍。援兵已達。

一輛黑色越野車從側邊繞來，停駛在懸崖邊，後座的門緩緩被打開，寧市顏市長下了車，微微皺起眉頭，與身邊的檢察官附耳講了幾句話。

秦詩瑤眼前是滿是星海的夜空，一閃一閃的像在朝她眨眼。身下是冰冷的草地，耳朵什麼也聽不見。

她抬手摸了下，才發現自己滿頭鮮血。徐傾從一旁跑了過來，蹲在她身邊，握住了她的手。

他的表情從未如此難看，薄唇緊抿，眉頭皺著，然後和她說了些話。

她什麼也聽不見，搖了搖頭。

徐傾有一刻的失神，趕緊按住她頭上的傷口，回頭喊了一聲：「救護車快到了沒？」

顏市長走了過來，視線在地上的女人臉上停留片晌，面不改色地回答：「頭部中槍，恐怕凶多吉少。」說著幽幽嘆了口氣，「這麼年輕，可惜了。」

他們沿路爭分奪秒地趕來，在這荒郊野外，救護車至少還要十幾分鐘才能抵達。

徐傾渾身都麻木了，換了幾聲小秦，握著的那隻手溫度卻漸漸冰冷。他連忙脫下身上的外套罩在她身上，俯身與她對視：「小秦，清醒一點！」

她嘴唇囁嚅幾下，漆黑眼眸內凝縮著他的面孔。

女人眼內慢慢浮上一層淚水，似乎想說些什麼，卻半句話也吐不出來。

徐傾耳邊嗡嗡一響。

他早就知道，秦詩瑤本不適合黑暗。

她走在人生的陌路上，恰巧遇上了徐傾，而那場郵輪旅行一路將她承載到急流裡，將僅存的盼望吞噬得乾乾淨淨。或許在一開始，他就要像幫助唐雅淨，給秦詩瑤一個自由安逸的生活。

那個錯誤的決定，令她如今與他逃亡，替他迎來了死亡。

她昏迷過去後仍有生命跡象，救護車將她載往醫院。徐傾一併趕了過去，目送她被推進去，之後站在手術室外空曠的長廊上，久久不能回神。

好不容易站到如此高位，他的一念之間能掌控一個人的生或死。可如今，他面對秦詩瑤的中傷，生平第一次，感到如此憤怒無力。

為什麼偏偏是她？

徐傾不明白。

這樣的自己，和當年傷害無辜女孩的老大，並無任何區別。

過了數個鐘頭，那亮起已久的紅燈突然暗了下來。伴隨著腳步聲，裡頭細碎的說話聲響也一併傳來。

玻璃自動門緩緩開啟，女護士摘下口罩走了出來，看見徐傾竟然還站在外頭，問道：「患者家屬？」

他站直身，放下環在胸前的雙手：「不是。」

護士安撫一笑：「那是男朋友了？醫生應該快出來了，會再和你說明情況。」

她剛說完，身後的自動門一開，醫生幾步邁了過來。

秦詩瑤同時很快的被送進重症病房。她這一昏迷，卻不會再甦醒了。

經過了多次測驗，正式宣布腦死亡。

徐傾走進病房，看著裡頭繁雜的機器纏繞在她身上，她脆弱只得用機器維持呼吸，一動也不動的。

她躺在床上，臉龐沒有一絲血色，甚至白得有些發青。幾天下來瘦了許多，眼窩和臉頰深陷，乾燥的嘴唇浮著一層死皮，破了一道小口子。

整個人脆弱得彷彿輕輕一碰，就會馬上消失。

徐傾彎腰撫平被子，然後坐在一旁，靜靜的目視著。

秦詩瑤緊閉雙眼，修長的眼睫低垂，根根細密，在眼下投下陰影。透明呼吸器不時覆上霧氣，她看似只是病倒睡著了一樣。

徐傾俯在床邊，低頭手撐著臉，許久沒動。

記憶中那名風采依舊，內心柔軟的女人，在那電光石火間，她毅然決然，向前替他擋下了致命的一槍，彷彿這是在無數的午夜夢迴中，最終奔向的救贖解脫。

日積月累的罪惡感，讓她隨時都做好了赴死的準備。

一直以來，徐傾對她種種做為視若無睹。從當她一開始的依賴，到漸漸地長大成年，發現他見不得光的勾當後，變得愈來愈冷淡。

在這數十年內，周圍兄弟們來來去去，他以為自己已經可以冷靜的看待任何生死。可是為什麼偏偏是她？

她就像身處染缸的一張白紙，堅持著無謂的善良，不沾染半點虛偽狡詐。或許也是這個原因，在徐傾眼中，她總是特別扎眼。

所以他會感到好奇，她會繼續保持自己純白的顏色，還是漸漸被玷污；她是否也會像當年的自己，為了在這世界中生存，而不擇手段？

病床上的她，雙手放在身側，手指夾著血氧測量機。徐傾抬起她的手，將纏繞在指上的線整理好，才將她的手輕輕握進手心。

她的手如此小巧，握在手心裡很柔軟，長年彈琴的手指纖長白皙，像被上天細細雕琢而成。

這樣的她，卻要離開了。

經醫院的要求，也連絡上了秦母。幾十年過去，姚淑娟格外蒼老，滿頭白髮，臉上佈滿了皺紋。

她傴僂著蹣跚走來，彷彿沒看見周圍任何人，瞇著眼睛盯著病床上的秦詩瑤，許久許久，疑問的喚了聲：「小秦？」

幾十年未見，卻已是離別。

姚淑娟眼睛看不清晰，又走近了幾步，伸手想摸摸秦詩瑤的臉頰，卻碰觸到冰冷的呼吸器。

「小秦？」她又重新喚了一次。

這次真的看清了，秦詩瑤成熟的面孔，與記憶中的女兒重疊在一起。姚淑娟想要伸手去拉她，很快被護士攔下。

她愣愣地看著躺在床上的女兒，又想起醫生說的病況，忽然雙腿一軟，整個人摔倒在地。

不可置信的瞪大眼睛，唇部不受控制的哆嗦，接著緩緩抬手，摀住自己滿是皺紋的臉。

一絲隱忍的哽咽，像是從齒縫中擠出。

「……詩瑤……詩瑤……」

駝著背，她倏地嚎哭了起來，粗老的哭聲頓時充斥了整間病房。姚淑娟在嘴裡又含糊的念念有詞，看見了徐傾，便撐著病床想站起，最後瘋了一樣撲了過來，一把揪住徐傾的衣服。

「是你……是你，我都知道！」她面目猙獰，撕心裂肺的大吼：「是你殺了小秦！是你殺了我的女兒！」

她皺著臉痛哭，眼淚從眼角不斷滑落。徐傾一言不發的任她揪著衣領，低垂著眼簾，將秦母崩潰的表情收入眼底。

躺在床上的秦詩瑤一動也不動，彷彿這些喧囂的情緒，都已與她無關。

徐傾麻木地站立著，或許是因為哭聲太過淒厲，震得耳膜隱隱作疼，心中像被點了一把火，熊熊燃燒起來。他久違的想起年少時光，搭上那通往繁華都市的火車，所有的野心與憧憬，都想掌握在手中。

若說在這世道上所有的恩典，都是用自己的雙手掙來的，那麼這些災難，是否也是都由自己一手促成？

秦詩瑤在四天後，被除去了所有儀器，本已沒有靈魂的軀殼，也終將走向凋零。

出了醫院，外頭的風冷得刺骨。徐傾瞇起眼看向遠方，點了根菸，也不點燃，就這麼夾在手指間。醫院前方沿著走道種滿了草木，放眼望去，嚴冬的時刻梨花剛開，後方是一片高樓大廈，華燈熠熠生輝，一所教堂的紅色十字架也閃爍其中。

回神間，指尖已被凍得發涼，他將菸扔進一旁的垃圾桶，將手插進口袋，一步步邁入走道。

什麼狗屁鬼神？要是真的有上帝，怎會讓這樣的好姑娘一生都活在痛苦裡，然後又傻傻替一個惡棍死去？

心中想了這一句，徐傾接著拉開車門發動引擎，驅車緩緩駛進黑夜中。

第四章：彼此的光，我們的餘地

「我說我說……」

一道清亮的嗓音響起。

安晨懶懶的掀了掀眼皮，面前的宋亞晴忙不迭湊了過來，戳戳她的腰間肉：「小魏跟妳進展到什麼程度了？」

安晨皺起眉頭，抬手重重的點了下她的額頭：「怎麼突然問這個？」

「單身狗的好奇嘛。」她一屁股坐在沙發上，盤起腿：「給我透露一點點好不好？」

「想八卦？」安晨冷冷笑一聲：「別以為我不知道妳在打什麼算盤。」

「妳當我是什麼人呢？我才不會這樣，至少今天不會。」宋亞晴眨眼賣萌了起來，噘起嘴巴：「我平常覺得單身滿自由的，但前幾天看了一部戀愛劇，追完之後就突然孤單寂寞覺得冷。」

安晨放下筆電，彎了彎唇：「妳不會是想交男朋友了吧？」

宋亞晴眼神呆滯，默默點點頭，又搖搖頭：「不，談戀愛太麻煩了，而且通常都無疾而終。」話一落，她意識到自己說錯話，馬上從沙發上彈了起來，連連擺手：「我不是指你們，我就是隨口說說！」

安晨：「我當然知道。」

她呆站在原地，然後輕手輕腳的爬回沙發，低著頭不敢再造次。

短暫的寧靜後，安晨長嘆了口氣：「說起來，星海已經一個月沒回來了。」

宋亞晴委屈巴巴的「嗯」一聲：「對啊，星海姐都不要我們了，就跟愛情一樣。」

林星海與徐傾的淵源，他們自然是不知情的。

而另一頭，林星海這幾天的心情，可說是五味雜陳，也沒心情顧慮到兩位室友。

已經整整一週沒有踏出門，把自己關在旅館房間裡，此時，正捧著手機，盯著聯絡資訊裡的號碼，像是要盯出一個洞來。

生日宴的隔天，她早上剛睡醒，腦袋就痛不欲生。林星海澈底酒醒了，腦海裡同時閃現出一些細碎的畫面。

……她……她做了什麼？

到底幹了什麼蠢事！

那吊飾是送出去了，跟其他人送的禮物相比，她的顯得未免太小家子氣。參加生日宴之前，考量到自己的經濟預算，真的買不起貴重物品，加上她一輩子還是第一次送禮，一時之間，還真的拿捏不準該送什麼才叫體面。

以余涵光的性格，就算是心裡覺得好笑，面上大抵也會鄭重道謝吧。

林星海默默低下頭，這些都不是問題，問題是……她贈送的方式。思及此，頓覺自己如熱鍋上的螞蟻。

那畫面卻不饒人，頻頻出現在腦海裡。那時候，余涵光看她醉了，便彎身耐心的勸，他即使面無表情，丹鳳眼也是極美，眼頭深邃，眸底有波流而不動，凝縮著她的影子。

或許是他的目光太過動人，鬼使神差間，她竟然抬手捧起他的臉。

她這是壯了什麼膽？竟敢……用這樣的方式端詳他的五官。

林星海深吸了一口氣，從手機裡搜了張照片，他那眉毛似用墨汁描上去的，眉弓曲線清晰，唇部輕輕抿著，與記憶裡的模樣如出一轍。

她手指一頓，視線落在下方的一則貼文。

幾個字「程素替余涵光辦的生日宴」，附上幾張照片。原來程素隔天便在社交軟體上傳了不少照片，裡頭有程樺、安德烈、教練，以及不少其他選手。

可但凡有余涵光入鏡，哪怕只是一個背影，按讚數都破上萬，下面的八卦評論也進行得如火如荼。

「程素對余涵光真的太有愛了，我看你們直接公開戀情吧！」

「嗑爆這對CP！」

「涵光生日快樂～」

「天啊這是什麼神仙群聚派對，個個都是名人，我也好想去嗚嗚……」

「程素姊姊這身紅色晚禮服也太霸氣，女主人氣場全開！」

「雖然捨不得，但大概也只有程素配得上他。如果是真的，那我祝福。」

「……」

這幾張照片裡，林星海也有意外被拍到，那時坐在安德烈身邊，佔了畫面小小的版面，並沒有人留意到。

程素給人的感受一向都是溫柔大方、有實力、豔麗奪目的女人。這也是為何，沒有人覺得她是在蹭熱度。

林星海雖然和她不熟悉，但也算是打過交道，原本對她的印象也大同小異。可是從那次在余涵光公寓大廳見面後，總覺得程素面上都很和善，不過心裡對林星海頗有忌憚。

不可否認的是，林星海很羨慕她的成就，所以起初總以為是自己太過敏感。最後從各種細節推敲出來，加上生日宴過後，程素目視她的表情不是一般的冷淡，這讓林星海徹底明白，程素絕對對自己沒有好感，甚至還抱有敵意的。

林星海心底卻不由得覺得有些好笑，就像那些評論所說，程素對余涵光的喜歡可見一斑。世界上對余涵光趨之若鶩的女人何其多，程素一個個都要在意，豈不要累死？況且是對林星海這樣平庸的人，是在瞎操心什麼。

她彎了彎唇放下手機，從行李中翻出一本書，坐到床上靜靜的閱讀起來。

白紙黑字，卻一點都讀不進腦中。

思緒又重新飄到了九霄雲外。那時看見了大卡車翻覆，協助司機送醫後，余涵光筆直的站在微涼的夜色裡，襯衫捲到了手肘處，露出線條流暢的小臂。

那修長的手指剛才不經意沾上了一些血跡，他向餐廳服務員討了張濕紙巾，便細細的擦拭起來。

他低著頭，並沒有察覺到她的視線。

那是名運動員的手，手背清晰脈絡延伸至精瘦的手臂，光是這樣擦拭的動作，也格外的賞心悅目。

❖　❖　❖　❖　❖　❖

這幾天下來，冉道軒對余涵光真的是十分的不放心。

「我說啊我們的余大人。」他舔了舔嘴唇，在心中思量著適當的說詞：「可不可以拜託你，別再這麼操勞了？」

這全都歸咎於明年四年一度的冬奧會。奧運可是所有選手們擠破頭都要搶到名額的，要是拿了個金牌，完全就成為人生勝利組。

余涵光已經拿過兩次，這第三次，他也絕對不會輕易放棄。現在整天不是在想節目構成，就是在冰場上訓練。

「你就算不替我著想，也要替粉絲著想。」冉道軒苦口婆心的勸，看著眼前一身黑訓練服的余涵光，連珠炮似的說：「如果不替粉絲著想也要替自己著想，你推敲推敲哈，要是不慎成運動傷害，你明年冬奧也沒辦法正常發揮啊……」

余涵光耐心已經告罄，抬眸看他一眼，將水瓶放在護欄上，轉身滑入冰場。

被澈底忽視的冉道軒，孤零零的站在原地，只想找個角落畫圈圈。

「冉醫生。」

一名金髮碧眼的外國男子臉上帶笑，從入口慢慢走了過來。

「嗨，安德烈。」冉道軒熱情朝他揮了揮手。

「你又來關心涵光了？」安德烈走到他身邊，雙肘撐著護欄，感嘆了一句：「涵光是名好選手，卻不是名好患者。」

冉道軒拍了拍安德烈的肩膀，一臉你懂我的深痛表情。

唰一聲響，冰場上的人影騰空轉了數圈，輕盈落地。男人雙臂平舉，身後的燈光爭先恐後的湧來，將他頎長勻稱的身影，籠罩上細碎的光暈。

安德烈不吝嗇的鼓掌，喊了一聲：「漂亮！」

教練將余涵光叫去討論結果，冉道軒看著他的背影，笑了笑：「雖然很讓人頭疼，不過有時候真他媽的羨慕你們。」

安德烈側目看來：「怎麼說？」

「有衝勁、有野心。」冉道軒雙手環胸，身子懶懶的靠著牆：「我都被一堆病例和手術搞得累成狗，沒時間想什麼目標。」

「是嗎？」安德烈卻說：「我倒是覺得醫生都很厲害。」

冉道軒聳聳肩：「我是被父母逼的，其實小時候志向是當牛郎。」

安德烈忍不住笑了出來：「也不錯啊，只是你會有客人嗎？」

冉道軒氣結。

「以前不知道有沒有跟冉醫生說過……」安德烈用手指敲了敲護欄，「可能是因為同樣身為選手，所以每次看到涵光，其實都會有點擔心。」

他皺眉：「擔心？」

安德烈點點頭，視線重新看向冰場上的人影：「他背負了太多人的期待，也太多人嫉妒他的光芒，走到他這種境界，已經不是單靠野心和衝勁就能贏。」

冉道軒好像能懂一些，想起那些新聞，低低的「嗯」了一聲。

「這樣下去，他總有一天會倒下。」安德烈直接下了結論。

冉道軒忽然有些鼻酸。

要是安德烈知道余涵光的身體情況……那只怕會更加擔心吧。

❖ ❖ ❖ ❖ ❖

日落西山，在水平線上渲染出緋紅的光暈，淡淡的，模糊了遠方群山的輪廓。

從冰場內的窗戶望出去，便是這番景色。

余涵光滿身是汗，拿起毛巾擦了擦脖子，直接靠著護欄坐了下來。

隨意垂放冰上的左手傳來絲絲涼意，讓意識清醒了幾分。整座冰場上只剩他一人，其他選手和教練都已離去。

心跳還無法平復，就這麼坐了一會兒，窗外的霞光慢慢轉移到身上。余涵光微微瞇起眼睛，只見空中細小的灰塵被光穿透，正輕盈縹緲的漂浮。

拿起水瓶扭開瓶口，前方突然傳來一道腳步聲。

「涵光？」

程素清脆悅耳的嗓音響起。她站在入口處，看見了他，雙眼一下子彎成了月牙狀：「太好了，你還在這裡！」

她應該也是剛訓練完，連紮成包頭的髮都還來不及解下，就匆匆趕來了。不等余涵光反應過來，程素就換上冰鞋，抱著兩瓶運動飲料滑行過來。

余涵光皺了皺眉：「妳怎麼來了？」

程素莞爾一笑，在他面前蹲下，遞了其中一瓶給他：「冉醫生剛聯繫我，說你還在訓練。」

「謝謝。」余涵光接過飲料，解釋道：「我準備回去了。」

「你一定是在想奧運的事吧？」程素沉吟片刻，眼睛直看著他：「正巧我也在煩惱。說起來，準備時間也只剩半年了。」

他側眸避開程素的視線，淡淡的「嗯」一聲。

程素笑了笑，垂眸看向角落紋風不動的飲料，心中像空了一塊。剛到的時候，他明明正準備喝水，她送來的飲料卻一點都不碰。

由於以往有賽前被摻過藥物的緣故，他此後對飲食都十分小心，即使只是水，也要有熟人幫忙看管著，事到如今也成為一種習慣。

程素不免還是有些落寞。

她見他已經拿著毛巾和飲料站起身，趕緊跟了過去，提議道：「已經快到晚餐時間了，要不要一起到附近逛逛？」怕他拒絕，又補了一句，「順便一起討論比賽啊……」

「晚點我跟別人有約。」他到長凳上坐下，彎身換下冰鞋。

程素感受到他的冷淡，臉色蒼白了幾分：「跟林星海？」

面對這質問，他抬起眸，只見程素的鞋都還沒換，站在原地一眼不眨的：「你那天和我說的女孩，也是林星海嗎？」

余涵光感到有些意外。

一時之間，誰也沒有說話，他就這麼低頭安靜的瞅她幾秒。

「程素。」他嗓音壓得有些低，清冷的語調，讓接下來的話變得決絕：「抱歉，但請妳不要對我抱有期待，以後也不要自己過來看我了。」

程素像被推進了冰窟，一股寒意瞬間浸透了四肢，渾身的血液都凍結起來。

余涵光說道：「也不要去為難星海，我認識她，她不是妳想像的那種人。」

程素眼眶漸漸泛紅，原來他都知道。

「我問過我哥了。」她捏緊拳頭：「她都騙人的，根本沒有音樂背景，她也在騙你。」

余涵光深看了她一眼，轉身離去。

程素看著他頎長清瘦的背影，始終無法相信，明明自己那麼努力得到世界認可，如今終於能追上他了，委身主動，想著慢慢磨著，總有一天余涵光會發現她的好。

可是他卻說，不要對他抱有期待，就連她說的話也不聽了。

「涵光，我可以等。」

見他腳步一頓，程素走向前，看著他寬瘦的肩膀，不由自主的伸手環抱住他的腰身，側臉緩緩貼上他的背脊。她聽見自己的心跳聲，一下比一下還重，一如所想，余涵光身上透著溫和的味道，是衣服柔軟精的薰衣草，沒有用多餘的香水，讓人倍感舒適。

都朝思暮想了十幾年了，他佔據了自己半個人生。

就算再讓她再等十年也好，唯一讓程素沒有辦法接受的是，這樣的男人，最終不屬於自己。

此時大門被推開。

魏嘉誠恰巧有事想找余大人談談，正哼著小曲歡快的蹦進來，撞見這個尷尬場面，整個人都僵住了。

「啊……」他舌頭一陣打結：「對不起對不起你們繼續……」

他正想轉身就溜，後方低沉帶威嚴的嗓音響起：「小魏。」

「啊？」都說你們繼……

「帶程素回去。」

在魏嘉誠詫異的目光下，余涵光徑直推開大門，將魏嘉誠扔在原地風中凌亂。

看了眼程素，她那雙紅腫的眼睛，明顯是剛哭過。

敢情是余大人把人家女孩子惹哭了？

「妳、妳別太難過啊。」魏嘉誠從未安慰過女人，舌頭一直捋不直：「妳也知道他嘛，就是情商比較低，而且除了滑冰以外他什麼都不在意……」

程素卻什麼也沒說，抹了抹眼淚，拎起包包，扭頭就離開了。

此時此刻，還是忍不住開始胡思亂想，眼前浮現出那日在余涵光公寓大廳時，余涵光如玉的面龐被陽光照射得朦朧，連帶深沉的目光也柔和幾分。

他說，這幾年只想專注於滑冰，並不考慮談戀愛，未來也不會和她有除了朋友以外的關係。

曾經有個女孩予他大恩，在他認知中，就算時機到了，自己會喜歡上的女孩，也會像她一般，從骨子裡透出老實良善。

而程素當下，臉色煞白的站在原地，毫無回嘴的餘地。

因為從一開始，她就是為了一己之私而靠近他。

❖ ❖ ❖ ❖ ❖ ❖

魏嘉誠摸了摸鼻子追上去。

余涵光已經將車駛出車位，降下半個車窗，用眼神詢問怎麼回事。

天氣有些冷，魏嘉誠跺跺腳，指了指門口：「剛剛程素不理我，自己跑走了。」

他面無表情地回答：「不用理她。」

「你現在追過去還來得及。」魏嘉誠嘿嘿猥瑣一笑：「她可是哭著離開噢……」

余涵光有些不耐煩的皺起眉。

「對了，店昨天重新開張了！」想起今天的來意，魏嘉誠話鋒一轉：「人雖然漸漸少了，不過來的大多都還是粉絲。」

余涵光沉吟片刻，叮囑了幾句，魏嘉誠表示瞭解之後，便見他驅車駛進了車流中。

魏嘉誠也開了自己的車，隨在後頭，轉過拐角便見到程素獨自走在人行道上。

唉，左看右看都覺得……這兩人是沒望了。

他也沒有上前貼冷屁股的嗜好，於是只糾結了幾秒，一踩油門便將人拋在腦後。

傍晚五至七時，正是尖峰時段，路況有些擁擠。

這一望無際的車流，讓余涵光頭疼的捏了捏眉心。

綠燈時，前方車輛堪比龜速的往前挪動幾分，過了一會兒轉了紅燈，又重新回到停滯不前的狀態。

後面的魏嘉誠過來時已被塞了一路，耐心早也被磨光，正揪著頭髮抓狂。

——嗡嗡。

扔在副駕的手機響了兩聲。

余涵光低頭看了一眼，那是陳毅的簡訊，他掃了一眼後，抬頭望向人行道上的茫茫人海裡，轉角處，陳毅正朝這方向看來。

林星海今天去了趟醫院找冉醫生複診，接著到這附近超市買些日常用品，陳毅站在外面等，恰巧就看見余涵光的車。

「一直有人跟蹤林小姐。」陳毅拿出手機輸入：「但只是跟著。要和她說嗎？」

八成是徐傾派來的人，他早就對林星海的行蹤瞭如指掌。

余涵光皺起眉頭，目光掠過路邊的樹木，捕捉到一名青年背靠在樹幹上，鴨舌帽壓得遮住半張臉，只露出緊抿的唇和下巴。

前方的路況仍舊堵塞，余涵光想了一想，便開啟方向燈，朝著對頭打了個彎。

超市的鮮食區佔了半個樓層，林星海剛結帳完，都已被冷凍櫃吹得四肢都浸透了寒意。

她掂了掂有些沉的袋子，思量著等會可能得搭計程車回去。

後方突然越過一隻漂亮的手，穩穩接過了她袋子，林星海愣了片晌，循著那隻手轉頭看去。

男人戴了口罩，只露出一雙丹鳳眼，似黑曜石般的眸子含著清淺的笑意。

余涵光？

「你……」怎麼會在這裡？

生日宴的事讓林星海懊惱了好幾天，本想說反正很少跟他見面，過沒幾天，余涵光應該很快就忘了那回事，結果現在老天猝不及防就給她個驚喜？

余涵光拎著袋子往出口走去，隔了三步之遠，林星海才反應過來，追了過去。

自動門一開，超市特殊節日播放的音樂，與外頭車流喧囂聲頓時交織在一起。

她與他並肩而行，守在外頭的陳毅朝她微微頷首。

余涵光抬腕看了眼錶，估摸著交通要順暢起來，起碼也得等個兩三個鐘頭。

「吃過晚飯了嗎？」

她有些詫異的搖搖頭。

他沒再多說什麼，走到一旁去打電話。

魏嘉誠等前面的紅燈等了好幾輪，等得腦袋都一點一點的打起瞌睡來，忽然被手機鈴聲驚醒。一聽見余涵光的晚飯邀約，他瞌睡蟲瞬間跑個精光，響亮亮的應了聲：「好！！」

而另一頭在醫院的冉道軒接到電話的時候，急得都快尿出來了：「我去我去！等一下的手術做完我就馬上去，你們要等我啊！」

余涵光卻淡淡的道：「人命要緊，別急得切錯地方了。」

「我像這種醫生嗎！」某人氣呼呼的原地跺腳。

附近正好有一家余涵光認識的店，不是什麼高等餐廳，但有設置包廂，隱密性不錯，環境也相當乾淨。

推開門，一股誘人的香味撲鼻而來。

掌廚的是一位年邁的老伯伯，探出頭來回巡視幾眼，停在余涵光身上，淡淡的笑著招呼：「你來啦？」

余涵光讓林星海先入座，自己則摘下口罩，禮貌的和對方聊了幾句。

「女朋友？」那位老伯伯忽然問道。

林星海不敢相信自己的耳朵，倏地抬頭看過去。

余涵光也愣住了，往這邊看了一眼，隨即失笑：「今天是和朋友一起吃飯，等等還會有兩個人。」

老伯伯見陳毅也進了包廂，神色明顯變得失望，嘴裡嘀咕幾句，瞇著眼睛仔細瞅瞅林星海的臉，才轉過身，蹣跚的邁入廚房。

余涵光闔上了門，走到她身旁坐下。

對面的陳毅翹起腳自斟一杯茶，直接點明：「那伯伯不喜歡看電視，還有點老人痴呆，所以只當余涵光是普通常客。」

見陳毅端著茶壺過來，林星海趕緊將杯子湊過去：「……謝謝。」

「不客氣。」他爽朗一笑：「妳也知道，在外面大家不會誤會這種事。」

大家不會把余涵光，和一名陌生的女生聯想在一起。

林星海沉默片刻，不受控制的往一旁瞟去，余涵光正端起茶抿了一口，袖口隨著動作而微微向上拉伸，露出一截骨節清晰的皓腕。

過了一會兒，包廂門被推了開來，魏嘉誠歡天喜地的入場，禮貌的彎腰行禮：「讓各位久等了。」

見他這活寶樣，陳毅毫不客氣的「嗤」一聲笑：「我們前腳才到，你後腳就來了。」

「沒辦法，今天有人請客嘛。」魏嘉誠搓了搓手，笑瞇著眼看余涵光。

有魏嘉誠在，氣氛活絡許多，他們便聊了起來，服務員也陸續上菜。

他們本來就是老朋友，林星海在一旁聽著，話題偶爾繞到她身上時，才需要開口應付幾句。

她現在才知道，陳毅居然從事保鑣工作將近十五年，要參加任何重要場合，余涵光總會讓他跟隨。

魏嘉誠和余涵光則認識得更早——從小就同鄉同校，出社會後分道揚鑣，多年後魏嘉誠透過網路媒體聯繫上他，並且合開了間咖啡廳。

「那時候我還是個無業遊民，到處找工作都沒有被錄取。」魏嘉誠用筷子戳戳碗裡的肉，幽幽嘆了口氣：「不敢相信你居然讓我直接當店長，那時候我真的是……感動得想向你下跪。」

余涵光聞言淡笑。

「不知不覺間也過了好幾年了啊。」魏嘉誠埋頭扒了口飯，皺眉思考：「說起來你跟我同歲，我們之間就陳毅哥最老，直奔知命之年。」

陳毅笑罵一聲：「去你的。」

「林流氓，妳幾年生的啊？」魏嘉誠不理他。

林星海說出出生年，他便扳著手指數，才數到一半，余涵光先出聲：「二十四？」

突然出聲，她心中咯噔，抬頭就對上他漆黑明亮的眸子。

余涵光垂下眼簾，拎起茶壺把她的茶杯斟滿。林星海有些受寵若驚的伸手去扶，結果一沒留神，手把杯子推倒了，茶水霎時灑滿桌。

她倏地站起，連抽好幾張衛生紙去擦。

陳毅也趕緊過來幫忙：「小心點。」

「林流氓，妳慌什麼啊？」

她緊抿著唇轉身再去抽取衛生紙，忽然一隻手伸了過來，準確的扣住了她的手腕。

「……妳的手。」

一經提醒，她才發現左手食指被燙得發紅，還隱隱作疼著。

見到她皺起眉，幾乎是在下一刻，他扔下一句「這裡讓他們清理」，便帶著她快步邁出包廂，洗手間在二樓，他直接帶她進了廚房，扭開流理臺的水龍頭，涼水淋在把她的手上。

「燙到了？」老伯伯剛炒完菜，將盤子放到一邊的桌子上，走過來問：「嚴重嗎？」

林星海趕緊道：「沒事沒事。」

老伯伯卻轉身去開冰箱，給她裝了一袋冰塊放在流理臺邊上。

「沖過水後，記得給你女朋友冰敷。」老伯伯對余涵光叮囑道。

話剛說完，便端著菜出去了。

餐廳廚房有些吵雜，抽風機低沉嗡嗡響，空氣中還飄著食物香味。林星海聽了老伯伯的話後還有些發愣，回神間，才發現他修長的手指還扣在自己手腕上。

那杯茶原本就稱不上是滾燙，林星海的手沖著涼水，已經感覺好很多。耳邊充斥著抽風機和流水的聲響，見她可以自己來，余涵光便鬆手。

林星海道了謝，很快就被其他聲響蓋過，也不知道他有沒有聽見。

過了一會兒，正猶豫著是否該關水了，身旁傳來他低沉的嗓音：「剛剛就想問，妳哪時候生日？」

林星海下意識抬頭，他身體微微傾斜，右手撐在流理臺邊目視著她。

「七月十四號。」剛對上他的視線，隨即低下頭，盯著自己正在沖水的手。就在下個月。

「到時候咖啡廳早點關門，帶朋友去一起慶祝吧。」余涵光關起了水，將那袋冰塊放到她手上。

林星海抬步想回包廂，廚房出口忽然被他擋身後，倆人距離有些近，他壓低的嗓音響起：「星海，妳今天……為什麼躲著我？」

她頓時如被施了定身咒，摁在手上的冰袋透著冷意，一絲絲從手指蔓延到全身。

為什麼躲著他？

林星海愣怔了，順著視線慢慢抬眸，眼前是他微敞的衣襟，鎖骨窩線條深淺清晰，以及緊緻流暢的下頜線。余涵光垂著眼簾凝視著她，眸子很亮，像灑了星光的湖水。

四周的聲音彷彿全被隱去了，她的手指曲起，指甲摳著冷硬的冰袋，心中沉澱許久的焦躁，頓時如潮水一股腦爭先恐後的全湧了上來。

他難道是忘了那日她一番無禮的舉動……

林星海下了個決定，抬頭直視他的雙眸，反問道：「那天你沒有……」

「唉？」一道疑惑的單音打斷了她的話。

冉道軒做完手術就馬不停蹄地從醫院趕來，好不容易到了，卻看見余涵光和林星海站在廚房門口。

「林小姐也在？」冉道軒掀開布簾，腦袋瓜便探了進來：「你們有沒有給我留點飯啊？」

余涵光往旁邊讓了一步，淡淡的道：「我們先進去。」

回到包廂後，林星海明顯的心不在焉，握著冰袋，食指有一下沒一下的刮著表面上的水珠，始終不發一語。

和老朋友談天說地的時候，余涵光顯得比平日慵懶，靠著椅背，偶爾聽見什麼趣事，眸底便會浮現一層光亮，眉梢嘴角盡染笑意。

❖　❖　❖　❖　❖

這頓飯吃得並不久，等冉道軒吃完飯，大夥兒一哄而散。

余涵光晚些還有事便沒有多留；魏嘉誠嚷著要去找安晨，一溜煙就不見人影；冉道軒又風風火火的回到醫院去。最終林星海是搭著陳毅的順風車回去的。

今日一塊兒吃了頓飯，陳毅倒是對林星海的印象有所轉變。

他看著前方路況，一邊道：「說起來，我跟他們也很久沒有一起吃飯了。畢竟大家都忙，難得可以像今天這樣聚一聚。」

林星海微微一笑，忽然有些好奇：「有像余涵光這樣的朋友，你覺得怎麼樣？」

「一開始當然是覺得超不可思議。」他挑眉，深吸了一口氣，「不過熟悉之後，就會慢慢習慣了，畢竟他再怎麼出名，也只是個人。相信妳也會慢慢習慣的，只要別喜歡上他就好。」

最後一句話突如其來，讓林星海愣住了。

陳毅見她表情，疑惑的問：「難道妳不知道？」

她皺起眉搖頭，思忖半晌，低聲呢喃：「難道他有那個啥……」

前方轉紅燈，車輛停駛下來，陳毅側過臉望來等下文。

林星海有些窘迫，突然找不到適當的詞彙：「……斷袖之癖？」

陳毅的表情僵住了。

幾乎在下一刻，他噗嗤笑出聲：「奇怪了，怎麼突然用這種成語？不是不是，他就是滑冰控，一輩子就只知道滑冰，以戀愛的角度去說，他就是根木頭。」

她彎了彎唇，這確實符合他的性格。

「之前他上過一個節目，有一個環節是讓粉絲線上提問讓他來回答。」他想起來還是忍不住發笑：「主辦原本是打算讓大家問他有關滑冰的問題，結果留言區通通都在告白，沒一個正經。妳猜之後怎麼了？」

林星海聽著覺得有趣，搖了搖頭。

「畢竟那是直播，總不能一直等下去，就隨便挑了一個留言。」陳毅看著前方路況，踩下油門：「那位粉絲說余涵光要是將來和誰結婚，一定會引起軒然大波。結果他回答，如果是和滑冰結婚，那大家應該就不會有異議吧？」

「他這樣回答的？」

陳毅笑著道：「妳回去查查，這段子很有名。」

到旅館時，牆上的時鐘不偏不移的指向七點。林星海將包扔在床鋪上，便進了浴室洗了熱水澡。她腦袋有些暈乎乎的，浴室內熱氣蒸騰，鏡子也籠上一層白色蒸氣。

外頭有些冷，現在這麼沖著熱水澡，忽然就不想離開浴室。

她慵懶的瞇眼，伸出濕淋淋的右手，用食指指腹在佈滿蒸汽的鏡面上寫起字來。

7/14。

林星海端詳這數字好一陣，只覺得心裡像有隻貓爪子，一下接一下的，輕輕撓著癢兒。

❖　❖　❖　❖　❖　❖

兩個鐘頭前，飯後的余涵光並沒有馬上離開。

他目送著陳毅的車子消失，視線落在街邊，那裡有一抹黑影子一閃而過。

是一直跟蹤林星海的那個人。

那個人鬼鬼祟祟的，頭上一頂黑色鴨舌帽，立起的風衣衣領遮住了他的側臉。

余涵光快步邁了過去，擋住了他的去路。

「站住。」余涵光嗓音一沉：「你是徐傾的人？」

那個人低下頭，讓帽簷擋住自己的面孔。

就算不回答，余涵光心中也早有答案了，將手負在身後，緩緩道：「替我轉告徐傾，說我想要跟他當面談一談。」

那個人忌憚的退了幾步，見余涵光還在原地，一副現在就要有答覆的架勢，沉默片晌，轉過身去打電話。

幾乎才過一分鐘，便轉過身摘下帽子，露出年輕清秀的面孔：「徐哥說，要是你夠有膽，現在就能帶你過去。」

余涵光點點頭。

他坐上了這名青年的車上，一路往陌生的地點前去。

半個小時過後。

人煙稀少的街、拉下鐵門的屋子。

余涵光依著指示走進去，爬上又長又狹窄的階梯後，推開門。

室內很暗。

空氣中瀰漫著濃烈的煙味，徐傾就坐在眼前的沙發上，用一雙銳利的眼睛盯著他。

咿呀一聲，余涵光身後的門自動關起。

❖ ❖ ❖ ❖ ❖ ❖

魏嘉誠以前從來沒想過自己能交到女朋友，更沒有想過大晚上的，自己會被女友叫去公寓……搶購男偶像專輯。

宋亞晴剛削了顆蘋果，叼在嘴裡從廚房走來，一見他就立馬明白是怎麼回事，走來拍拍他的肩膀，語重心長道：「兄弟，你會習慣的，我這樣過了整整五年。」

安晨聞言轉過頭來，頭上戴著應援髮箍隨之晃了晃，上面裝了燈，一閃一閃的散發著炫目粉色光芒。

「妳別這樣看我。」宋亞晴被這怨氣逼人的目光嚇得瞪大眼，指了指魏嘉誠：「小魏會幫妳搶購，不需要我幫忙了。」

安晨雙手合十：「多一個人手，就多一個機會買到。」說完直接噗通一聲跪下。

宋亞晴剛嚥下去的蘋果差點吐了出來，哀號一聲：「放過我吧！」

最終還是拗不過安晨，三人守著自己的電腦，時間一到就衝進網頁，搶購安晨心心念念的限量專輯。

一番戰鬥後，宋亞晴看著物品銷售一空的網頁，嘖嘖兩聲：「妳們這些太太也太可怕了。」
安晨湊到魏嘉誠電腦前，網站轉進訂單成功的畫面，頓時樂不思蜀：「好樣的！」
宋亞晴笑了笑，離開了房間。
她打著呵欠伸了個懶腰，正想投往床的懷抱，放在櫃上的手機卻響了起來。
這個時間誰會打來？
她皺皺眉，走過去看到螢幕上的名字，忽然精神都來了，趕緊接通並朝氣十足的喊一聲：「星海姐！」
那頭顯然沒有打好腹稿，沉吟一聲，才問道：「我有件事想問妳們……」
她聞言困惑的眨眨眼睛。
五分鐘後。
安晨正在廚房燒熱水，連開了三包泡麵，又忙不迭跑去翻冰箱看看能加什麼料。
剛拿出雞蛋，臥室門被打開，前一刻還無精打采的宋亞晴連拖鞋也忘了穿，從裡面跑了出來。
「安晨姐安晨姐！」
一番動靜，坐在電視機前的魏嘉誠也轉過頭。
宋亞晴興高采烈的道：「下個月十四號，是星海姐的生日！她邀我們去咖啡廳！」
安晨驚得差點將握在手裡的雞蛋捏破。
咖啡廳老闆是余涵光，這是眾所周知的事，那麼半夜在咖啡廳辦慶生，也是余涵光親口允准的吧？
探究的目光同時射來，魏嘉誠張了張口，連忙擺手：「我不知情。」
「這麼說起來……」安晨瞇起眼。
宋亞晴嘴巴張成O字型：「余涵光可能也會在？」

❖ ❖ ❖ ❖ ❖ ❖

一週後。

俱樂部門口站了西裝筆挺的警衛，走過玻璃旋轉門，迎面的是寬敞的大廳，左側曲尺形櫃檯內候著專業人員，右側牆面則是大片擦得晶亮的玻璃。

說起四年一度的冬奧會，每位選手爭相追逐，誰也不讓誰，就算是余涵光也不敢大意。

長廊邊，余涵光坐在休息區的沙發上，身旁教練正講述著關於節目構成的問題，他則低眉垂眼靜靜聽著。

沿用上次兩套節目，卻要重新編排一些細節，修復調整、進化再進化，讓節目更加無懈可擊。

「邦尼特老師邀請你去他的演奏會。」教練話鋒一轉：「這次由他指揮斯卡拉管弦樂團，他們合作的表演，都是難得一見的。」

邦尼特，世界級大指揮家，上回自由滑曲目〈Pavane〉便是使用他帶領指揮的合樂。

「因為這首曲子算是小品，他說會加在最後安可曲目。」教練沉吟一聲，又說道：「你可以去聽聽，或許會有新啟發。我想之後邦尼特大師，也會很樂意和你一起討論。」

見余涵光陷入思忖，教練忽地爽朗一笑：「卡沃利不是也在義大利？你正好也能去跟他討論新考斯騰的設計理念。」

余涵光聞言頷首，微微一哂：「那是一定要去的。」

教練拿出手機翻看，說道：「演奏會在下個月，你再看看怎麼安排時間。」

七月十四，這個日期冷不防闖入腦海。

「涵光？」

「我知道了。」他回過神，抬手捏了捏眉心。

❖ ❖ ❖ ❖ ❖ ❖

夜幕降臨。

空氣中瀰漫著一股潮濕的氣息，天邊烏雲壓得老低。

此時，屋內的電視機正播放著晚間新聞，女主播溫婉的聲線充斥在客廳。林星海剛從外面買了晚餐回來，放在桌上，先折去浴室洗手時，電話卻響了起來。

她走過去接起，聽櫃臺小姐問道：「有一位余先生來找您，請問是否要讓他上樓？」

林星海整個人愣住了，是余涵光嗎？確實也只有他知道她在這。思及此，她道：「是我朋友，請讓他上樓。」

掛了電話，她轉頭看見亂糟糟的客廳，趕緊動手整理起來，估摸著對方兩分鐘就會到了，只來得及將桌上垃圾包好、衣服撿起來塞進臥房，就踏著棉拖去開門。

門一開，忽然一隻皮鞋探進門縫間。

她嚇得下意識要關門，卻被男人先輕而易舉推開，走了進來。

「不歡迎我？」徐傾單手插兜，低著頭問。

他的眼裡含著細碎的笑意，林星海緊抿著唇，皺起眉頭：「請你出去。」

如果他會聽，那麼他就不叫徐傾了。

「妳剛剛以為我是余涵光的時候，態度和現在天差地遠。」他緩緩走進客廳，坐在寬敞的沙發上，長腿交疊：「就這麼喜歡他？」

話一落，迎來的是令人窒息的寧靜。

外頭狂風忽然穿過落地窗，灌進了房內，高高拋起素白色的窗簾。徐傾微微瞇起眼，窗簾角捲成了像浪花的形狀，接著又圓圓的鼓起，才漸漸的垂落下來，而站在落地窗邊的女人正一眼不眨的盯著自己瞧，目光疏離遙遠。

徐傾撇開了視線。

腳邊桌上擺滿了未拆封過的袋子，隱約散發著食物香氣。他伸手撥開一看，幾盒小籠包子、一杯柳橙汁、還有羹麵，想來她仍未吃過晚飯，就被他的不請自來給打攪了。

「坐下吧。」他從口袋摸出菸盒，敲出一根點燃，知道她會反抗，便補了一句：「如果不聽話，我不介意現在就帶妳走。」

林星海心中一個咯噔。

男人修長的手指夾著菸，已經沒有在看她，裊裊白煙模糊了面孔。

她緩緩走過去，在對面的位子落座，兩手平放在膝上，隨後垂眸盯著自己的腳尖。

徐傾見狀輕笑出聲：「妳就這麼怕我？」他用食指敲了敲煙身，抖落煙頭上的殘灰：「放心吧，我要是真想要抓妳走，妳早就不在這了。」

「你為什麼想要我回去？」林星海渾身都冷了下來，兩手不安的交握在一起：「論工作能力，我連最基層的都不願意做。聽說當年的唐姐很出色，你都直接放她離開了。」

沒料到她竟會提及往事，徐傾挑眉，饒有興致的道：「這妳也知道？」

她澄清：「以前大家私下都會說，我有聽到一些。」

他也不甚在意被屬下議論，聞言只扯扯唇角，淡道：「是嗎？」

林星海張了張口，一時之間，也不知道該回覆什麼。

「吃妳的晚飯。」

他就在身邊，怎麼可能吃得下？林星海搖搖頭，所幸他也沒有再堅持。靜默。

小小的客廳內，安靜得落根針都聽得見。

外頭的風仍在呼嘯，窗簾不斷起伏，過了不知道多久，竟淅淅瀝瀝的下起雨來。

他仍抽他的煙，林星海摸不清他的來意，也沒敢去惹毛他，就這麼盯著自己膝蓋上的雙手不發一語。

徐傾往常抽得極慢的菸，回神間即將燃盡。

抬眸朝窗外望去，夜空中的雨正細密的斜織著，接著天邊亮了一剎那，轟隆隆的雷聲大作，忽地颳起傾盆大雨，整座都市夜景都看不真切。

徐傾將煙蒂壓進煙灰缸內捻熄：「走了。」

林星海詫異的看他站起來。

徐傾笑了笑：「現在知道要捨不得了？」說著彎腰撿起落在沙發邊的外套，幾步走來披在她肩上：「上次是我太心急，不過結果不會有任何變化，妳遲早會改變主意。」

頓了頓，續道：「我讓妳回去，只因為妳是小秦，跟工作能力沒有任何關係。」

無論現在是小秦還是星海，只因為是妳。

喀啦細響，門關起。

林星海回到客廳，空中淡淡彌留的菸草味兒，彷彿在宣示著徐傾來過。

❖ ❖ ❖ ❖ ❖ ❖

時光飛逝，轉眼間便到了七月十四日。

宋亞晴放了暑假，最近心情極佳，每日都盼著這天的到來。今天起了個大早，拉著安晨歡歡喜喜地出門去了。

「我們先去拿蛋糕，之後再去準備派對佈置的東西。」她扳著手指數著用品：「之後再去逛逛百貨，看看能買到什麼好禮物。」

安晨瞪大眼：「妳禮物還沒準備？」要知道宋亞晴天天盼著這天，照這熱情來說都該準備好了。

宋亞晴尷尬地笑了笑：「沒辦法，我想破頭，也想不到能給她買什麼。星海姐都不化妝，也不刻意打扮，彩妝跟服裝用品是沒法送了。我也想不到她有什麼特別喜歡的東西。」

「忘了？」安晨用手指點了點她的腦袋瓜，一臉鄙視：「星海是余涵光的狂粉，超級狂粉。」

在宋亞晴茫然的表情下，安晨恨鐵不成鋼的磨磨牙：「去找余涵光代言過的商品！粉絲最憧憬用跟偶像相同的東西，哪怕只是一條巧克力，也可以含在嘴裡捨不得吃。」

宋亞晴嫌噁的道：「那是妳吧？」安晨聞言，氣得朝她張牙舞爪而來。

被「修理」一頓後，倆人去領訂好的巧克力蛋糕，然後聽從安晨的建議，順路又買了一支手錶。

在專櫃小姐溫和得體的笑容下，她盯著那行數字，彷彿看見自己吃泡麵的日子即將到來。

她雙眼一閉、心一橫！

不管不管！既然是好朋友的生日，那好朋友開心擺第一！她怎麼可以小氣呢！

出了百貨公司，宋亞晴捧著手裡的袋子，深怕要是一摔，就要摔掉自己好幾個月的打工薪水。

「妳們都是這樣追星的？」她欲哭無淚：「安晨姐，我突然能體會妳的感受了。」

安晨感到十分驕傲，用鼻子哼了一聲：「妳還太嫩了。」

傍晚時刻，咖啡廳打烊。

魏嘉誠把桌子都擦過一遍，剛伸了個懶腰，門口風鈴聲響起，抬眼就見安晨推開玻璃門，身後的宋亞晴像隻麻雀一樣蹦進來。

魏嘉誠看了眼牆上的時鐘，一下子笑開來：「妳們也來得太準時了吧？」

安晨剛要說話，宋亞晴突然「啊」一聲尖叫，指著門口：「她……她……她……」

隔著一條大馬路，一抹身影正從對頭緩緩走來。

「星海姐也來得太早了。」她急得原地打轉，都快尿出來了：「我們還沒佈置啊嗚嗚嗚……」

林星海遠遠的，就看見咖啡廳內的人們，下意識的，她腳步漸漸加快。

推開門時，魏嘉誠笑瞇眼道了聲：「嗨，林流氓。」

林星海摘下墨鏡，揚起唇角：「今天要讓你們費心了。」

站在櫃檯邊的宋亞晴一個箭步飛撲而來，八爪魚似的扒在她身上：「星海姐星海姐！好久不見！」

安晨滿臉無奈，一如既往的拎著宋亞晴後領，把她從林星海身上「拔」下來。

「星海姐，妳太早到了啦。」宋亞晴噘起嘴，將手背在身後：「我們都還沒準備好呢。」

林星海淡淡的笑了笑。

魏嘉誠把蛋糕帶到廚房冰著，安晨走來溫聲跟她聊了幾句。聊著聊著，以往日子的熟悉感湧上心頭，讓林星海有些分神。

「妳找誰嗎？」安晨轉頭看了眼自己身後。

她尷尬地笑笑，問道：「余涵光……他還沒來？」

坐在角落邊的宋亞晴，正在搗鼓自己頭上粉色派對帽，聽到這句話，雙眼冒光的望了過來：「他會來嗎？會嗎會嗎？」

這清脆高亢的聲線，一路傳到廚房去。

魏嘉誠安置好蛋糕，慢慢解下圍裙，探出頭：「林流氓，余大人沒跟妳聯繫？」

林星海靜默片刻。

魏嘉誠接著解釋：「他剛好有重要行程，前天就出國了，今天來不了。」宋亞晴頓時如霜打的茄子蔫了下去。

林星海垂下眼簾，應了聲知道了。

之後的時間，他們四人合力簡單佈置了咖啡廳，牆上掛滿色彩繽紛的吊旗。一切就緒，宋亞晴還在角落邊賣力的充氣球，魏嘉誠則叫了外賣。

三盤披薩送來後，牆上的時鐘也即將指向午夜十二點。

安晨抱著一袋物事走來，臉上帶笑：「前面走五條街就是河濱公園，我們要不要去放鞭炮慶祝？」

林星海還沒答，宋亞晴就舉雙手歡呼：「要要要！」

夜晚的公園沒有人潮，熏風帶著青草清冽的香氣，恰好溫度宜人。眼前河面倒映著蒼穹，難得能見浩瀚星辰如一顆顆明珠閃爍，隨著河水漪漣閃爍。

宋亞晴歡欣雀躍的奔來，在每個人頭上強行戴上一頂派對帽。

「你最適合綠帽。」她語重心長的在魏嘉誠頭上戴上一頂。

「……」魏嘉誠怨懟的目光幽幽掃向安晨。

幾人唱過生日歌，林星海切了蛋糕讓大家一塊兒吃，宋亞晴嘴裡塞滿了蛋糕，很快就坐不住，開始打袋子裡鞭炮的主意。

林星海坐在寬廣的草地上，口袋裡的手機震了震。拿出來一看，她整個人都愣住了。

是余涵光，他發了一則語音。

四周的聲音全被隱去了，她聽見自己的心跳聲，一下比一下重。將手機貼到耳邊，那低沉溫潤的嗓音顯得格外的近，惹得耳根發燙。

「生日快樂。」他說道：「願妳今後如星海般明亮閃爍。」

一陣熏風襲來，周圍楓樹颯颯作響，紅葉片隨著紛紛吹落，前方的河面蕩起了層層漪漣。

她的裙角微揚，聞著空中的芬香，心中好似翻湧著陌生的悸動。

願妳如星海般明亮閃爍。

她斟酌了許久，卻不知該如何回覆是好，怕回多了顯太矯情，回少了又顯冷淡。最終捎過去一句：

「謝謝你。」

隨後拍了張照片，將自己和身後的一群人都拍了進去。

她們正玩得不亦樂乎，人手一支仙女棒，追著魏嘉誠跑個不停，不時有宋亞晴鬼畜般的笑聲傳來。

這次讓她打從心裡的感到歡喜。

不只是因為有溫柔的朋友們相聚，更因為這些對她來說得來不易的感動，有特別的人祝福。

林星海瞇起眼睛，心想要是這特別的人今天沒有赴往國外，現在站在這漫天星辰之下，那必定是極美的。

她這樣就很滿足了，前所未有的滿足。

❖　❖　❖　❖　❖　❖

義大利晚上八點。夜幕裡的斯卡拉劇院亮起上了橘黃燈光，打得格外明亮，金碧輝煌，彷彿回到歐洲古代的上流人士匯聚之處。

演奏會剛結束，獲得了滿堂喝采。

邦尼特接受了大家的賀喜，便想起一直沒機會見的人，稍作歇息後，就去找余涵光了。

此時，余涵光就站在劇院出口，將手機開機之後，螢幕上馬上跳出林星海的訊息通知。來不及滑開，一道的嗓音響起：「Mr. Yu？」

抬起眼簾，只見邦尼特一襲正裝來不及換下，就站在大門紅地毯上，身後是一片輝煌亮堂的金橙色燈光，顯得整個人意氣風發。

余涵光禮貌的主動走過去握手問好。

用英文溝通，他先是答謝邦尼特的邀請，也表示了今日表演的精彩。邦尼特性格本就外向，一番交談後拍了拍他的肩膀，侃侃而談起來：「剛剛看你在用手機，這次突然出國，女朋友沒對你發脾氣吧？」

余涵光依舊淡淡地笑著，沒有介意他的調侃。

邦尼特瞇眼抬手捋捋下巴的鬍子，眼角細紋深了些許：「斯卡拉是世界上最棒的劇院之一，這劇院還有設立博物館，展示了有歷史意義的東西，我敢肯定它們對你會有幫助。」

他們之後暢聊了許久，邦尼特對藝術有相當強烈的執著，把劇院的歷史都掏出來講了一遍，從以前古代，如何用油燈點亮舞臺，一路講到經歷二戰炸毀，如何慢慢的修復成現在的模樣。由於音響效果極佳，他也獨鍾於在此演奏。

「你拿來作為長曲節目的〈Pavane〉，你知道它這名字的由來嗎？」

余涵光答：「有孔雀的意思，是十六世紀初的宮廷舞蹈，他的舞步莊重優雅，所以被取這個名。」

邦尼特沉吟片刻：「這種舞是兩個人一組跳的社交舞，樂曲都是緩慢的偶數拍。聽說當初英國的伊麗莎白一世很愛跳呢，哈！」

余涵光皺起眉頭，聽出他話中有話。

「其實我不算是個冰迷，在知道你之前，我對這項運動一點都不了解。」他毫不吝嗇的誇讚：「但看過你的表演之後，我完全改觀了。原來一個運動表演也可以如此與眾不同，我能感受到你對滑冰的熱愛與執念。」

邦尼特笑了笑，又簡單的小聊幾句，便說要回去休息了。

余涵光依言去了趟博物館，那兒如邦尼特所說，展示了各樣的畫作、樂器與圖書，最令人意外的是有古代戲劇流傳下來的宮廷服飾。

他站在櫥窗面前，靜靜的看了許久。

耳邊充斥著其他參觀者細碎的交談聲，每個人都身穿正裝，周圍是古老建築與用品，那一剎那，彷彿真回到了數百年前。

他是在一個鐘頭之後離去的。

搭上了計程車，這才想起林星海的簡訊，他疲憊的揉揉眉心，滑開手機，一眼就看見照片。夜裡的公園河上有一座大橋，點亮了燈光，三個人影在河邊追逐著，楓樹樹葉靜靜灑落，而掌鏡的林星海，臉上帶著淡淡的笑意，

她難得畫了淡妝，更顯朱脣皓齒，烏黑的長髮隨意的垂落在胸前，一片翠綠的楓葉落在了髮絲間，但她似乎沒有察覺。

余涵光垂眸看著螢幕，思忖半晌，一字一句的輸入：「今日缺席，等回國後再補償。」

回到旅館後，他早早歇下了。

夢中的自己，已離開了這遙遠的異鄉，他站在河邊，望著漫天的星辰大海，身旁的魏嘉誠和其他人玩得正熱鬧，吵吵嚷嚷的。

林星海也喜靜，就待在自己身邊，雖什麼話也沒有說，氣氛倒也和諧。

熏風襲來，樹影婆娑，耳邊全是沙沙聲響。

他側過臉看向林星海，看了許久許久，接著抬起手，輕緩地，將她髮絲上的樹葉拂去。

❖ ❖ ❖ ❖ ❖ ❖

一週後。

林星海退了房，拖著行李回到公寓。

宋亞晴和安晨早就站在門口候著，一見到她，便熱情的迎了上來。

時間已經不早，她們還沒吃過，用了冰箱所剩的食材煮了些東西，簡單吃頓早午餐。

宋亞晴一如既往，吃飯總要配八卦：「我說啊我說，上週小魏半夜又被叫來，結果又是幫安晨訂購偶像的周邊。」

安晨的臉頓時臭得跟什麼似的：「妳怎麼又提這事？」

她嘿嘿一笑，咬著麵包，口齒不清的道：「我無聊。」

安晨嫌棄的嗤一聲，別開臉向林星海抱怨：「還記得簡萱嗎？」等她點點頭，又接著道：「班上有個比較孤僻的女孩，簡萱不敢對亞晴撒氣，就開始對那女孩下手了。」

「狗改不了吃屎，聊她做什麼，真倒胃口！」宋亞晴將麵包往盤子裡一扔，拍了拍手上的屑屑，雙肘撐在桌上：「少了簡萱的刁難，日子倒過得太愜意了。我發誓我一定要找個男友，滋補滋補我枯燥乏味的人生。」

這樣跳痛的話題，實在一點重點都沒有。

林星海有些心不在焉，順勢拋出問題：「妳們戀愛經驗都很豐富？」

安晨立馬來了興致，用食指比比自己的臉：「我有過九十九任丈夫，下一任就湊整數了。」

「不是妳這種的啦！」宋亞晴推搡她一下，認真回答：「別看我這樣，其實從國小到大學，我都是班花哦，沒有人比我美的。前前後後也有過三任，不過因為求學階段嘛，畢業後就不了了之了。」

「不過妳怎麼突然問這個？」

林星海愣了下，腦海中思緒奔騰，一股異樣從心底竄出。

她的目光投向前方的牆，淡淡的道：「我有一個朋友，她……」

「怎麼了？」宋亞晴催促。

「好像也有喜歡的人。」她舔了舔乾燥的唇，解釋：「妳們別誤會，她沒有要談戀愛的意思，大概就是比較上心而已。」

「原來如此。」安晨點點頭。宋亞晴滿目失望：「好可憐，實在太可憐了！」

林星海有些侷促的扯唇，拿起桌上的馬克杯，站起身：「我去泡茶。」

說完便轉身朝廚房走去。

等她身影消失在拐角處，宋亞晴眨了眨眼，壓低嗓跟安晨咬耳朵：「我說啊……那個朋友就是星海自己吧？」

安晨眼底漫開一層笑，臉上表情是看破紅塵的瞭然：「錯不了。」

宋亞晴哀號一聲，抬手捂住小臉：「好浪漫揪心的戀情。安晨姐啊啊！」

「幹嘛？」

「我們一定要幫幫星海姐。」宋亞晴激動的握住她的手：「快，打電話給小魏！」

❖　❖　❖　❖　❖　❖

同一時刻，魏嘉誠躺在自家客廳沙發上，剛打完一場遊戲，螢幕上便閃現出熟悉的名字，他精神一振，坐直了身。

這是個邀約電話，說要大家一塊兒出去郊遊，問他有沒有興趣。魏嘉誠今年都沒旅遊，早就快發霉了，聽到可以去遊玩，便樂不思蜀一口答應了下來。

「亞晴也會去，但星海姐不肯。」安晨清了清喉，佯裝不經意的道：「如果余涵光能去，她一定也會願意的，唉……」

魏嘉誠拍拍胸脯：「放心吧，我這就去問！」

通話結束，他關起遊戲頁面，翻出余涵光的手機電話撥通。此時，余涵光正在赴往俱樂部，路上開著車，聽到鈴聲，便戴上了藍牙耳機，摁下接聽。

「我尊敬的余大人！」小魏朝氣蓬勃的嗓音傳來：「你最近有沒有空？安晨她邀請我們去郊遊欸，你去不去？」

余涵光皺了皺眉頭，遲了半晌才想起安晨是他的女友：「我就不去了，最近忙。」

「啊……」小魏一時腦熱，竟忘了他是個大忙人，余涵光要是不去，那安晨的任務不就無法完成了？他可憐巴巴的道：「真的不行？聽說如果你不去，林流氓也不去欸……」

沒料到還有這個環節，余涵光明顯愣了愣，一時啞然。

他抬手捏了捏眉心，語氣染上淺淺笑意：「我休閒時間本來就不多，要特意撥出幾天去郊遊，那是不可能的。」

小魏蔫了下去，敷衍道：「是是是。」要知道對方對時間的執著，可是雷打不動，他頓時放棄了勸說的動力：「話說回來，林流氓往咖啡廳帳戶匯了一些錢，說是欠你的。然後她之後還遞了張辭呈，說想找其他工作了。」

前方陽光絢麗，余涵光瞇了下眼睛，伸手放下遮陽板，輕聲道：「知道了。」

今日俱樂部會公開訓練影像。

他走了進去，便見到不少電臺攝影器材擺在邊上，透過玻璃，能見到影影綽綽的人影。

教練早已候在一旁，見到他就笑，走來拍拍他的肩膀：「走，準備準備！」

余涵光虛握了下手，看著教練漸行漸遠的背影，他腦海中浮現出林星海的一雙眼睛。

她很少笑，但罕見笑起來的時候，眼底像有群星在閃爍。

❖　❖　❖　❖　❖　❖

不知不覺便迎來了傍晚。

公寓房間內，林星海趴在床上，伸手「啪」一聲闔上了筆記型電腦。盯了一下午的螢幕，她揉了揉有些發脹的太陽穴，長長的嘆了口氣。

工作沒了，她幾天前發了幾張履歷表至各家公司，結果不是收到委婉的拒絕，就是直接石沉大海。

咖啡廳的工作確實難得，不僅薪資高，福利又好，環境更是舒適怡人。

其實余涵光從未虧欠過她，而她一開始則利用了他的善良，才得到他各方面的協助。

這樣不行。

她知道余涵光並不介意，但現在想起來，心底隱隱還是有些抗拒。

魏嘉誠應該已經把辭呈轉交給他了吧？

林星海又仔細瞅了眼手機，沒有任何未接電話，也沒有任何簡訊，情緒似乎隨之沉重幾分。

這是否代表著……以後不會再見面了？

「叮」。

手機隨之震了震，她趕緊望向螢幕，畫面跳出一則信箱通知。滑開來，是一則陌生簡訊，信件主旨寫著「成立十週年」。發信人群發給將近百人，這些都是些陌生孩子的照片，她仔細端詳幾眼，才認出這是哪裡，內心卻有些悵然若失。

似乎是當時還是秦詩瑤的時候，時常去當義工的一間育幼院。信件末端有一行小字：「感謝您們的愛心，讓孩子們平安長大。我們即將迎來十週年，邀請你們同來歡慶！」

那些照片中的孩子們衣著簡樸，一張張小臉曬得黝黑，卻都掛著真摯的笑容。

看著看著，一股憂傷油然而生。

林星海抿了抿唇，剛想關起螢幕，上方又傳來一則通知：「余涵光公開練習。」由於之前按了訂閱，這熱騰騰的資訊，就這麼呈現在眼前。

官方影片沒有拖泥帶水，畫面中的余涵光一襲成套的黑色訓練服，準備展開一小部分的公開表演。合樂未下，就能感受出氛圍的不同。

四處安靜得落根針都聽得見，冰場周圍有不少選手以及電視臺人員在等待。這漫長的沉默，只因男人容顏如玉，身姿如松，佇立於潔白的冰面中央。

熟悉的撥弦聲傳來，長笛溫潤的演奏豁然撥開雲霧。他緩緩抬首，朝前方流暢滑行，墨髮飛揚。清晰的步伐，身姿傾斜，後外刃交叉滑行，雙臂平舉，彷彿隨時都會起飛。

——林星海身為外行人，並不懂如何分辨複雜的步伐。她眼裡映著他的修長身影，從脖子到肩頸、從肩頸到足部，線條流暢，每個細節與角度動作皆拿捏得恰到好處。

倏地唰一聲響。

他的身影飄飛，落地的剎那，承接了合樂裡的雙簧管進入。

粉絲們所說的高飄遠，大抵就是指這種時刻。他腳邊的冰花濺起，縈繞於周身熠熠生輝。優雅從容。

她腦海裡冒出這形容詞。相較於上次現場觀看，他對這次的長曲，似乎找到了新的啟發。鏡頭一轉，照了他的上半身，林星海卻注意到他的表情，緊抿著嘴唇，認真又嚴肅的模樣。她屏息凝神，這剎那，聽見自己逐漸加快的心跳聲。

❖　❖　❖　❖　❖　❖

翌日，清晨。

都市內，育幼院門口傳來孩子們嘻笑的聲音。一名婦女急急忙忙從裡頭追出來，見到陌生面孔，只來得及向林星海莞爾一笑，便轉身趕孩子進去。

寧靜淡雅的早晨裡，籠罩上陽光柔和的溫度。

時隔多年，此處與以往如出一轍。

辦公室外的牆上貼滿了陳舊相片，每一張下面都有孩子的筆跡，歪歪扭扭的寫下拍攝日期。旁邊就是木頭旋轉樓梯，隨著孩子們上上下下，嘎吱嘎吱作響。

她輕敲了敲辦公室門口，得到裡頭的人許可，遂推開了門進去。

裡頭只坐了三個人，看起來約莫四五十歲，聞聲轉頭朝這方望來。

「請問……」林星海彎唇：「你們還有招人嗎？義工。」

一名中年男子會意，點了點頭：「噢，有的、有的！」

那趕孩子的婦人卻放下茶杯，盯著她的臉幾秒，詫異道：「這麼年輕，怎麼會想要來這裡？」隨後補了句：「我們都是全天班的。」

林星海已聽著指示，走到桌前登記，握著筆的手一頓，回答：「沒關係，我暫時沒有別的安排。」

幾人又閒聊幾句，鐘聲便響起。婦人看了眼錶：「哎呀，已經這時間了？我得趕快給孩子們拿麵包……」慌慌忙忙的收拾桌面站起。

中年男子卻皺眉道：「我也要去上課，客人還在圖書館，要有人留在辦公室讓他好找……」

「我去吧。」林星海接話，靜靜的擱下筆，沒等回答，轉身就踏出門檻。

婦女沒有會意，回過神時她的背影已經消失在門口，不禁喃喃：「……她知道廚房在哪嗎？」

幾年前，天天都會待上整個下午，所以這裡對林星海來說，就如自家後院一樣熟悉。輕車熟路的辦好事情後，原本打算原路回去，踩著凹凸不平的石子小徑，耳邊充斥著孩子們歡笑，腳步不禁放緩了些許。

右側是個大水池，水並不深，只養了幾條魚；左側是一排教室，有些能見到影影綽綽的人們，有些沒有開燈，裡頭空無一人。

視線掃過最後一間圖書館時，隔著貼滿貼紙的玻璃窗，模糊間，裡頭似乎有個成年人，正坐在凳子上看書。

鬼使神差的，她停下腳步。

玻璃窗上全是孩子們的勞作以及貼紙，從縫隙中，根本看不清裡頭的人。

她手指輕扣著冰冷的門把，心中像是長了無數根小草，撓得煩亂無比。

「喀。」

輕輕推開。

裡頭大片陽光爭先恐後傾瀉在腳前，她站在光影的交接處，朝著角落望去。有幾排書櫃，男人坐在書櫃旁的凳子上，修長的腿微微曲起，左手扣著一本書，同時偏頭望來。

四目相對。

時空彷彿靜止了，陽光燦爛的圖書館裡，細小絨塵飄舞。她感受到自己的心跳聲，每一下都沉穩有力，整個胸口都變得滾燙無比。

「……好久不見。」她喉間發乾，輕咳一聲：「沒想到你會在這裡。」

余涵光沒有答話，將手上的書倒扣於桌面。過了半晌，他低醇悅耳的嗓音響起：「怎麼，不想見到我？」

都可以上演竇娥冤了，林星海皺起眉：「我沒這樣想。」

「一聲不響的離開，又是匯錢、又是辭職。」他站起身，邁步朝這走來：「確實是好久不見了。」

她捕捉到他眸底細碎的笑意，才知道是在開玩笑，遂低下頭彎唇，也悄悄笑了起來。

並沒有再提那事，他順口回答：「我習慣來這已經幾年了。」

好幾年？林星海困惑的道：「我以前……幾乎天天都在這，卻從來沒見過你。」

余涵光聽出她所指的「以前」是怎麼回事。林星海補上一句：「大概兩年左右。」

聞言，他有一瞬愣怔，不可思議的念頭從腦海中一閃而過。

林星海並未查覺，徑直走向書架區：「介意我在這看書嗎？」

身後傳來他的答覆：「妳隨意。」

林星海挑幾本抱在懷中，回到了座位區，靜靜的閱讀起來。室內偶爾響起翻頁聲，她盯著書，白紙黑字卻讀不進腦裡，不小心分神，又得翻回到前一頁重來一次。

最後乾脆不讀了，手上捧著書，心思已飛到九霄雲外。

她側眸望去，余涵光坐在凳子上，單手扣著書本，修長五指張開，更顯指骨清晰分明。他低著頭，露出一截白皙的後頸，即使是坐凳子上，背脊仍舊筆挺。
清俊好看，沉穩安靜。
以為余涵光會有事纏身，像以往一樣早早離開，卻沒想到，這一待，卻待到了傍晚。
外頭的鐘聲響起，迴盪在圖書館內。
急促的腳步聲自遠而近，交雜著嘻笑聲響起。過了一會兒，大門很快被打開，幾名約莫八歲的孩子們站在門口處，瞪著銅鈴般大的眼睛，好奇地朝他們張望。
那名婦人風風火火地從後方趕來，見到余涵光，詫異的「啊」一聲：「不好意思，我不知道你們還在。沒吵到你們讀書吧？」
余涵光微微一笑，聲線平穩：「沒事。」
被這麼好看的人客氣對待，婦人也不太好意思的笑了，轉身叮囑：「你們看書，也要像哥哥姊姊一樣安靜，不可以吵到別人，知道了嗎？」
孩子們齊聲道：「知道了！」隨後作鳥獸飛散。
一名小女孩躲在書架後方，水靈靈大眼緊盯著余涵光，忽然道：「哥哥，你是不是常常出現在電視上？」
幾名孩子被這話吸引，一窩蜂圍了過來。另一道響亮的聲線響起：「我還常看見他站在公布欄前面看照片。」
「什麼公佈欄？」
「就辦公室外面的那個啊。」
「噢噢噢……」
婦人雙眉一豎，跑過來唸了幾句，把孩子們全打發走了。

室內重歸了寧靜，林星海肚子唱起了空城計，才想起他們水米不進，從早上待到了傍晚。

她問道：「你不吃飯嗎？」

余涵光抬起眼簾，闔起手上的書：「走吧。」

她一時沒會意，愣了半晌，才起身把書歸位。兩人並肩走在長廊上，沐浴在夏日晚霞裡，林星海盯著腳下的石子路面，他們的身影被夕陽拉得老長。

就好像……余涵光待整個下午，其實是在等她？

她心中像有一把火在燃燒，忍不住打破這片寧靜：「剛才孩子們說的，是什麼照片？」

余涵光低頭看了她一眼，目光如水般澄淨。

「這間育幼院，會將一些日常照片貼在公布欄上，看著覺得……滿有意思的。」他淡淡的道。

兩人恰巧走到門口處，余涵光忽然停下腳步。

林星海疑惑的瞅他一眼，然後跟著將視線，投向辦公室外的公佈欄上。琳瑯滿目的照片顯得十分擁擠，一大半全都是直接貼在牆上。

「這些照片通常不會取下，所以有一些，都已經放置好幾年。」余涵光面色沉靜，抬起手，輕輕的敲了敲其中一張：「妳說在這裡待了很久，那妳……是否認識這女孩？」

林星海順著他修長的手指望去，看清那名女孩後，渾身都僵硬了起來。

那張照片長年貼在外頭，邊緣已經微微曲起泛黃，裡頭的女孩生得眉清目秀，腰上繫了義工圍裙，站在廚房門口，生澀的朝鏡頭微笑。

是她。

是秦詩瑤，以前的她。

余涵光見林星海沉默不語，拿捏好措辭，才接著說道：「我覺得，這女孩和妳有點像。」

——外表冷淡，內心卻單純耿直。

還有，都不擅長笑。

一週前，他站在燈光輝煌的斯卡拉劇院前方，搭上一臺計程車，點開了林星海發來的訊息。照片裡的她，身後是一片浩瀚星辰，臉上掛著略生澀的微笑，與公布欄上照片中的女孩重疊在一起。

「星海。」他微微一笑，嗓音溫涼悅耳：「我能請問妳……以前叫什麼名字嗎？」

這聲「星海」彷彿一壺涼水，淅瀝嘩啦全澆灌下來，她心口微震，渾身的血液彷彿都在倒流。

時隔幾年，這塵封在記憶裡的名字說出口，竟覺遙遠得恍如隔世。

「秦詩瑤。」她神色複雜，「我那時候，叫秦詩瑤。」

聽到這名字，余涵光眼底閃過一絲訝異，沉默片刻，隨後抬手捏了捏眉心。

他嗓音低啞幾分，帶著少許笑意：「抱歉，讓我冷靜一會。」

林星海一頭霧水，她還是秦詩瑤的時候，和他是一點交集都沒有的啊。

「我只是……」他低頭目視著林星海，似乎想說些什麼。

「——余先生。」一道喊聲突兀響起。

婦人正從長廊一頭急匆匆跑過來，懷中抱著一疊考卷，上氣不接下氣的道：「我剛剛、剛剛一忙就忘了，院長有交代事情！」

跑到余涵光面前，一張臉都漲紅了，喘了幾口氣才緩和下來：「為了感謝您長期資助我們育幼院，院長改天想請您吃頓飯，親自答謝您。」

「不必了。」余涵光婉拒了邀請：「說起來，還遠不如你們親力親為。」

「哪裡的話，我們都是沒事找事做罷了。」婦人笑瞇了眼睛，樂呵呵的道：「您還是這麼客氣，唉，知道啦，回頭我再轉告院長……」

林星海看著他乾淨白皙的側臉，這才知原來他長期資助這裡，怪不得他會偶爾過來看看。只是他剛才的表情，明顯有什麼事情要說。

婦人忽然「啊」一聲，手中的考卷撒了滿地。

「抱歉抱歉，總是笨手笨腳的！」忙蹲下收拾。

這些考卷上，盡是孩子們歪扭的字跡，其中一張就落在林星海面前，她伸手去撿，同時另一隻手快速伸來，猝不及防的相觸。

林星海抬起眼簾，就對上黑曜石般的眸子。他只看了她一瞬，又低下頭撿起那張考卷，用手簡單地拍拂過上頭殘留的灰塵，遞給了婦人。

婦人雙手接過，忙不迭道謝。

告別了婦人，他們一起離開了育幼院。

余涵光想起了什麼，陳述道：「我有一個朋友從商，正好最近在招募長期員工，如果妳缺工作，不妨去應徵試試。」

見他拿出手機翻找聯絡資訊，林星海心中一麻，有些牴觸：「不用了。」

余涵光放下手機，靜靜地望來。

「給你添太多麻煩，總是不太好。」她有些口乾舌燥，舔了舔乾燥的唇：「你回頭一定打電話叫你朋友錄取我。」

他沉默片刻，微微頷首。

「不干你的事。」林星海忍不住笑了：「你就當我不想欠人情。反正你也不是第一次覺得我奇怪。」

況且面對余涵光，真的很難讓人……佔便宜。

他就是這樣的存在，讓人不由自主地靠近、依賴，可與此同時，也是她最不想去麻煩的存在。

身旁的余涵光已戴上口罩，遮住下半張臉，只露出一雙漂亮的眼睛。身後是大片湧動的霞光，側臉輪廓被照射得柔和幾分。

明明只在眼前的人，卻彷彿隔了一道透明的牆。他太過完美耀眼，讓人靠近一步都覺得無比艱難。

林星海站在原地，雙腿如有千斤重，手指也微微發麻著。

這一刻，她似乎頓悟了什麼。

她開始能夠理解，為何程素要不顧一切，想與余涵光並肩而立。

原來在一個完美的男人面前，她會如此自慚形穢。

原來只要他在身邊，哪怕什麼也不做、什麼話也不說，都格外令人怦然心動。

❖ ❖ ❖ ❖ ❖ ❖

林星海完全沒想到，余涵光這個大忙人，今天竟然沒有行程。

一起在附近吃過晚餐，全程無比安靜，但幸好不顯尷尬。服務生走來，有些討好地問：「請問需要紅酒嗎？」

余涵光微微一哂：「不用，謝謝。」

服務生眼底閃過一絲訝異，隨後轉頭問林星海：「小姐您呢？」

余涵光忽然想起什麼，出聲：「她不會喝酒。」

林星海聞言，只覺得耳朵一麻，渾身都不太對勁了。服務生很快識趣的離開，她桌下的手交握，心跳頓時有些失序。

之前不是沒有一起吃過飯，但有其他人陪同，氣氛自然比較活絡。現在就他們兩個人，誰也沒說話，只剩碗盤清脆的聲響。

等吃完飯，兩人並肩踏出了餐廳，一陣涼風颳來，林星海抬手把衣領拉好，耳邊就傳來他沉沉的嗓音：「今後，妳有什麼打算？」

他語氣雲淡風輕，好像只是想打破安靜，隨口一問。

林星海抿了抿唇，有些不解，不知道該如何回答。

跟著他走在街上，也沒問要去哪，就這麼走著，直到看見不遠處熟悉的車輛，才意識到應該是要道別了。

余涵光拿出鑰匙，前車燈一閃，照亮他白皙的側臉。過了幾個鐘頭，思緒像撥開雲霧，逐漸釐清。世界像被顛覆，而這不可思議的事情，竟然就發生在自己身邊。

但他，確實得好好跟林星海談談。

喀啦一聲，他拉開副駕車門，

林星海會意，連忙擺手：「不用不用，我自己能搭公車回去。」

「上車吧。」零碎解釋的話語盤旋在腦海中，他緊抿著唇道：「有些話，我想親自和妳說。」

看著他的臉色，林星海一顆心提了起來，雙手冷得駭人，忍不住抬手搓了搓胳膊。

進入車內，副駕門被關起，隔著一層玻璃，眼前的他繞過車頭，開門從另一邊彎身進來。

余涵光伸手將暖氣開起，將風向調到副駕那側。

溫暖的風吹來，林星海繃了一整天的神經，才逐漸鬆懈下來。

「妳以前問過我……」他冷不防開口，續道：「問我堅持到今天，是為了什麼。」

窗外天邊逐漸暗了下來，車內光影模糊黯淡，他眸子裡，卻像有一簇清亮的燈光。

林星海垂下眼簾，腦海中浮現出那句：只因我的命，是別人給的。

❖ ❖ ❖ ❖ ❖ ❖

都說余涵光是這世代的神話與信仰，激勵了所有抱有夢想的人們。他從四歲起步以來，參加各個大小賽事，一步步時光磨礪，走出歷史的痕跡，如今遙遙站在世界頂端。

然而，站在這頂端之前，他有過一段空白期，數年內，沒有參加任何一場賽事、沒有在電視上露面、沒有公布任何練習影片……

沒有人知道，他在這期間經歷了什麼事。

——花式滑冰運動員的職業生涯，一向都是曇花一現，他這些年的銷聲匿跡，讓許多人都以為他已決定離開花滑界。

就連他自己，也認為會這麼離開他熱愛的運動。

「你是哪時候開始有感覺的？」

醫院內充斥著消毒水刺鼻的氣味，冉道軒一襲大白掛，桌上的雙手交握，臉色格外凝重。

余涵光皺起眉頭，緩緩的道：「大概有一年了。」

有時候呼吸會不順暢、容易倦怠，運動耐力直線下降。

通過漫長而詳細的檢查，診斷出了特發性限制型心肌病。

「現在我們能做的，只有對症治療，但如果要根治的話，唯一的辦法是進行心臟移植。」冉道軒揉了揉發脹的太陽穴，安撫一句：「幸好發現得早，還沒有惡病質出現，等到合適的心臟，我們還來得及治療。」

他想了會兒，忽然想起了什麼：「伯母很擔心你，特別打電話說要讓你留院觀察，我也覺得這樣比較好，所以……」

余涵光抬起眼簾：「所以我不能再滑冰了？」

冉道軒被這平淡的眼神看得心神一震。

原本想要委婉的告知，但話還沒講到一半，對方卻早已看透他的心思。

冉道軒見過不少患者，聽到自己得病後，無論是消沉有好、大哭一場也罷，總歸都需要一段時間來沉澱心情，而眼前的少年卻過於冷靜。

幾天後，余母從國外訂機票，連夜匆忙趕回來，聽到他的病情，先是呆了一呆：「怎麼會這樣？我們家族都沒得過這種病……」

流水聲驟然一停，冉道軒拉開簾子走來，抽了張衛生紙擦拭雙手，溫聲向她解釋。

過了整整一個鐘頭，這談話才結束，醫生離開後，余母背對著余涵光，一絲隱忍的嗚咽傳來。

余涵光在一夕之間，失去了所有。

他的目標夢想、他的未來人生。

都說他是極有毅力的人，無論在冰場上的摔過幾次，總能再次站立起來。他在冰場上度過了大半光陰，接受過冷眼與掌聲，成為一名優秀的運動員，是他人生唯一的目標。

他太過獨立，從不給家人帶來麻煩，然而這樣越是堅強的孩子，讓余母更加感到心疼，因為她知道，什麼毅力或獨立都不重要了，就算好運能接受心臟手術，治好病根，身體終究無法恢復原本的模樣。

——「家屬到了嗎？那個男人怎麼還在病房裡……」

「可憐的女孩，看起來才二十出頭，就惹上幫派……」

醫院長廊上幾名護士圍作一圈，低聲討論著。

這名女患者送來的時候，額頭中槍，失去意識，渾身都是血，搶救過後，醫生宣布了腦死亡。過了好幾天，這話題仍然不消停，只因這名患者的家屬遲遲未露面。

醫院裡其實都會避免議論患者，余母辭去了國外的工作，待在醫院內，也不知道是從哪聽來一些話，整個人都有些不對勁了。

隔了一週，余涵光才知道，這名患者有簽署器官捐贈書，恰巧符合余涵光和心臟移植的所有條件。護士先是發現此事，告知了兩位主治醫生，冉道軒十分贊同上報爭取機會，而那名患者的醫生，則表示先看看情況。

這些事情像一股狂風，突如其來呼嘯而過，讓人反應不及。

余涵光推著點滴架，緩緩步出病房。

眼前的大廳都是行色匆匆的醫護人員，等候區坐滿神色焦急的患者家屬，每到晚間時刻，醫院急診室總會有一批批洶湧的人潮。

邁過長廊，只聽淒厲而癲狂的哭喊聲傳來。

重症監護室隔了層玻璃門，裡頭情況一目了然，黑襯衫西褲的年輕男子坐在旁邊，一名婦人跪在病床邊，撕心裂肺的喊著「詩瑤」，似乎是已喊了許久，嗓音粗啞難聽。

婦人忽然瘋了似的，往一旁男子撲去，緊抓他的衣領：「是你害死小秦的！都是你害的！」一番行徑，讓她很快被保安架了出去。

從病房出來的時候，她安靜了下來，凌亂的頭髮披散，遮住了臉龐，經過余涵光面前時，突然抬起頭看他一眼，那雙眼睛又黃又紅，混濁得詭異。

光是這一眼，足以令人心底發寒。

婦人離開後，病房內的徐傾仍然一動不動，深深地看著病床上的人，過了不知多久，護士靠了過去，輕聲提醒，他才慢條斯理的站直身。

身影挺拔如松，單手插兜，慢慢地從病房裡走出來。

窗外的陽光斜切在余涵光腳前，不動聲色的握緊點滴架，就這麼站立在光影交接處，與徐傾擦肩而過。

那時，余涵光皺了皺眉頭，微微側過臉，目光落在病床上的人。

女孩身上蓋了件薄被，搭在床邊的右手露了出來，食指夾了儀器。她呼吸器下方的一張小臉蒼白，雙眼緊緊閉著。

忽然有點明白，為何剛才的男人，會這麼盯著她看許久。

秦詩瑤還很年輕，卻脆弱得彷彿風一吹，就會徹底消散。

❖　❖　❖　❖　❖　❖

他對她有印象。

無論是為了尋找選曲，還是純欣賞不同詮釋方法，他往往會在網路上尋找相關資訊，而總能見到秦詩瑤的影片。

從五歲至十幾歲，參加無數鋼琴比賽，在明亮的舞臺上，她瘦小的身影坐在精緻的琴凳上，巨大的演奏式三角鋼琴面前，她顯得又小又突兀。

秦詩瑤眸底映著下方漆黑的觀眾，緊抿著嘴唇，微微駝著背，不是很有自信的模樣。將手擺在琴鍵上預備，深吸一口氣——一首貝多芬第七號奏鳴曲，悄悄從她手指下流淌而出。

如果閉上雙眼，一定沒有人能夠想像出，竟然是一個孩子在彈奏。她小巧的手指飛快得只看得見虛影，嘴巴一直緊緊地抿著，眉頭也是皺著，極專注認真的表情。

留言區一片讚好，都說她是名小天才。

然而她眸底的空洞，卻彷彿能穿透螢幕，深深烙印在余涵光眼中。下一刻，記憶裡浮現出那間僻靜的病房，女孩一動也不動的躺在潔白的床上，她雙目安詳的閉著，四周任何事情，都澈底與她無關。

每每到了沉鬱的夜晚，余涵光便會想，上天為何要將她的生命贈與自己？

但是愈這麼想，心裡的不安感愈是不停纏繞，他開始尋找秦詩瑤過去的蹤跡，那近乎瘋癲的婦人在失去女兒後，天天都守在醫院等候區。

冉道軒每次路過看見，都搖頭嘆息。

「看到她這憔悴的樣子，真的是……」他悶悶地吐出一口氣：「你知道嗎？那女孩子出事之後，好多人來探望她，全都是育幼院來的孩子，一問之下，才知道她長期在當志工。」

頓了頓，冉道軒又說：「老天還真狠心，聽說她啊，本來是拼了老命想當鋼琴家的，卻一直沒能拿冠軍、也沒有機會出人頭地，之後也不知道什麼原因離家出走，幾年後被黑道一槍搞死。這女孩應該也是善良人，偏偏經歷這些事……」

當器官移植的事情傳到讓余涵光都知道時，冉道軒可是抓了幾名護士，板起臉惡狠狠罵得狗血淋頭，鬧到院長都出面。

這次他難得主動提及秦詩瑤，讓余涵光微微一晃神。

冉道軒性格耿直，灌心靈雞湯不是他的作風，有點彆扭的道：「所以你才要好好活下去啊，不能滑冰算什麼？你可以從商、或者做點別的……」

在那間育幼院門口，佈告欄上貼滿了相片，余涵光第一眼，就捕捉到熟悉的身影。

照片裡的她，圍上了紅色圍裙，有些不自然的對著鏡頭笑著。

這笑容裡有太多說不清的話，但卻比在任何時候，都還要開心滿足的樣子。

盯著那張相片，她的笑容就像一把火，一路燃燒到心裡，胸口一片悸動滾燙。冷不防地，腦海裡冒出一個念頭。

——若真有神的存在，那他要跟神抗爭到底。

凡是他要走的路，就算是被抽筋拔骨，也要走到盡頭。

余涵光不信鬼神，但他人生中第一次，踏進了這間基督教育幼院，望著牆上掛的十字架。

再給秦詩瑤這善良的女孩一次機會。

再給我們一次追逐自我的機會。

余涵光在心中誠摯地想著。

❖ ❖ ❖ ❖ ❖ ❖

「之後，我就重返冰場。」余涵光背脊貼著椅背，目光悠遠望著前方，眸底映著細碎的光，忽然想起了什麼，彎起唇角：「那時候我快二十歲了，身體狀況差，不怎麼被看好，現在的教練，是當初唯一肯訓練我的人。」

他沉默片刻，緩緩側過臉。林星海能見到路燈光影就著車窗，隨著這動作，在他臉龐上微微移動。

「今天我想了一天，覺得有些話得親口跟妳說。」他頓了頓，嗓音低了一些：「當初慢慢了解妳的時候，無論是妳的演奏，還是願意幫助旁人的模樣，都非常耀眼。只是妳，好像從來不自知。」

總把自己鎖進牢籠裡，深怕受外界的攻擊，那麼謹慎、那麼小心翼翼的生活著。

林星海張了張口，一時無話。

她的世界像被劇烈的震了幾下，整片心湖掀起滔天巨浪，淹沒所有思緒。

這些林林總總的巧合，像冥冥中自有註定。

——妳非常耀眼，只是妳，從來不自知。

秦詩瑤活了二十幾年，周身那些口口聲聲稱讚她的人，內心不知藏了多少陰暗。

可是如果這同樣的稱讚，出自於余涵光口中，她願意相信，這樣的男人不會欺騙自己。

不是出自於憐憫，也不是出自於嫉妒。就像他現在望向自己的目光，澄淨透亮，不帶半絲雜質。

「試試看吧。」余涵光說：「妳只需要向前走一步，剩下來的路，我答應可以陪妳走完。」

林星海緊抿著嘴唇，有些鼻酸。

一直以來，她刻意戴上刻薄的面具，但這些只要到了他的溫柔面前，都會即刻瓦解。

因為他是余涵光。

林星海有這麼一瞬間覺得，如果上天給她坎坷的人生，是為了讓余涵光更加閃爍，那麼她……毫無怨言的坦然接受。

❖　❖　❖　❖　❖　❖

多年前，教練對於余涵光這徒弟還是有些頭疼的。

冉醫生有和他相談過，了解他身體情況後，教練對於余涵光的鬥志感到十分敬佩，只是這樣的身體情況，不是說不能上冰，只是若要像以往那樣以當專業選手為目標，確實難如登天。

「教練，出事我會自己承擔。」他低低的嗓音幾乎沙啞：「我不想妥協，所以請你協助我。」

年少的余涵光被十分看好，他是明日之星，前途無量，這場手術卻硬生生折斷了他的羽翼，讓他不能再飛翔。

原本倨傲的他，現在勇敢的與命運面對面。

在少年充滿鬥志的眼神裡，教練啞口無言。

進入基地後，冉醫生也是隨行在側，隨時留意著他的身體情況。余涵光安置好行李，便被帶去認識環境，教練開啟入口大門跟他一一解釋。

「那個女孩是安嫻……上一年世青銅牌……」

「那個男生是沈勁……」

教練等了許久，都沒有聽見回話，轉頭時只見余涵光身姿筆挺，隔著透明的玻璃面，凝望著前方，背影紋絲不動。

寬廣的冰場、幾抹俐落的身影、以及每位選手臉上的笑容。

教練無法想像，這些稀鬆平常的畫面映在他的眼底，是有多麼多麼的痛。

對於余涵光，這些日常是一把橫插在胸口上的利刃。他不躲不避，靜靜的盯著前方，就像要把這把利刃插得更深，才能夠讓自己清醒振作。

教練眼眶一酸，別開視線：「冉醫生跟我說了，目前上冰時間先別超過半個小時，等身體穩定了，我們再慢慢拉長時段，先不要心急。」

這次，只隔了半晌，便傳來他的嗓音：「知道了。」

教練說不清自己是哪時候開始敗下陣的。

只記得在冰上余涵光的狀態不佳，圍觀的群眾冷眼看待，看著他無數次失敗的跳周，然後被教練推搡去陸地訓練。

一天下來，他都沒吭聲。

教練這才想起超過了他能負荷的訓練量，催促他回去休息，等下午冰場上的選手散盡，坑坑洞洞也補完了，教練把門闔上。

走廊上，遇上了另一位裴教練。

「四大洲轉眼快到了，安嫻每次都這種時刻就睡不著。」

教練爽朗一笑，點點頭：「正常、正常，她很容易緊張。」

「這可不行啊，等等讓醫生給她調作息……」

話匣子一開，他們聊了一個鐘頭，教練才打了個呵欠，互相道別回去休息了。

回到了住宿時，已經到了深夜，往口袋裡一摸，才發現自己把鑰匙給忘了，懊惱的拍了拍腦袋，罵自己神經大條。

路上已經漆黑，他搓了搓被冷風吹得起雞皮疙瘩的胳膊，一路往返。

抵達時，冰場的燈竟亮著。

「見鬼……」教練齜牙，氣勢洶洶的推開門：「誰這麼晚還不睡，讓我罵死他……」

他的話戛然而止，詫異得嘴巴都忘了閉上。

冰場上分明補好的洞，此時能見到不少坑窪，顯然有人已經練了許久。

只有一個人影。

余涵光。

他嘗試了幾次四周跳卻失敗了，跪在中央，低著頭顱，接著手握成拳頭，輕敲了一下冰面。

由於低著頭，教練看不清他的臉上表情。

只是那拳頭，又一次敲在冰上，似乎沒有用半絲力氣，顯得那麼無力，就像打在一團棉花上。

一次、一次，又一次……

上方燈光灑落在消瘦的背上，教練彷彿看見他背上有兩道深入骨髓的傷口，向外淌著僅剩的血液。像在要將自己的餘生，奉獻給冰場。

教練沉默，最終什麼話都沒說，一聲不響悄悄離開。

拿了鑰匙回住宿時，他第一時間拉開抽屜，拿出資料夾，數了數裡頭的紙張，然後放下，又拿出另一疊資料……竟然多到數不完。

打從進來基地後，余涵光每天都會寫檢討，如今不知不覺，竟然要堆滿他的抽屜。

想起了余涵光的眼神、想起冰場無數坑窪、想起他半跪在冰場上的背影……

教練抓抓自己的頭髮，眼眶一澀，暗罵自己感性。

沒有從哪時候開始敗下陣，而是余涵光種種行為加在一起，在某一刻，直接讓教練覺得，確實還有一線生機。

教練沒有任何可以拒絕他的理由。

余涵光雖然消失花滑界許久，但是眾選手記憶裡，仍有他的名字存在。青年天才，剛升成人組就超越一大批人，朝著頒獎臺筆直前進。之前還曾有人估算過，按他這年齡，其實一步步上升要超越程樺指日可待。

現在他突然回歸，不少人會私下討論。

此次教練則大膽支持余涵光，經過漫長的訓練期與修復期，他狀況日日穩健下來。

「涵光。」教練拍了拍他的肩膀，意味深長地問：「別人每天上冰時間，都是三個鐘頭起跳，你因為還要顧及身體狀況所以時間比較短。你認為你憑什麼能贏他們？」

教練沒有要打擊他的意思，話鋒一轉，說道：「之前有位日本足球選手有說過一段話，如果套用在滑冰上，我覺得還挺有意思的。他說：『運動員存在一個有效時間，有缺陷的人這個時間會比較短暫，但是如果能有效發揮，也是能在體壇上占有一席之地』，是吧？像是跑得比別人慢的職業足球選手其實還不少，但是只要讓自己的腦袋動得比別人更快，就可以讓自己的體能利用率比別人更高。」

花式滑冰的職業生涯一向短暫——想要一直滑到三十歲，這種想法，他連想都不敢去想。

那他憑什麼？單憑著自己的毅力與倔強，是無法獲勝的。

不是沒有考量過直接退役，但是心中的不甘就像熊熊大火一般席捲而來——他甚至才二十歲，若要向命運低頭，那麼一直以來下定的那份目標，也會離得愈來愈遙不可及。

「你決定要參賽了？」一道男音傳來。

余涵光抬起眼簾，只見程樺站在不遠處，靜靜的望著自己笑。

這笑容很刺目，明明表面看起來是友善的，裡頭卻太多說不清的情緒，似乎有些不屑、有些疏離、也有些忌憚。

「對。」

程樺不相信他有實力，重新角逐那份無數選手都渴望的金牌。

轉眼之間，眾人翹首以盼的四大洲花式滑冰錦標賽到了，同樣符合國家標準推派的選手裡，自然也有程樺在，他是國家最得力的選手。由於有個斷層，下面沒有任何能與他比拼，程樺骨子內自然透著一股傲氣。

然而他不該小看余涵光。

此次的四大洲比賽，美國選手大放異彩奪得金牌，而程樺雖然失常，也得到了銅牌，即便他不太滿意，但其實算是個很不錯的成績。

這次的余涵光得了第五名，沒能上頒獎臺。

在他比賽的時候，程樺有特別留意——節目構成很保守，余涵光將每個步伐都流暢銜接，可後期顯然體力不足，整張臉沒有半絲血色，有一兩次跳躍甚至扶冰或摔在冰面上。

第五名，憑什麼？程樺嗤之以鼻，心想自己要是評審，一定不會給這麼高分。

那時他的妹妹程素已經是余涵光多年的粉絲，這次余涵光的復出，早已讓她興奮得每天抓著他稱讚余涵光。

「他？」程樺忍不住笑：「他這個年紀又受過傷，能撐過這一次、下一次，我不信能撐過第三次，甚至是更多年。」

程素那時也才十幾歲，看著他想了一會兒，找不到能反駁的話語，於是點點頭、接著搖搖頭，悶悶不樂的道：「可是哥，我總覺得他會不一樣。」

「妳跟評審一起瞎了是吧？」程樺話裡酸溜溜。

「如果你不欣賞他，他的特別你當然也看不見。」

程樺不以為然笑了一笑，抿了一口啤酒，耳邊傳來程素的責怪：「教練不是讓你別喝這個？」

「我自己有分寸。」

程素欲言又止，最終還是沒再勸。

幾年後的程樺才知道程素說得沒有錯，余涵光的表演裡，有他看不見的特殊之處，程樺只看得到他的表面，因為體力的緣故，余涵光的長曲到了結尾總會顯得不那麼有力，甚至一些動作沒有到位，技術分被扣得淒淒慘慘。

程樺看得到這些問題，余涵光不可能看不到，然後這些問題點隨著時間推移，余涵光開始一一克服，動作與跳周都更富有技巧性，也大膽的挑戰更複雜的節目構成。

余涵光能恢復得如此迅速，秘密只有一項：練習，往死裡練下去。不光是體力上的練習，還有思考上的練習，當別人比賽完在放鬆心情的時候，他和教練們一起開檢討會；別人訓練完休息的一刻鐘，他在腦海中思考如何讓自己表現得更佳。

大家都說，余涵光的表演裡，能看見執念。是他對花滑獨有的執念，從每一個細節動作裡，展現給觀眾。

「涵光。」教練格外慎重地說：「花滑這項運動很獨特，它是運動，更是一種藝術。當一個表演展現給人們看時，他們能看見你的靈魂，那就代表你在創造藝術。體力是最重要的嗎？你隨便從街上叫一個人看花滑表演，如果這個人對花樣滑冰一點了解都沒有，那我們練得要死要活的各種跳躍，在他們眼裡……都只像隻兔子在蹦罷了，一點意思都沒有，當一名選手成為一臺跳躍機器，沒有人會欣賞的。」

教練指了指余涵光的心臟的位置，淡淡一笑：「不要害怕失敗，我寧可你在比賽中從頭摔到尾，也不要你成為一具沒有靈魂的空殼。」

余涵光思考著他的話，冷不防地，腦海中浮現出一個畫面。

女孩坐在精緻的琴凳上，就像一個機器人，手指俐落的在琴鍵上彈奏出旋律，下方留言區一片讚好。然而，秦詩瑤死去多年，竟然沒有因此半個人記住她的存在。

沒有人被她的音樂感動，可能只因為她技術極佳，所以觀眾在留言區留下評語，接著拋之腦後，早把這首音樂忘得一乾二淨。

看不到這個人的靈魂。

反觀，育幼院外公佈欄上的照片，她即使笑得生澀，但卻是發自內心，這笑容深深烙印在余涵光記憶中。

他想，育幼院的孩子們，一定也記得這善良卻哀傷的女孩。

「余涵光！」

冬季奧運的冰場上，傳來一聲熱烈的叫喊聲。

余涵光抬起眼簾，只見觀眾席上，一名陌生粉絲紅著眼眶，兩手圈著嘴，用盡全力嘶吼：「加油——」

這一聲加油，穿透了空間，傳達到他的耳裡。

心臟像被灌入了強大的力量，掙破了枷鎖，將原本制定好的命運摁下了暫停鍵。

運動生涯很短暫，尤其對於他——這余涵光比誰都明白。

但如果向命運低頭，世上永遠不會有奇蹟出現。

余涵光握起拳頭，當廣播大聲念出他的名字時，躍上了冰面，筆直的朝著前方滑去，眼前潔白的冰面無比刺目，而他佇立在場中央，無畏無懼。

——這是他的舞臺。

❖ ❖ ❖ ❖ ❖

回到了此時此刻，繁榮都市裡華燈初上，從高樓裡俯瞰去，盞盞燈光相連在一起，像連綿不絕的璀璨星河。

程素結束一天下來的訓練，早已疲憊不堪，洗過澡後，她站在窗前興致缺缺的看了眼夜景，彎身打開櫃子拿出吹風機。

摁下最大風量的鍵，耳邊充斥著嗡嗡聲響。她用手指順著濕漉漉的長髮，熱風舒適得讓人有些昏昏欲睡，此時，矮腳桌上擺放的手機亮了起來。

她湊過去摁下接聽鍵，又摁下擴音。

「素素，好久不見了。」一她一貫溫柔的開場。

「好久不見，什麼事？」

顏暖暖寒喧幾句，很快切入正題：「是這樣的，能不能替我向妳哥尋求幫助？聽說他人脈廣，認識不少媒體人。」

程素和她是相識五年的朋友了，當初程素接了一部代言，正好是和寧縣縣長的獨生女顏暖暖合作，兩人聊得開，代言結束後依舊保持著聯絡。

程素皺起娟秀的眉，程樺確實人脈廣，可是她怎麼不知道他認識很多媒體人？

「妳找錯人了。」

「錯不了，這些我都問過我爸。」顏暖暖詫異的道：「這幾年，妳哥不是經常把妳和余涵光湊一起，登在大版面上嗎？」

程素腦中嗡嗡一響，下意識握緊了吹風機手柄，關了起來。

四周一靜，她沉下臉，這是什麼意思？那些緋聞熱搜，不都是因為粉絲認為他們相配，才拱上排行的？

倉促的結束這通話，程素打給了程樺。

那頭忙音響了許久，隨後轉入語音信箱，她又接著試了幾遍，還是沒有接通。

程素原本的睡意全消，也沒有耐心等到程樺接通，捎了封簡訊通知他自己會過去後，直接抓起外套穿上，出門找人去了。

夜愈來愈深，風就像利刃呼嘯而來，颳得皮膚都有些生疼。

程素抵達程樺的家門外，已經是一個鐘頭後了，別墅二樓還亮著燈光。

程樺一向信任妹妹，之前她經常出國不在公寓，就會將包裹寄送來程樺家裡，為了拿東西方便，還給她一副備份鑰匙。程素拿了鑰匙，徑直打開門。

玄關處的水晶燈也亮著，程素剛想喊一聲「哥你在嗎」，卻發現前方擺了雙男性皮鞋。有客人？

她換好鞋子往裡走去，細碎低沉的談話聲從樓梯上方傳來。

程素上樓後，敲了敲門：「哥，是我。」

裡頭忽然一靜。

接著是踩著木質地板走來的聲音，門緩緩被打開，程樺神情不悅，身體擋住了入口，明顯不想讓她進門。

「妳怎麼來了？」

程素不著痕跡的看了看他身後，裡頭有些煙味，沙發上坐了個男人，背著光，臉龐模糊不清，只能見到他一雙修長的腿慵懶交疊。

「顏暖暖打電話給我。」她不安的蜷起手指：「她說那些我跟涵光的新聞，都是你拜託別人用的。」

程樺聞言，目光沉鬱的與她對視。

這是他的習慣，不說話的時候便是默認了。

程素眼前一黑，險些氣昏過去：「你怎麼可以不經過我的同意就做這些？」

程樺還顧忌著客人，眼神變得有些銳利：「我現在在忙，沒空跟妳解釋。」

「以前我的拿新聞跟你分享的時候，其實你心裡都在看我笑話是吧？」她臉色煞白，嘴唇微微哆嗦：「要是這讓涵光知道了，我……我……」

「程素，不要鬧。」他低聲喝止她說下去：「事情只要扯到他身上，妳就容易失去理智。」

「那你叫我怎麼冷靜！」程素急得眼眶紅了起來：「本來因為要比賽就夠忙了，現在他身邊突然多出一個女人，你還給我添亂，我不在意外界怎麼看我們，我只要他多看看我！」

一連串的話，她聲量漸大，積怨已久的氣全撒在程樺身上。

程樺也沒料到她會突然說出這種話，愣住半晌沒能回神。

氣氛沉重得讓人窒息。

此時，突兀的低笑聲，從客廳內傳來。

程樺整個人都僵住了，緩緩轉過身。眼前一空，程素也終於順利看清裡頭。

那是個她不認識的男人。

徐傾將煙頭捻熄，站起身慢緩緩的走來，他身後是大片湧動的燈光，薄唇挑起似笑非笑的弧度，顯得神秘又引人心尖直顫。

他低沉好聽的嗓音，帶著剛抽過菸的沙啞：「想不到你說的妹妹，私下脾氣倒挺大的。」

程素皺起眉頭，質問：「他是誰？」

程樺臉色鐵青，一時之間不知該如何解釋。

徐傾對程家兄妹的吵架一點都不感到好奇，正準備離開，走過他們身邊時，忽然想起什麼，低頭頗有深意的掃了眼程素，腳步微微一頓。

「妳跟林星海比起來，確實不怎麼樣。」

程素一聽到這名字，臉色再次刷白。

等到這陌生男子離開，她瘋了一樣開始摔東西，將樓梯口的任何擺飾或花瓶都往地上砸，刺耳的碎裂聲，滿地都是土壤和碎玻璃。

最終程素胸口不斷起伏，她揪住自己的頭髮，背靠著冰冷的牆，緩緩的跌坐在地。

她想起余涵光那冷淡又陌生的眼神，心臟就疼得無以復加。

一直以來，程素以為自己正與余涵光並肩，如今卻發現，自己其實從未真正到達他眼前。

❖　❖　❖　❖　❖　❖

跟大家相比，宋亞晴的生活可說是輕鬆得都能起飛了。

六月份，她終於畢業了！

告別四年的大學生涯，宋亞晴心情不是一般的棒，和家裡報喜後，就約了安晨和林星海出去百貨公司蹓躂一圈。

安晨今天卻有點低落，宋亞晴跟她聊了幾句，就明顯察覺到她的異樣，問了她幾句，安晨卻閉口不談。

「妳怎麼了嘛，說給寶寶聽聽……」她湊了過去，眨了眨眼睛賣萌。

安晨忍不住笑了，伸手拉她的臉皮：「今天我們是來陪妳逛街的，又不是來聽我抱怨。」

「可是我好奇呀！」她急得原地抖了抖身體，趕緊找人幫腔：「星海姐，妳是不是也很擔心安晨姐？」

坐在沙發區的林星海手捧雜誌，有一下沒一下的翻閱著，聞言懶懶的掀了掀眼皮，過了許久，才將雜誌放到一旁玻璃圓矮桌上，望向安晨：「妳怎麼了？」

安晨耷拉著頭，像隻被遺棄的小狗：「其實跟小魏有關。」

宋亞晴下巴差點掉到地上，什麼！魏嘉誠對安晨不是一般的好，竟然還有吵架的一天？

「到底發生了什麼事？」

安晨眼神閃躲的看了她們一眼，頭垂得更低了：「昨天我借用他的手機，結果發現他在網路上……」

「網路上？」宋亞晴嗓音拔高。

安晨卻不說下去了，掏出手機來，把一連串的截圖給她們看。

這神秘兮兮的模樣，林星海內心還是有點好奇的，偏頭過去瞅一眼。

那是個論壇截圖，下方有小魏跟其他人的留帖紀錄，附上幾張歐巴花美男的照片。

「哼，我的女友也喜歡這些娘炮，真想叫她去看眼科。」

「這些都整形啦，整到每個都長一樣！」

「而且都留那種瀏海，看了就覺得不舒服……」

諸如此類的留言，像潮水一樣怎麼刷都刷不完，宋亞晴看了眼安晨陰沉的臉，抖了抖身體，先為魏嘉誠默哀三秒鐘。

「昨天我跟他大吵一架，結果他就走了，到現在都沒有跟我聯絡。」安晨嘆了口氣。

「唉，那就是妳不對啦。」宋亞晴拍了拍她的肩膀，意味深長的道：「這幾個月，小魏幾乎可以說是給妳做牛做馬，妳偶爾也該讓讓他嘛……」

安晨一張臉皺成一團。

「對了對了！」宋亞晴雙掌合十，話鋒一轉：「上次沒能去郊遊，這次可不可以去？算是慶祝我畢業啦，星海姐，妳這次不准說不去唷！」

上次似乎是因為她沒有答應，郊遊才取消的，何況今日又是宋亞晴的畢業日，林星海不太好推託。

聽到林星海答應，宋亞晴眉開眼笑起來，一左一右各挽著她們的手臂，踏入燈光明亮的百貨公司。

❖　❖　❖　❖　❖　❖

說來荒唐，但林星海這兩輩子……其實還沒有過郊遊的經驗。

宋亞晴安排下，決定要去廣都東邊郊區，安晨一聽就眨了眨眼睛：「那裡不是妳爸媽住的地方？」

「對呀，上大學之後，我就沒有回去過了。」宋亞晴扳手指數起來：「大概也有四年了。」

廚房的還在燒水，鐵水壺嗡嗡響起，林星海走過去關起瓦斯爐，回來就聽見安晨問：「也好，順道回去看看妳爸媽吧。」

宋亞晴瞇起眼笑：「我爸媽在那裡有個牧場，養了很多牛啊羊的，還有個獨棟別墅，周圍都沒鄰居，特別清靜，妳們要是不嫌棄，其實可以住在那。」

林星海愣了下，安晨興致高昂的「哦」了一聲：「好啊好啊！」

「其實我爸媽也很想認識妳們呢。」她捧著臉頰，正想再說些什麼，手機忽然響了起來。

她看了下來電者，馬上接通：「嗨，小魏！」

魏嘉誠心裡其實還惦記著安晨，清了清喉，說：「那幾天正好放假，妳跟我說的郊遊，我可以去的。」

「太棒啦！」

「不過……」他頓了一頓，說道：「妳們應該不用我邀余涵光吧？那幾天他正好不在城裡，而且他最近也挺忙的，絕對不會答應。」

「不用啦。」宋亞晴搔了搔臉頰：「能理解的，能理解。」

其實她心裡還是有些遺憾，余涵光這樣的大人物啊，要是能親眼見上一面，那有多風光啊。不過，總是通過小魏聯絡還是不太好的，畢竟名人生活忙碌，還是有自己的私生活空間。

「余涵光那樣的人，最近應該都在準備明年冬奧吧，怎麼會遠行呢？」

「噢，他每年都會挑幾天去鄉下看看父母。」

鄉下？

她有些意外，想像中浮現出一身名牌的貴婦，以及嚴肅寡言的大叔，隨著魏嘉誠的話，瞬間畫上一個大大的紅色叉叉。

聽到熟悉的名字，林星海疑惑的目光投來。

「小魏，我能問問……他是要去哪嗎？」

純真無邪的小魏馬上報出地址。

宋亞晴愣了一愣，嘴巴都忘了閉上。

然後，她呆看了看前方的林星海，再看看牆面。

接著緩緩的、非常猥瑣的笑了起來。

欸嘿嘿嘿嘿，等這場旅行結束，我要改名叫宋媒婆……

安晨盯著她的臉，只覺得一股寒意從脊椎攀升，忍不住抖了一抖，用食指戳戳林星海的胳膊。

「我有種不祥的預感。」

林星海一頭霧水：「怎麼了？」

安晨湊過去跟她咬耳朵：「我認識亞晴這麼多年，每次她露出這種表情，一定是又有什麼餿主意。」

宋亞晴肩膀一顫一顫，繼續鬼畜笑：「哇咔咔咔咔……」

電話那端的小魏頭皮一緊：「宋亞晴，拜託別笑了！妳讓小魏好害怕！」

第五章：願為星辰大海

由於身負重擔，宋亞晴整個禮拜都精神振奮，朝盼晚盼著郊遊日的到來。終於迎來週四，老天很給面子的給了她一個晴朗的天氣。

魏嘉誠昨天才突然打電話，通知說家裡臨時有事，得晚一天過去，讓她們不用等。

小魏也真是的……

宋亞晴這麼想，拖著行李步出公寓，深深嗅了嗅空氣：「啊——自由的味道，自由的味道！」

安晨嫌棄的瞅她：「不就是去兩天嗎？有至於帶這麼大的行李？」

「沒辦法嘛，我爸媽很喜歡我們這邊的零食，叫我多帶點回去。」宋亞晴俏皮吐舌，用腳尖輕踢了踢安晨的行李，打趣道：「妳的行李也不小啊，都帶什麼了？」

林星海正踏著石階走過來，慢慢的戴上墨鏡，淡道：「應該是歐巴周邊產品。」

宋亞晴噗哧噴笑出聲：「星海姐真是越來越了解妳了！」

一行人坐了火車，一路往東。

原本都市繁華的景色，隨著時間流逝，漸漸成為寬廣的田園風景，遠方是連綿起伏的山巒，層層雲霧繚繞，一望無際。

宋亞晴從上火車開始就睡著了，頭顱一點一點的，只差口水沒流出嘴角。安晨整張臉都埋在寫真集上，林星海坐在她對面，從這角度，能清晰看見書封的花美男模特。

宋亞晴的頭忽然一歪，就直接枕在安晨左肩，這倆人看起來，倒是有些滑稽。林星海彎了彎唇，將視線投向窗外。

外頭的陽光正好，整片原野都是金黃色，被微風吹得上下起伏，一排欄杆隔開了鐵路與原野，陽光從欄杆縫隙鑽進來，隨著火車往前開，不斷一閃一閃的倒退。

身邊一道腳步聲響起，有人邁過走道。

林星海側過臉，前頭坐著一名陌生女孩，開啟窗戶一條小縫，窗簾忽地被灌進的風高高拋起，擋住了整緩緩走遠的身影。

那女孩「啊」一聲驚呼，顯然沒料到外頭風這麼大，手腳並用的把窗戶闔上。林星海現下再定睛一看，走道上已經沒有人了。

她沒察覺到的是，一路裝睡的宋亞晴偷偷睜開一隻眼睛，嘴唇忍不住露出詭詐的笑意。

嘿，誰都不知道本姑娘精打細算，連火車班次都問過小魏囉。

抵達目的地時，林星海叫醒了在「睡覺」的宋亞晴，順手拍了拍安晨的肩膀。安晨看到外頭的車站名，這才反應過來，依依不捨的放下手中的寫真。

車站只有一間不起眼的小店，掛著木製的老舊招牌，裡面坐著一名老頭。等宋亞晴過去買好幾瓶飲料，車站上已經只剩她們三人。

宋亞晴咬著飲料吸管狠狠吸幾口，忽然眼前一亮，指著前方樓梯口：「星海姐，那是誰啊？」

林星海循著看過去，只見一個背影很快消失在樓梯口。她沉默片刻，搖搖頭：「不認識。」

宋亞晴恨鐵不成鋼的啃了啃吸管。

幾人很快的出了車站，宋亞晴拖著行李輕車熟路的帶領，也不知內心在激動什麼，像隻麻雀般一路撲騰不停。

大約走了半個鐘頭，原本的柏油路面變成了石子小道，而周圍全是綠地。遠遠的能見一棟小別墅，宋亞晴回頭朗聲道：「就是那裡了！」

宋父、宋母等了整個早上，在門口守著，見到她們的身影，馬上眉開眼笑地迎了過來。

宋亞晴把行李扔在一邊，飛撲了過去。

林星海見她這個動作，就知道她平常撲人的習慣哪來的。

宋父宋母十分熱情，讓她們全部進去後，還自薦當導遊，但安晨覺得不妥，在林星海之前就禮貌推托了。

「住在你們這裡就很不好意思了。」安晨拿出之前買好的禮物，十分恭敬的遞過去。

之後她們三人在外蹓躂一圈回來，天色漸暗，便一起吃了晚餐。

宋亞晴早就安排好行程，眉飛色舞的拿著筷子，在空中比劃幾下：「別看這裡鳥不生蛋，這裡一路往西邊走，有個比較繁榮一點小城，其實有不少遊客。」

安晨「咦」一聲：「妳確定？」

「當然當然。」她夾起碗裡的麵，飛速吸溜入口，口齒不清的道：「還有個馬場，老闆跟我很熟，明天可以跟他借幾匹馬騎騎。」

安晨興致都來了：「騎馬？我這輩子還沒騎過馬。」

林星海自然也沒有。

隔了一日，宋亞晴果真帶她們一路往西。

由於一早就出門了，太陽不是特別的大，幾人走在石子小徑裡，不知道走了多遠，卻一直不見小城。

「妳們累了嗎？」宋亞晴出聲。

林星海搖搖頭：「還好。」

她卻不置可否的道：「安晨姐一定累了，我們休息一下吧！」

安晨臉一黑：「……」我說話了嗎？

也不知道宋亞晴的用意何在，三人坐在草皮上就休息了起來。安晨拿出防曬油，在身上塗塗抹抹，才剛塗到一半，宋亞晴「啊」了一聲。

安晨嚇得從草皮上彈了起來：「怎麼了？」

「我！我想上廁所，妳陪我！」她抓住安晨的胳膊，衝著林星海道：「星海姐，妳待在這裡幫我們顧東西唷！」

林星海傻眼：「妳去哪找廁所？」

宋亞晴明顯愣了下，倏地漲紅了小臉，握拳嬌喊：「討厭啦，我找個隱密的草地就是了嘛！」

話落，扯著安晨飛奔而去，沒一會兒就消失在不遠處的樹林裡。

跑得這麼慌張，應該真的滿急的……

林星海從書包裡拿出礦泉水瓶，扭開瓶蓋喝了一口。

她在原地等了五分鐘，微微瞇起眼睛，腦袋一片空白，只覺得前方金燦燦的原野有些晃眼。

又過了半晌，後方一道低沉的嗓音響起：「星海。」

她以為自己幻聽，直到聽見腳步踩過草地的沙沙作響，心臟猛然揪緊了下。

回過頭，就看見余涵光正朝自走來。

一陣風拂過，他身後的原野像海浪般上下起伏，黑色風衣翻飛，這一幕落在林星海眸中，比剛才情境還晃眼不知幾倍……

怎麼這麼巧……又遇到他了？

林星海張了張口，雙掌撐著草皮想站起來，余涵光已彎身輕輕拍了下她的肩膀，示意不用。

「昨天小魏有跟我說妳們會來這區。」他直接在她身旁坐了下來，說道：「只是沒想到這麼巧，會在這裡遇見妳。」

連他都覺得巧。

林星海沉默片刻，思緒翻滾，一下子就笑了：「我大概……知道是怎麼回事。」

宋亞晴各種稀奇古怪的舉動，都變得合情合理了。

此時，遠遠躲在樹後的宋亞晴眼眶泛淚，激動揪住安晨的衣角，喃喃：「終於……終於讓他們見面了！」

安晨良久，才憋出一句話：「妳這幾天這麼奇怪，就是為了讓他們見面？」

「安晨姐，妳不知道我現在的心情，就像在嫁女兒一樣感動啊！」宋亞晴慢慢轉過頭，臉上掛了兩行瀑布淚。

「神經病。」

「妳不幫我就算了，別給我扯後腿啊。」宋亞晴俏皮地眨眨眼，挽著她的手，朝那方向走回去。

林星海和余涵光才待了一會兒，就見到宋亞晴和安晨回來了。

宋亞晴愈走愈近，只覺得渾身血液都開始沸騰起來，直到站立在他們面前，好不容易才壓下想放聲大喊的衝動。

天！他長得太好看了！

「哦，我知道你，你就是余涵光？」她面上淡定的伸出手：「高興認識你，我是宋亞晴。」

余涵光站起身，淡笑著回握：「妳好。」

這低醇悅耳的嗓音，頓時讓宋亞晴耳朵一酥，腦中一片空白。

「亞晴。」林星海涼涼的提醒：「妳鼻血流出來了。」

宋亞晴：「……」

說起來，宋亞晴雖然不正經，但內心還是對余涵光懷有十二萬分的敬意。

之後一路，她決定管好自己聒噪的嘴巴，當一個安靜的美少女。

林星海想起件事，轉頭問余涵光：「小魏有跟你一起來嗎？」

「沒有。」他眉頭微微一蹙，解釋道：「臨走前他有跟我說是爺爺忽然病倒，要他在醫院陪著，今天是來不了。」

她有些愣怔，下意識朝宋亞晴看去，她聞言也是呆了：「在這裡手機收不太到訊號。」安晨也掏出手機，沒訊號。

之後氣氛顯得較為凝重了，一行人走著走著，誰也沒有說話。

直到逐漸見到遠處的馬場與小城，余涵光才側過臉，看了林星海一眼。

腦海中浮現出昨天在火車車廂內，意外見到林星海的模樣。她就坐在靠窗的位子，陽光照射在白皙的臉龐上，安靜、沉穩。

那之後，是他主動向魏嘉誠打電話，一問之下，才知道林星海的友人刻意安排了他們的相聚。

可是，余涵光對此並不感到反感。

此時，見他一路無話的宋亞晴，最終放棄當個安靜的美少女，鼓起勇氣問：「余涵光，你等一下有空嗎？」

安晨在背後暗暗掐她一把，這什麼問法，不知道的人以為妳在搭訕呢！

宋亞晴疼得差點尖叫，眼眶逼出泛淚，語氣委屈巴巴的：「我幫星海姐問的。」

語畢，就被林星海回頭剜了一眼。

宋亞晴覺得藍瘦香菇。

好不容易擺好的笑容僵在臉上，垂下頭顱，彷彿還有雙狗耳朵耷拉著：「我……我們等等要去租借馬匹，繞著城外圍走一圈，你有沒有興趣……一起來？」說到最後，心虛到聲若蚊蠅。

她這模樣，任誰看都知道心懷鬼胎。林星海趕緊插話：「你別理她。」

余涵光腳步一頓，眼底掠過一絲笑意，終於緩緩開口：「我跟朋友約在城裡見面。」

話說到了一半，宋亞晴整個人都蔫了。

他抬腕看了眼錶，淡淡的道：「在那之前，大概有半個鐘頭的空擋。」

宋亞晴又活了過來，朝著林星海擠眉弄眼的，示意：還愣著幹嘛，妳快順水推舟！

林星海偏頭看余涵光，他正同樣望著自己，眸子裡倒映著她的影子。

這一刻開始，她感覺到似乎有什麼正在悄然發酵。

❖ ❖ ❖ ❖ ❖ ❖

馬場的主人叫張叔叔，由於宋亞晴跟他相熟，這趟租借對方並未向他們收取費用。

當張叔叔從馬棚裡牽出馬匹時，成功讓眾人一靜。

只有三匹馬。

「亞晴都跟我說了。」張叔叔抬手捋捋鬍子，笑得爽朗：「你們有兩位是新手，對吧？」

安晨點點頭：「我沒騎過馬。」

宋亞晴用眼角餘光偷瞥林星海，見她還沒有會意，自作主張的說：「那不如這樣吧！張叔叔，你帶帶安晨姐，我自己一匹，至於星海姐嘛，就……嗯咯咯咯……」

後面的話她沒有說出來，只接上一連串鬼畜笑聲。

林星海從剛才開始就有些恍神，聽到這裡，只覺得背脊一麻。胡鬧！宋亞晴簡直得寸進尺，要是讓余涵光生氣怎麼辦？

宋亞晴見她面色不善，深怕她反悔一樣，三兩下蹬上一匹馬，拍了拍馬屁股，轉移話題：「這匹馬的屁股真彈！」

話落，就騎著馬揚長而去。

張叔叔目送著馬屁股消失在原野內，無奈地搖搖頭，回過身，開始教安晨如何上馬。

林星海望著張叔叔搬著小凳子給安晨踩的模樣，盯得眼睛都有些痠了，就是不肯回頭。

身後的余涵光倒是不急，問林星海：「沒試過？」

她一僵，掩飾般的咳了一聲：「沒有。我過去問問張叔有沒有多的凳子。」

余涵光已經從左側踩著腳蹬使力，輕而易舉的上去了，接著朝她伸手：「我扶你上來。」

剩下的那匹馬是純黑的，鬃毛很長，在陽光下熠熠生輝。男人居高臨下的目視著她，修長有力的手攤在眼前，林星海心念一動，抬手握住了。

這幾個月來，因為一些意外而有過不少短暫的碰觸，但那些短暫的碰觸，卻長了小草似的，撓得心湖不能沉靜。

可是這是第一次，是真真切切的手握著手。

能感受到他的五指併攏，將她的手在自己掌中握緊，接著耐心的溫聲告知她，要將另一隻手握住轠繩前端。當她施力的時候，只覺得身體一輕，就被拉上馬背。

他的手從後方握住轠繩，以這個半圈在懷的姿勢，掌控著馬朝著出口走去，察覺到她的僵硬，提醒：「放輕鬆。」

林星海「嗯」一聲。

這匹馬很溫順，也顯然受過良好的訓練，可能載習慣遊客，幾乎不用掌控，自然而然就沿著整片草原繞一圈。

林星海穩穩的坐在馬鞍上，雖然感到有趣，但心跳一直沒能平復下來。兩側是余涵光的小臂，她下意識就多看了兩眼，他是那縱橫冰場的運動員，手臂修長緊實，肌理脈絡分明。

鄉下涼風怡人，但她卻覺得一股熱意從指尖攀升到手心、手臂、後背、雙腿……

「動物感知的大多是肢體語言。」他沒有察覺到她的異樣，解釋道：「當妳感到焦慮的時候，馬通常也會被受影響。所以保持冷靜是最基本、也是最重要的。」

宋亞晴讓他教，他還真的十分好脾氣的教了。林星海低首，靜靜的笑了起來。

余涵光本還想多說些，這動靜讓他也微微低下頭，見到眼前情景，他很自然的噤聲。

林星海黑色的長頭髮溫順的散在腰間，有些不聽話的碎髮則被她勾至耳後，露出的耳朵，不知何時染上了紅暈。

他們的距離，確實有些太近了。

四周的氣溫好似又在升高，余涵光瞇了下眼睛，遠方忽然響起急促的馬蹄聲，那聲音從細微迅速放大，是宋亞晴騎著馬飛速奔來。

她熟稔的一勒韁繩，就讓馬停在他們跟前。宋亞晴好幾年沒騎馬了，方才暢快的繞著整片草地跑好幾圈，額頭上滿是細汗，笑靨如花。

「您騎馬的樣子簡直帥到沒朋友！」她腦一熱忘了矜持，大口稱讚起來：「我本來不打算打擾的，但是你們畫面太美，簡直像在拍偶像劇！」

「亞晴。」林星海提醒。

「啊……」宋亞晴摀住嘴巴，眨巴眨巴大眼睛。

不遠處就是原點，余涵光鬆開了韁繩，讓馬自己緩步朝那走去。宋亞晴的也跟了過去，剛想說些什麼，他的嗓音便傳來：「跟我說話隨意就好。」

宋亞晴當機了三秒鐘，一下子炸出歡呼：「那我可以給你們拍照嗎？可以嗎可以嗎？」

就這樣，宋亞晴用她那牆一樣厚的臉皮，討得一堆照片，還很浮誇的對天發誓絕不外流。

之後余涵光有約，便比他們早一步離開了。

宋亞晴跟林星海將安全帽歸還，就坐在馬棚外的木頭長椅上等安晨回來，宋亞晴心情顯然好極了，一邊哼著小曲兒，一邊數著榕樹的葉片。

過了十分鐘，宋亞晴靜了下來，忍不住噗哧一聲笑。

林星海看見安晨坐在馬匹上，而張叔叔則走在前頭，牽著馬慢慢地走來。安晨平衡感不太好，在馬背上蜷得像隻毛毛蟲。

宋亞晴笑得像是癲癇發作，還拿相機出來喀嚓拍一張紀念。

到城裡的路上，宋亞晴不斷拿安晨來取笑，而安晨早已被剛才的「歷險記」搞得筋疲力盡，早已懶得跟她鬥嘴了。

「等等還有很多要玩的呢！」宋亞晴笑得一臉狡黠：「現在就累了，之後怎麼辦呢？」

安晨臉一黑，林星海屈指在宋亞晴額頭彈了一記，才讓她不再欺負安晨。

「星海姐。」她委屈巴巴的揉了揉紅了一塊的額頭：「妳怎麼有了余大人，就不要亞晴了？」

安晨幽幽嘆了口氣，插口道：「亞晴，不是要我說，但妳做得太明顯了，今天是人家脾氣好，要不然造成反效果怎麼辦？」

宋亞晴呆呆的「啊」一聲。

林星海陷入沉默，過了半晌才開口：「我知道妳都替我著想，但是以後還是別這樣做了。」

畢竟他……平常就是常被窺探隱私的人，既然他來到這裡，還是讓他放鬆些好。

今天能遇見他，自然是歡喜的。

但是她親眼看過，在那繁華的都市裡，余涵光平日都待在基地，能走在街上的時間本來就不多，偶爾放假，也習慣晚上出門，不管走到哪裡，也都是戴著口罩。林星海想，他總該要有時間，可以好好休息。

思及此，她心裡泛起一絲酸澀，抬起手揉揉宋亞晴的頭頂，又輕拍了拍：「走吧，接下來要去哪？」

宋亞晴如大夢初醒，一擊掌，左手食指指向巷子盡頭：「去市集，那裡有很多好東西！」

❖　❖　❖　❖　❖　❖

原本是風和日麗的好天氣，哪料說變就變，隔了一天正午便下起綿綿細雨，接著雨勢漸大，驚雷劃破天際後，那雨頃刻氣勢洶洶的拍打在屋簷上。

這棟別墅遮蔽陽臺的屋簷是鐵皮製的，霹靂啪拉響個不停，長久聽下來有些惱人。

宋亞晴憂心忡忡的蹲在落地窗前，雙手托腮，望著前方模糊一片的景色。

「怎麼辦……」她眼神渙散喃喃道：「星海姐也沒帶支傘……」

在半個鐘頭之前，宋母剛想去郵局寄封重要的信件，林星海隨口說昨天沒買到些東西為由，主動替她往城裡跑了一趟。其實也沒什麼好買的，但這兩天都由宋母細心招待，不替人家做點事情總有些過意不去。

鄉下的郵局跟都市裡相比小間許多，設立在偏僻的轉角，綠色招牌已經許久未換新，她問了不少店家才找到。這裡只有一個接待櫃臺，局員跑去上廁所，等了好一陣才回來。

「這是您的收據。」局員笑著遞給她，多瞧了她幾眼，熱絡道：「看您是生面孔，來觀光的嗎？」

林星海點點頭。

局員說：「你們都市來的吧？」

她愣怔半晌。

局員見她困惑，這才知道自己誤會了：「抱歉抱歉，我以為之前的小伙子是跟妳一起來的。」

她笑了一笑，沒說什麼。

出了郵局時，迎面來的便是傾盆大雨。風有些大，她想關上玻璃門，卻總被狂風的阻力又吹開。

忽然，一隻手從左側肩頭越過來，修長的手指扣住門把，將門給牢牢闔上。她回過頭去，撞見一雙漆黑明亮的雙眸裡。

余涵光黑色圍巾上的臉龐，襯得輪廓愈發鮮明。

她剛到嘴邊的「謝謝」就說不出來了。

他問道：「來寄東西？」

林星海這才反應過來，「嗯」一聲回道：「我順路幫亞晴媽媽寄東西。」

余涵光微微頷首，低下眼簾看見她空蕩蕩的手，她也沒帶傘。

「今晚我就回去了。」他將雙手負在身後，交代道：「遇上什麼問題，隨時都可以聯絡我。」

林星海喉嚨一澀：「知道了。」

她一直都知道，知道余涵光的為人、知道他總無微不至地善待他人。

「昨天的事情，希望你別放在心上。」林星海盯著腳前，石子路面的紋路縫隙裡淌著流水，晶瑩剔透的散發著微光：「亞晴一向都這樣，她沒有要算計你的意思。」

雨聲蓋過了她的話，冷風颼颼的呼嘯不停。前方古老街景覆蓋了斜織的雨，天色白蒙蒙一片，說不出的詩情畫意。

「妳多想了。」他低潤磁性的嗓音響起：「昨天很有趣，就是時間太短暫。等以後比較空閒了，再約妳們和小魏出來玩個盡興。」

風颳得渾身都冷，甚至隱隱發顫，可是聽完這話，她盯著眼前的街景，眼眶有些發燙。

「不等了，反正這雨一時應該停不了。」林星海巧妙轉移了話題，輕聲道：「我要先走了。」

話落，她低下頭邁步，一個要衝進雨裡的架勢。余涵光的反應倒快，單手扣住她的手腕。

下一刻，他皺了皺眉，察覺握在掌心裡的手凍得跟冰塊似的，便解下脖子上的圍巾抖開，罩在她頭頂：「不用還，快回去吧。」

林星海反射性的壓緊圍巾，道謝過後，就筆直地奔進了雨裡。

圍巾還透著餘溫，腳下濺起水花，等跑過轉角，確定他看不見後，她將圍巾從頭上拿下來，緊緊的抱在懷裡，就這麼淋著雨回去。

跑了跑著，憋了許久的情緒忽然爆發，眼淚潰堤而下。林星海用手背粗魯的抹了抹臉頰，胸口像被撕裂開一道血淋淋的口子，向外淌著血。

明明什麼也沒發生，她卻突然覺得好不甘心。

進了雨水的鞋濕黏一片，在這白蒙蒙的小城裡，彎彎繞繞的無數小徑，腳下石子路顛頗，她彷彿看見自己的人生無數蹉跎的時光，都變得很遙遠很遙遠。

而余涵光站在世界頂端，林星海仰著頭望向這條佈滿荊棘的路，早已筋疲力盡，走不到他身邊的世界。

而他一眼就能看穿她的內心，只需要三言兩語，就讓她澈底棄械。

——如果辛苦，記得說出來，別自己一個人扛。

——願妳如星海般明亮閃爍。

——妳非常耀眼，只是妳，從來不自知。

當他用那獨有溫柔，將圍巾蓋在她頭頂時，用低沉聲線說，不用還，快回去。

林星海冒出個有些幼稚的念頭，竟寧可他別說這句話。

如果不用還，就沒有任何理由，能夠和他再見面了。

❖ ❖ ❖ ❖ ❖ ❖

回去之後，宋亞晴被她濕透狼狽的模樣嚇壞，塞給她換洗衣物，催促去浴室洗澡。

宋母在廚房熬補湯，讓她一洗完出來，就能喝湯暖暖身子。宋母端著鍋子放在客廳大桌上，又在下面放了隔熱墊，偏頭就見宋亞晴呆呆的坐在落地窗前，背影一動不動。

「怎麼了？」

宋亞晴聞言雙掌撐著木頭地面，挪了挪身體方向，轉過頭來：「總覺得這場雨來得太突然了。」

宋母嘆了口氣：「這邊夏天常有午後雷陣雨，是我太疏忽了。」是在自責讓客人跑腿。

宋亞晴垂下眼簾不發一語，又將視線投向窗外。

過了十幾分鐘，她的嗓音混雜著窗外雨聲傳來，聽不太真切：「媽，我們今晚就要準備走了。」

或許因為這場雨來得太突然，外頭風雨聲穿透窗戶發出尖銳的嗚咽聲，她心裡一直七上八下的，不得安寧。

宋亞晴拿起遙控器看起電視，新聞現在正播放著有關政治的事。

貪污啊……寧市啊……

宋亞晴嘆了口氣，誰讓這些人平常做虧心事呢？

❖ ❖ ❖ ❖ ❖ ❖

轉眼便過了一週。

這次旅行過後，林星海一開始覺得頭重腳輕，之後發了燒，這幾天養下來都沒有好轉跡象。宋亞晴今天下午安排了工作面試，買了退燒藥放在廚房，不放心的囑咐了幾句，便匆匆離開了。安晨一早也出門，此下公寓裡只剩林星海一人。

她服藥過後，躺在床上盯著天花板，一點睡意也沒有。

床頭還放著那條黑色羊絨圍巾，那天沒發現角落繡了名牌標誌，想來它應該價值不菲。林星海移開視線，用手背蓋住自己的視線，長長的吁了口氣。

不知道他現在在做什麼？還是在忙著訓練嗎？

同一時間，余涵光如她所想，正在進行陸地模仿。

滑冰不單單要在冰上訓練，其實有大把時間，都是在陸地上進行訓練的。此時教練站在一邊指導，看著他順時針起跳，接著轉換成逆時針。

地面發出鞋底發出的聲響，他再次起跳，尋找熟悉的滯空感。

此時，門被輕輕敲響。

一名女同學探頭進來，甜甜的朝教練喊：「教練，外面有人找你唷！」

教練應了聲好，轉頭對余涵光叮囑幾句，便急匆匆的出去了。

室內還有不少人，都在一旁專注訓練，余涵光彎身拿起水瓶擰開仰頭灌了一口，隨後走到一邊去拿平衡球。

才剛將平衡球放好，他就聽見擺在角落邊的手機響起來，走過去一看，是魏嘉誠的電話。

剛接通，魏嘉誠劈頭就說：「余大人啊，安晨都跟我說了，我以為跟你說之後你會避著不見呢，怎麼反而見了面？」

余涵光皺了下眉，小魏是在說一週前跟林星海一行人的交集，而且不只見了一次，是見了兩次。

「你是不是對林流氓有點太好了？」魏嘉誠有些吃味：「快十年的老朋友了，也沒見你對我這麼好過，嘖嘖嘖嘖……」

余涵光忍不住彎唇，頭疼的抬手捏了捏眉心。

「對了，我爺爺身體已經沒什麼大礙，咖啡廳我就給自己排班嘿……」

一通電話過後，周圍的人們都仍然埋頭繼續忙自己的，有人見他看過來，友善的笑了笑。

余涵光微微頷首。

大門重新被推開，教練走了進來，剛想開口解釋，卻被眼前的景象嚇了一大跳。

「小心！」

天花板細碎的混凝土掉了下來，忽然「碰」巨響，整塊砸了下來。灰塵瀰漫了室內，尖叫聲炸了開來、眾人拔腿就跑，而一旁在角落的鐵製高架子搖搖欲墜，有個小男孩沒能反應過來，眼睜睜看著高架朝自己倒下……

❖　❖　❖　❖　❖

林星海是看見新聞才知道出大事了。

畫面中的救護車來來回回，嗚笛聲刺耳的響著，女主播溫和制式化的陳述整個案件過程，提到不少知名選手的名字。

「余涵光」三字就像一枚震撼彈，炸得眼前空白。

她顫抖著手指去拿手機，給魏嘉誠打電話，那頭接通時，自己連聲線都在發抖：「小魏，余涵光他……」

「緊急送醫了，我也正往醫院趕過去！」那頭吵吵雜雜的，應該是街上的喧囂聲：「細節我也不太清楚，俱樂部地面都有特別加強過，我也不知道怎麼會突然塌陷。」

「余涵光是想救一個男孩子，自己被高架上的器材砸到。」他喘了幾口氣：「先這樣，我掛了。」

她急忙道：「等一下。」

魏嘉誠等了一會兒都沒聽見下文：「喂？」之後或許沒耐心了，直接掛斷電話。

林星海握著冰冷的手機，望著眼前潔白的門板，有股衝動讓她想不顧穿鞋、直接衝出房門，出門去看他一眼，想知道他是否安然無恙。

只是她沒有合適的身分去見他，也沒有合適的理由去見他。

耳邊想著手機忙音聲，每一下都沉寂漫長。林星海緩緩走到浴室，給自己掬了水潑在臉上，扶著洗手臺邊緣，眼前一陣黑一陣白。

鏡中的自己臉色煞白無血色，黑色頭髮貼在濕漉漉的臉頰上，竟顯得有些鬼魅。

——俱樂部的地面都有特別加強。

這樣選手雲集的地方，照理來說都會定期維修，危險的高架理應也會牢牢固定在牆面上，沒有理由會突然倒塌。

如果是有人，蓄意而為呢？

林星海扶著牆走出浴室，又去吞了幾顆藥，然後坐在冰涼的地面上拿出手機，一字一句的給魏嘉誠輸入：「有任何消息麻煩你告訴我。」

才剛發送，旁邊就浮現出已讀字樣，手機下一刻響了起來。

「喂喂？林流氓？」魏嘉誠焦急的聲線傳來：「怎麼辦，我覺得情況不太妙，余涵光人在手術室，在裡面好久都沒出來……」

林星海心裡像被橫插了根刺，刺激得渾身神經一跳一跳的。

這一刻，所有的理智、身分、顧忌……都拋到了九霄雲外。

「他在哪間醫院？」她扶著牆面站起來，踉踉蹌蹌的抓起鑰匙：「小魏，算我拜託你了，讓我去看看他。」

魏嘉誠被她的語氣嚇了一跳，眼眶紅了一圈，報出一串地址：「妳快到的時候給我傳簡訊，我去門口等妳。」

❖　❖　❖　❖　❖　❖

到了醫院後，她卻聯繫不上魏嘉誠。

醫院大廳全是來來去去的人潮，她站在一邊等了一陣，最後失了耐心，徑直走向通往病房的長廊。

「妳來這裡幹什麼？」一道凌厲的問話從後方傳來。

她轉過身，只見程素站在拐角處，她一身運動服未換，頭髮乾淨的盤在腦後，白皙清秀的臉蛋似乎比上次消瘦了一些。

她語氣不太友善：「如果是來找涵光的，那請妳離開，他不見不相干的人。」

林星海從以前就知道程素不喜歡她，然而程素卻從未像現在一樣，敵意直接表露，沒有一絲隱藏。

「那妳見過他了？」林星海問。程素明顯一堵，她佯裝恍然大悟的「哦」一聲，冷冷的接著說：「看來妳是不相干的人。」

程素幾步走到她面前，眼神凌厲起來：「我奉勸妳搞清楚情況，不要做白日夢，以為涵光對妳好一點，就是喜歡妳了？拜託妳醒醒，現在他哪怕是受傷了還是安然無恙，只要妳來探望，就是種侵犯！」

「他想見誰，也不是妳說得算。」林星海臉色不太好，卻不肯退讓，一字一句清晰地說：「我沒時間跟妳在這邊吵，要吃醋就自己慢慢吃，吃相難看死了。」

話落，她無視程素怒極的「喂」，轉頭尋找可以詢問的櫃檯，剛想打電話給魏嘉誠，先是看見通訊錄上的「冉醫生」，撥通了過去。

冉道軒很快接了，了解大致情況後，說：「我就在這間醫院，沒事沒事，我下去接妳上樓。」

他過幾分鐘就下來了，跟護士們打過招呼後，就領著林星海去余涵光的病房。臨走前，程素黝黑的眸子直盯著他們的背影，說不出的詭譎。

林星海盯著電梯一顆顆發亮的數字按鈕，問道：「他情況還好嗎？」

「先擔心妳自己吧。」冉道軒瞅瞅她蒼白的小臉：「妳看起來不太好。」

她抿了抿乾燥的嘴唇：「我沒事。」

電梯門「叮」聲開了，冉道軒陪她走一段路，接著指了指盡頭的門：「他在那間，就送到這裡了，我要去拿檢驗報告。」

「謝謝。」

冉道軒揮揮手走了。

林星海走到那扇門前，握把冰冷得從指尖蔓延到全身，像下定某種決心一樣，推開了門。

病房的光線不是很充足，窗外稀薄的陽光照射進來，裡頭靜謐又清冷。

男人躺在床上，雙眼閉著，清俊的五官隱在影子裡，他的臉色不是很好。

想起魏嘉誠的話，他在手術室待了很久。

眼前浮現出他為了救一名小男孩，奮不顧身去擋那鐵架子的情境。

要是稍有不慎，他會不會連命也……

林星海趕緊壓下這想法，輕手輕腳地在他床邊的椅子上坐下，低著頭看他的臉。

還是第一次，他毫無防備的在她面前，在這種情況下，他不再是那高高在上的花滑界選手，他只是個受傷沉睡的男人，能夠讓林星海明目張膽的看著他。

林星海卻是此時才意識到，自己的迴避與偽裝，顯得那麼不坦承、錯過了多少機會。要是他再也醒不來該怎麼辦？

「余涵光。」

眼眶漸漸酸澀，看著他露在被子外的小臂，上頭青筋脈絡分明。幾天前他還載著她馳騁於一望無際的草原，那時的林星海就很想握著他的手，卻因為沒有勇氣，一路聽著自己的心跳聲到他離去。

她望著他白皙乾淨的臉龐，聲音從喉嚨裡發出來，苦澀又沙啞：「我喜歡你。」

從未像這樣，愛上一個遙遠卻完美的男人。

下一刻，病房門「碰」一聲被打開。

魏嘉誠風風火火的衝了進來，見到她在床邊，調皮地笑了笑：「林流氓，妳來啦？抱歉抱歉，我搞錯病房了，剛才一直在找余大人，把整間醫院都跑遍了！」

「……什麼意思？」林星海有些遲鈍的看著他。

魏嘉誠整個人歡蹦亂跳，活潑得有些異常。

「我以為余大人送手術室了，哈，結果是別人。」他笑嘻嘻的走到床邊，只了指門外：「剛剛遇到冉道軒，他都跟我解釋了，余大人根本沒事，皮肉傷而已啦！」

林星海腦中嗡嗡一響，整個背脊都僵直了，緩緩地轉過頭。

余涵光不知何時睜開眼睛，平靜深邃的眸子望著自己。

她如遭雷劈，整個人都動不了了。

「小魏。」他沙啞低沉的聲線，在這病房內響起。

「啊？」

「迴避。」

小魏沒發現氣氛不對，嘟起嘴巴：「余~大人，人家不依啦，剛才你讓人家好擔心的，人家可是跑了整……」戛然而止。

余涵光雙掌撐了下床面，傾過身，手握著林星海坐的椅子兩側扶手。

啊……啊？啊啊啊！！非禮勿視！

小魏目瞪口呆，後知後覺的用手擋住視線，又忍不住好奇，從指縫中偷偷瞄幾眼。

親……親了……

我們余大人被鐵架子一壓，竟然……竟然就開竅了？

❖ ❖ ❖ ❖ ❖ ❖

那天深夜風雨交加，馬路上一臺黑賓士慢慢行駛。

洪秘書握著方向盤，抬眼看了看後照鏡，余涵光的身影隱匿在黑暗裡，窗外路燈的燈光在他臉龐上一閃而逝。

整天下來的訓練與工作，肯定是累了。

洪秘書定了定心神，識相的沒有開口說話，視線重新投向前方，打了方向燈轉彎。

突然間，眼前出現一個人影。

洪秘書嚇得踩下煞車，輪胎跟地面尖銳的摩擦聲劃破天際，迎面撞上電線桿，隨著碰一聲響，全部的聲音戛然而止。

他心臟跳得劇烈，又深怕牽連到後面的男人，趕緊道：「你還是別下去……」

喀啦。

後座傳來清脆的開門聲。

余涵光推開車門走下去，一眼就捕捉到不遠處的女人，她滿頭是血的躺在柏油路面上，雙眼定定的看著自己。

她這眼神，太過透澈悲傷，像是要一路看到他內心。

余涵光到現在，依然對那晚發生的事情歷歷在目。

林星海吃力的伸出手，想要觸碰到他，身體卻不受使喚。

余涵光毫不猶豫的握住她的手，有些粗糙的觸感傳來，那纖細的手指上長滿了薄繭。

她昏厥了過去，只是手指緊抓著他的手，像是要抓住人生最後一絲希望。

鬼使神差地，余涵光無法對她的處境坐視不管。

一開始，他只是想幫助她，從簽手術同意書到咖啡廳工作、再到徐傾的事情，魏嘉誠也時常嘮叨林星海的事情，這陌生又悲傷的女孩在他記憶裡，也愈加鮮明起來。

她冰冷疏離的外表下，擁有一顆善良的心；她很重視親友，誰欺負了宋亞晴，就叫人以牙還牙。

直到不知何時開始，他察覺到她看自己的目光，似乎有了細微的變化。

有點試探、有點雀躍，也有點退卻。

從踏入花滑職業生涯起，愛情自然擺在最後，在這幾年的巔峰期，他把握每分每秒去突破自我，因為他知道這巔峰短暫，就像流沙一樣正悄悄流逝。

林星海曾對他這麼說：「余涵光，有時候我會覺得……我們就像在兩個不同的世界一樣。」

確實是兩個不同的世界。

當一個人站在高處，自然而然會有一批人追逐，但愈多雙眼睛盯著，也意味著愈多人伸出嫉妒的雙手，恨不得將他從高處狠狠拉下。

知道這世界多麼醜陋後，妳還願意，來我的世界嗎？

❖ ❖ ❖ ❖ ❖ ❖

此時醫院裡，魏嘉誠拉著冉道軒長談一番……

剛才的畫面讓他太過訝異，但是高興過後，他想起這次意外事件，心裡還是恢復沉重。

冉道軒倒是頗樂觀，站在販賣機前投幣，發出幾聲清脆的聲響：「沒受傷就好，這種事情交給警察，反正不是我們想要解決就能解決的。」

「難保下次不會出大事啊。」魏嘉誠用食指搔了搔臉頰，眉頭皺得都能夾死隻蒼蠅了，身體靠著販賣機：「唉，你說，會跟程樺有關聯嗎？」

冉道軒蹲下從飲料機出口拿出鋁罐咖啡，疑惑：「程樺？」

「新聞那些東西是誰搞的我們都知道啊。」他嗓門漸漸大了起來：「他跟余大人水火不容也不是一天兩天的事，而且他私下多陰？嘔嘔嘔，想到他就想吐……」魏嘉誠扶著走廊邊的鐵垃圾桶，彎腰作嘔吐樣。

冉道軒「切」聲，掃他一眼風：「這話你跟我說就算了，別到處亂傳。」

「知道啦。」

手機鋼琴旋律響起，魏嘉誠拿出手機一看，居然是安晨的電話，飛快地接通：「喂，親愛的！」

冉道軒冷不防被肉麻一身，搓了搓胳膊上的雞皮疙瘩。

他們沒有察覺到的是，程素隱在後方拐角處，臉色十分難看，她想起之前在程樺家看見的陌生男人，一股不祥的預感從心裡傳來。

她緊咬著下唇，快步跑出醫院，開著奧迪迅速疾駛而去。

抵達程樺家裡時，她也不按門鈴，拿了鑰匙徑直闖進去，裡頭歌劇音樂放得震耳，還有程樺斷斷續續的哼歌聲。

程素面色鐵青，抓起桌上的螢幕、杯盤全部摔在地上。

男高音的聲線恰巧達到高潮處，接著硬生生被切斷，過了幾秒鐘，程樺才從裡頭不緊不慢地走出來，語氣無奈：「程素，妳又砸東西？」

他晃了晃手中的高腳杯，讓紅酒沿著杯壁繞幾圈。程素看他一派悠閒的模樣，熊熊怒火從心底燃燒：「老實跟我說，今天的事是不是你做的？」

程樺微微一愣，接著坦承道：「是我做的。」

「你這是蓄意殺人。」程素臉色一白，唇部哆嗦起來。從很久以前開始，程樺就對余涵光恨之入骨，但她從未想過，他會做到這種地步。

程素惡狠狠瞪他一眼，轉身就走。

「要去報警？」他彎唇，似笑非笑的看她：「那去吧，但妳不要忘記，余涵光之後會怎麼看待妳。」

程素頭也不回。

「以後外界會怎麼看待妳？」他盯著她的背影，慢慢的道：「妳是我的親妹妹。」

或許很多人都開始懷疑了，但要是捅破窗戶紙，程素也無法獨善其身。

她今日有多少風光，以前就走過多少荊棘路，當程樺成為十惡不赦的罪犯，她也會連同被唾棄，以前積累下來的功成名就毀於一旦。

見程素腳步停頓，程樺涼涼的笑出聲：「承認吧，比起余涵光，妳更愛自己。」

這句話像一把利刃，筆直插進心臟。

她砰一聲甩上門，雙腿開始發軟，背脊靠著冰冷的門，身體緩緩滑落。

全身都不能克制的顫抖起來，腦海中閃過一些細碎畫面，像在見證剛才的話。

幾個月前，她替余涵光辦生日會那天，大卡車的車頭冒著濃煙，空氣中充斥著刺鼻的汽油味兒，駕駛員滿頭是血的被困在車內。

那天，程素就遠遠地站在人群裡。

她眼睜睜看著余涵光修長的背影，是他毫不猶豫的衝上前，林星海跟隨其後，程素恨不得也跟上前去，但雙腳被灌了鉛似的，沉沉釘在地面上。

那畫面被刻在腦裡，每次回憶起來，都覺得余涵光的背影離自己愈來愈遙遠。

她深愛著他，愛得刻骨銘心，但她沒有勇氣拋去自我去追隨他。

——妳跟林星海比起來，確實不怎麼樣。

這句話冷不防竄入腦海，程素抿了抿唇，拿出手機撥通。

那頭很快接通了，她冷冷的開口：「林星海。」

對方沉默沒回話。

程素直截了當的道：「妳在哪裡？我有話要問妳。」

❖ ❖ ❖ ❖ ❖ ❖

林星海還在醫院，走出病房門時，每一步都像踩在雲端上一樣不真實。

她在長廊上呆站一會兒，才找了個長凳坐下，接到了程素莫名其妙的電話後，緊接著又是宋亞晴打來，嚷嚷著不放心，硬是要過來帶她回去。

「不用擔心，現在不怎麼疼了。」她聲線還有些沙啞，宋亞晴聽了不信，堅持要帶她回去，還三令五申讓她乖乖待著別跑。

通話結束，林星海總算有了點真實感，抬手摸了摸自己嘴唇。當時，余涵光目光深沉如水，傾身扶著她椅子兩側，就以這個半圈在懷的姿勢目視著她。

下一刻，他緩緩湊近……

林星海腦袋一片空白，四周的空氣都凝滯了，眼前是他修長的睫毛，以及近得有些過份的臉。

她從未談過戀愛，更沒想過會和他做這種事。

渾身的血液都開始往上竄流，林星海心臟都在顫抖。

「妳願意，來我的世界嗎？」

她現在滿腦子除了余涵光，已經裝不下任何人事物，也幸好適才冉道軒進來把余涵光叫走，讓她能偷得一點喘息空間。一直期待的事情好像發生了，但害怕的事情，似乎也隨之悄然逼近。

程素回到醫院後，沒有察覺到林星海的異樣，單單看見她清秀的臉龐後，就一股怒氣攀升上來。

「喂。」

林星海皺了下眉頭，淡淡的道：「有什麼話就直接問吧，別拐彎抹角。」

「好。」程素抬手將碎髮勾至耳後，怒極反笑：「妳跟徐傾是什麼關係？」

這句話突如其來，讓林星海愣了愣。她怎麼會認識徐傾？

見她的反應，程素知道自己猜對了，揚手就搧了下來，林星海毫無防備的被搧了一巴掌。

安靜，四周靜得可怕。

「星……星海姐？」一道顫抖的聲線響起。

宋亞晴站在長廊一端，手上還拎著裝著雞湯的保溫杯，正巧將剛才那幕收進眼底，一張臉嚇得慘白。

她想也沒多想，鼓起雙頰，捏著小拳頭跑過來。接下來的事情讓林星海澈底傻眼——宋亞晴直接抓住程素的頭髮，使力往後扯，潑婦似的嚷嚷：「誰叫妳打星海姐、誰叫妳打星海姐啊？哈？誰叫妳打我的星海姐嗚嗚嗚……」

程素頭皮一陣刺痛，她一把推開對方，宋亞晴跌坐在地愣了幾秒，嚎啕大哭：「啊啊啊啊打人啦！救命啊啊啊！」雙腿還在地上撲騰。

周圍不少人望過來。

程素臉色鐵青的掃林星海一個眼風，便轉身就走。

宋亞晴還哭個不停。

「別哭了。」林星海拍拍她的頭頂：「妳手上還抓著她的頭髮呢。」

宋亞晴眼淚瞬間收得一乾二淨，低頭瞧瞧自己的手：「哎嗯！」剛才還真的從程素頭上拔下一撮頭髮。她接著站了起來，拍拍屁股上的灰塵，俏皮的眨眼睛：「星海姐，怎麼樣？我演技不錯吧？」

「嗯，好到不能再好了。」林星海忍不住笑了出來。

「這程素，我在電視上看到她就知道不是什麼好人。」她下巴抬得老高，用小拳頭敲敲自己胸口：「放心，星海姐！只要有我在，沒有人敢欺負妳，特別是程素這種情敵！」

林星海耳朵嗡嗡一響，剛才插曲結束，隨著這句話又想起了余涵光，臉上有些升溫的趨勢。

「妳的臉沒事吧？」宋亞晴摀住嘴巴：「啊，我忘了，妳還在發燒！快快快，我們回家……」

林星海心中一暖，來不及回答，宋亞晴已經抱著她的手臂往大門口走去。

自動門一開，大片人潮擠在醫院門口，這些人手上都扛著攝影機，沒攝影機就是拿著手機虎視眈眈。林星海想起余涵光，他又有得忙了。

回公寓後，宋亞晴讓她去房間裡躺著，接著熬了一鍋粥。林星海在房間裡，聽著安晨大吼著說「焦了啦焦了啦」，廚房乒乒乓乓的聲響，估計又是什麼鐵鍋子掉地上了。

聽著這些吵雜的聲響，林星海做了一場夢。

她夢見自己還小，而姚淑娟牽著她的手，走在人潮洶湧的街道上，那冬日的氣溫很低，姚淑娟的手緊緊地牽著她，深怕把孩子牽丟了一樣。

夜裡的星辰像灑滿了鑽石的深藍色布幕，林星海聽見熟悉的琴音響在耳邊，這首曲子隨著演奏者的心情抒發，沒有那惱人的節拍器。

她小小的手指捲縮在母親的手裡，忽然興起，用指甲輕輕刮了刮母親的手心。

姚淑娟轉過頭來，很溫柔的笑了笑。

夢境停格在這畫面上，她眉梢嘴角盡是笑意。過了片刻，姚淑娟的面孔開始龜裂，成為碎片消失在一片刺目的光暈裡。

耳邊呼嘯而過的嗚嗚風聲像鬼在哭，林星海看見了自己，是現在二十二歲模樣，獨自站在原地，雙腳像有千斤重。

風聲再次吹來，她卻溼了眼眶。

她看見前方有一個頎長的身影，緩緩走來，男人走到她跟前，然後伸出手來。

林星海毫不猶豫，將手放進他的手心裡。

雙腿沉甸甸的很難受，但林星海鼓起勇氣，跟著他邁出第一步。

……第二步……第三……

林星海倏地睜開眼。

四周是漆黑的房間，她眼眶發燙。

心跳有些快，渾身的血液像是要沸騰起來，將臉埋在枕頭上，直到呼吸滯悶，才擁著被子坐起來。

——妳很耀眼，只是妳，從來不自知。

林星海回過神，眼淚已不受控制的落了下來，她抬手用袖口胡亂擦了擦臉頰。眼淚卻掉的不停，怎麼擦也擦不完。

我很耀眼。

我可以很耀眼，他都這麼說了。

反覆在心裡唸了幾次，但林星海又想起程素站在冰場上，一襲紅色的裙擺隨風起舞，只要並肩站在余涵光旁邊，就會收起身上所有的刺，顯得溫婉又美麗。

宋亞晴在廚房搗鼓了將近四個鐘頭，晚餐都變成宵夜了，才端著那鍋勉強能吃的粥去敲林星海的房間門。

安晨跟著她一起進去，開起門後摁開燈，溫聲對床上的林星海說：「吃個東西？」

林星海輕應了聲，接過宋亞晴端來的碗，舀起一勺低頭抿一口，味道鹹了。

安晨見她皺眉，「騰」地站起來：「還是別吃了，我去給妳叫個外賣。」

「不用。」她拍了拍安晨的手背，淡淡的道：「就是鹹了點，其實味道滿不錯的。」

「嘿嘿，看來我是當賢妻良母的料。」宋亞晴掩嘴偷笑：「鹹妻，很鹹的鹹。」

「……」一陣寧靜。

安晨抓起枕頭，毫不客氣的砸過去。

❖ ❖ ❖ ❖ ❖ ❖

翌日。

都市大樓前全是來去匆匆的白領上班族，面試的這天，辦公室內塞滿了人。

「周經理！」年輕工讀生抱著墊板夾，風風火火地跑到一名男子面前，抬手擦擦額頭上的汗珠：「不好意思，我有個問題。」

周總理推了推鼻梁上的眼鏡，伸出手示意交給他看看。

工讀生將墊板夾遞到他手上，湊近些許，用指甲敲敲紙張用螢光筆畫出的一行：「這裡有一個人，原本報了櫃檯接待人員，名單上又看到她出現在應徵音樂老師名單裡，兩場面試在同一個時間，會不會其中一個報錯了？」

總理揮了揮手，讓他閉嘴。

過了一會兒，總理大致掃了眼郵箱，把滑鼠丟在一邊：「算了，這人高中畢業而已，當什麼音樂老師？」

工讀生默默垂下頭不敢反駁。辦公室出口傳來吵雜的吆喝聲，透過玻璃窗能見幾位年輕人搬著桌椅上樓。

隨著時間推移，辦公室閒雜人漸漸少了些。

音樂教室內，氣氛凝滯，門口聚集不少面試的人們，沒有人開口說話。

周總理坐在椅子上，懶懶地翻了翻名單，接著挑起眉招招手，不遠處的工讀生趕緊走了過來，戰戰兢兢的站在一旁。

「讓這個人先進來。」

「好的。」

工讀生去門口喊人，接連三個人走了進來。左側那女人，一身俐落的白襯衫配黑褲，高跟鞋踩過磁磚發出清脆聲響。

再看看履歷表左上方的照片，周經理涼涼笑出聲：「高中畢業？」還沒有任何音樂背景。

室內的人全愣住了。

女人目光平靜的看過來：「對，怎麼了？」

周經理還真被她的氣場給嚇唬，默了幾秒鐘：「那妳為什麼來應徵當我們的音樂老師？」

他對自家音樂教室還是極有自信的，全國赫赫有名，更是固定送一批學生能順利升學到音樂班。

「你們應徵的時候，說要找有實力的人。」她頓了頓，續道：「我有的是實力。」

周經理搖搖頭，實力、是能多有實力？

「算了，妳今天就先這樣吧，如果要錄取，我們會傳郵箱通知。」他頭也不抬，直接將她的履歷表丟到桌邊，顯然是把她當笑話看了。

當她小孩在哄呢。

「讓我試試吧。」她也適當讓步：「如果不滿意我就離開，錄取的話，讓我當助教也沒關係。」

經理這才重新審視她一眼，忽然冷哼一聲：「好，就給妳五分鐘。小天，你掀開琴！」

工讀生一聲不吭的小跑過去，掀開琴布琴蓋，接著等待指令。

「隨便彈三個音。」

工讀生乖乖點頭，一起彈了三個音。

鋼琴是背對著眾人，從他們的角度，自然是瞧不見琴鍵的。

旁邊兩位來面試的女老師沒想到會橫亙出這個環節，整個精神一振，都躍躍欲試了起來。

她唸出唱名。

周經理「哦」一聲：「還真有兩下子。繼續！」

工讀生又乖乖彈三個音。

「我知道！」陌生女老師激昂的道：「Sol升、Re、Si降！」

剩餘的那位女老師不說話。欺負沒絕對音感的人？

周經理心一橫：「小天，彈五個！」

隨之響起的五個音簡直就像一坨屎，音符全擠在一起，任誰聽了都會皺眉頭。

教室內澈底靜了下來。

陌生老師眼睛閉了起來，努力的聽，腦海中只閃過幾個音符。

只聽耳邊飄來女子的回答。

工讀生花了點時間確認後，聲音都開始顫抖了：「全、全對，而且連順序都正確……」

周經理心跳一滯。

陌生女老師毫不吝嗇地拍拍手稱讚：「妳真的好厲害哦！」

周經理完全呆在座位上，抬手搔搔頭，好不容易回過神來，才趕緊抓起被扔在一邊的履歷表。

上方是「林星海」三個字，擅長領域有鋼琴、音樂史、作曲、樂理……

這普通高中畢業的資歷，怎麼看就怎麼怪——她一定有被深造過，只是沒有寫在履歷表上。

其實林星海不愛音樂。

音樂對於平常人來說，可能是種欣賞、或者一種消遣；可音樂對於她，卻是種耗神的工作。

從小就被硬逼著訓練的緣故，只要聽到任意一首歌，她會下意識地開始將曲子的每個結構都分析出來，腦裡自動浮現出譜子，眼前也彷彿會浮現出一個隱藏的琴鍵。

「可是星海姐。」宋亞晴剛得知她剛才去面試，捧起臉頰，嗓音帶著雀躍：「妳哪時候會音樂的？我完全不知道啊！」

安晨也感到十分意外，一雙漆黑的眼眸直盯林星海。

林星海被兩道強烈的視線盯著，覺得有點隱瞞事情被發現百口莫辯的錯覺。

忽然靈機一動，她閉上眼睛：「我的頭……」

「怎麼了怎麼了！」果然宋亞晴注意力馬上被分散，一驚一乍的：「妳感冒還沒好嗎？哎呀，早知道今天就不該讓妳出門的，怎麼辦……」

安晨就沒那麼好呼嚨過去，意味深長的瞟她一眼。

裝病的結果，當然是禁止聊天，再次被宋亞晴推搡去臥室休息，信誓旦旦的拍拍胸脯：「放心！星海姐，我一定會把妳養好的！」丟下一句話，轉身跑去廚房煮暗黑料理。

安晨趁著空擋，將房門關起，隔絕廚房吵雜的鏗鏗鏘鏘。

林星海坐在床邊，靜靜地等著她開口。

「星海。」安晨嘆了口氣：「剛才沒說，其實就在剛才……余涵光來過。」

她站了起來，踩上鞋子就匆匆打開門，抓起玄關的鑰匙下樓。

❖ ❖ ❖ ❖ ❖ ❖

沒有發現的是，背後的安晨露出得逞的笑。

嘿，就是要吊一下胃口才好。

今日的電梯似乎比以往都更緩慢，她盯著跳動著數字的螢幕，門一開就往門口快步出去。

外頭的風很溫和，透著絲絲陽光的暖意，讓身體都熱了起來。

口袋裡的手機響了起來，是魏嘉誠打來的，劈頭就問：「林流氓，程素是不是去找過妳？欺負妳了嗎？」

林星海現在一點都不想說這事：「是找過我，她被亞晴拔了好幾根頭髮。」

魏嘉誠握著手機愣三秒，一時忘了自己這通電話的目的。

怎麼跟林流氓住一起久了，宋亞晴也變宋流氓了？

趕緊拉回思緒：「咳，是這樣的，她不知道發什麼瘋問我妳跟徐傾的關係，啊不是、徐傾這人是男是女我都不知道，問我做啥呢是吧？」

她回了聲「哦」說：「那人你見過的。」

誰？小魏一點兒印象都沒有。

「你不是都喊我林流氓？」她語氣不鹹不淡：「有一個人，才是貨真價實的流氓，你確實見過的。」

魏嘉誠陷入苦思，林星海那頭環境吵吵雜雜的，應該是走在路上，講話也有些喘：「不說了，我先掛。」

「等等……」

——嘟。

魏嘉誠怒瞪著手機，為什麼要掛小魏電話！

林星海掛了電話沒幾秒鐘，魏嘉誠就傳了一封簡訊過來。

「忘了說！余大人去找過妳了，但他好像又要回基地了耶，下次放假就不曉得是什麼時候囉……」

深怕她不懂，補一句：「哎呀冬奧快到了，說不定這幾個月都見不到面。」

林星海又好氣又好笑，趕緊打電話捋順小魏的毛，才從他口中得到余涵光的下落。

倆人現在就在……

林星海聽到餐廳名字不禁挑眉，望到對街的餐館。

原來他根本沒走遠，而是去對面等了。

她攏了攏衣領，快步走過斑馬線進了餐館，沒等服務員過來迎接，魏嘉誠早就已經走下旋轉樓梯笑意吟吟的偏頭望著她，耳朵肩膀之間還夾著手機。

「嗨，我帶妳上樓。」魏嘉誠欠扁的揮揮手機：「電話我是偷偷接的，余大人還不知道妳來了呢！」

林星海這次沒忍住伸手大力擰了下他的胳膊，早就想這麼做了：「不怕我在安晨面前說你壞話？」

「痛痛痛！」小魏疼得眼淚都逼出來了：「嗷嗷妳是想要把我的肉直接擰下來？別這樣威脅我啊，我跟安晨好不容易才合好的。」

林星海跟著他上樓梯，聞言詫異了：「合好？」

「上次的網路小鮮肉事件。」小魏得瑟了，抬抬下巴：「安晨主動道歉了，說要互相尊重對方的喜好，以後她不會逼我追劇，我也不能說她追星不好。」

林星海笑了笑，有些意外安晨願意妥協。

小魏「嘿嘿」一笑，不好意思地搔搔左臉頰：「那代表她心裡有我。」

這時段生意好，走廊上人潮有些多，進包廂之後小魏關上門，隔絕了外頭吵雜喧鬧的聲音。

「余大人！流氓來囉～」

余涵光坐在位子上，低頭看著教練傳來的分析表。

在半個鐘頭前，余涵光就從安晨那裡得知了林星海去面試的事情，怕打擾到面試所以才沒有聯繫她。

現在，林星海站在門口，一身正裝還沒換下，高跟鞋讓整個人看起來更加修長。

然而今天，她似乎變了許多，就像脫胎換骨了一樣。

一雙漂亮的雙眸不逃不避的望著他，裡頭有著細碎的光亮，唇角也帶著自然的笑意。

余涵光喉嚨有些發乾，靜靜注視著她，嗓音隨之低了幾分：「迴避。」

小魏左看右看：「誰迴避？」沒別人啊。

林星海受不了他的呆頭呆腦，好心提醒：「你。」

「……」小魏覺得委屈，流著瀑布淚默默退開。

門重新被關起來，室內一片安靜。

余涵光坐在不遠處的位子，放下了原本握在手中的鋼筆。

他低沉的嗓音柔和：「面試都還順利嗎？」

「不知道。」她笑了笑老實回答：「錄取機率有點低，畢竟其他人不是教授就是音樂學系畢業，但我至少嘗試了。」

跟以前不一樣，因為資歷不足，只能接吃力不討好的工作。跟咖啡廳也不同，因為這次和人情一點關係都沒有。

她抿了抿唇，幾步走到他面前：「你說過的話，都還算數嗎？。」

余涵光仍然凝視著她。

「我試著向前走了一步。」她的嗓音迴盪在包廂內：「剩下來的陪不陪我走完？」

他沒有馬上回答，一雙深沉漆黑的眸子緊緊盯著她，像在確認試探。

其實林星海心裡是沒有底的——有些不安，畢竟佘涵光對她再好、再溫柔，這一切都彷彿不是真實的。

林星海甚至不知道他往後的路是怎麼規劃的、餘生裡會不會有她的蹤跡，還是會像以往一般，把事業跟夢想擺在第一去拚搏……還有如果真的在一起了，外界會如何評論？

有太多顧慮，佔據了她的腦海許久，但是此時此刻，她已經受夠了。

真的夠了。

翻騰的思緒戛然而止，林星海手腕一熱，一股力道讓她腿膝蓋跪在佘涵光的椅子邊緣，另一隻手匆忙抓住椅子的扶手。

倆人近得她聽見他平穩的呼吸，還擒著她的手腕的手，沒有隔任何布料直接貼著肌膚，他的手指的溫熱鮮明傳遞過來。

佘涵光的嗓音很沉，字字清晰的敲在心頭上：「當然算數。」

林星海一時無話。

他一雙眸子漆黑，裡頭凝縮著她的影子，喉結輕微滾動。

光是這樣一個眼神，就像能看進一個人內心深處，把所有的焦慮不安都熨得服服貼貼。

他扶她讓她站穩，然後輕輕的虛握了握她的手指。

語氣裡帶著笑意：「累不累？想帶妳去些地方。」

林星海「嗯」一聲，低聲道：「不累，你帶我走吧。」

帶我走，無論走去哪裡，她發現自己一點都不想抗拒。

此時，門外的魏嘉誠像隻蜥蜴趴在門板上偷聽，偷聽了那麼久卻什麼也沒能聽見，暗暗嘀咕餐廳的隔音設備太好。

才剛將耳朵重新貼上去，門突然應聲而開。

小魏一個重心不穩就往前摔了個狗吃屎。

「小魏。」余涵光的嗓音從頭頂傳來，還是帶著笑意，似乎心情不錯：「我跟星海有事先走，咖啡廳的事你自己打理就可以了。」

小魏聞言一個激靈，嘴巴張成O字型：「去哪裡？要去哪裡？賓館？喂喂喂林流氓妳別帶壞我余大人，他可是潔身自愛守身如玉……」

余涵光沒有要搭理他各種奇怪猜想。

他此時沒有戴上口罩，樓梯口遇上一批上來的人，那些人都認出來了，剛想熱情的上來打招呼討簽名，卻見到他牽著一名陌生女子的手，徑直出了餐館。

外頭路人也多，林星海被一道道熱烈的目光逼視，心臟頓時有些失序：「他們認出你了。」

「我知道。」他很快地回答。

林星海跟著他穩健的腳步，到了車子旁時他才鬆開手，替她開車門。

坐在副駕的位子上，隔著一層玻璃看他繞過車頭，從另一側開門進來，驅動車輛。

單手握著方向盤，側過身確認後方位子倒車，兩三下俐落的駛出停車位。

車子平穩的前行，窗外景色倒退流逝。

林星海一直覺得，除去他滑冰時優雅自信的模樣，還有這個樣子尤其好看。

而如今，終於能正大光明的注視。

他修長的手指搭在方向盤上，小臂青筋脈絡分明，是運動員擁有的手，精瘦，骨節優美。

更不用說他的臉龐。

腦海裡冷不防竄出之前在網路上無意間看見的討論串，大家都在討論他，說他性格好，顏值逆天，要是進演藝圈……是會搶人飯碗的。

林星海想到這裡，別開視線，抬手捂了下發燙的臉頰。

冷靜。

太不真實了。

車輛駛出小區一路南下，林星海還是久久不能平靜，低著頭看自己的手，上頭彷彿還殘留著剛才他手指的餘溫。

想起適才那群路人詫異又八卦的目光，她打破了寧靜：「你的粉絲會不會傷心？」

「星海。」他低低的嗓音響起：「我們不是在做壞事。」

她忍不住笑。

「這些支持我的粉絲，已經陪我走了很長一段時間。」說著方向盤打了個彎，前方一線夕陽從高樓大廈後方斜照過來，余涵光瞇了下眼睛，伸臂替她放下擋板。

做完一系列動作，才緩緩續道：「有部分的人，他們都是能理解我的，當然，也有些觀念不同，我一直都會顧忌每種人，盡力做到最圓滑。可是星海……」

前方轉紅燈，車輛停了下來，他依舊是單手搭著方向盤的姿勢，側眸看了過來。

「為了迎合他人來改變自己的初衷，那就沒有任何意義了。」

而他的初衷很簡單。

過了半晌，林星海乾巴巴的問：「那你的初衷是什麼？」

他漆黑的眸子裡隱藏著一簇燈火，微微搖曳：「喜歡一個人，就要全心全意。」

林星海聽懂了，被自己攢得死緊的指尖也微微發麻。

眼前的男人，經歷過無數風風雨雨走到今日，憑的就是那堅定不移的靈魂。

這番話，確實符合他的風格。簡單純粹，溫柔得像一寸寸的絲緞，輕輕撓得心尖直顫，他不稀罕那些一閃而逝的戀情，也不稀罕因一時寂寞而將就，要那麼生活，他寧可孤身一人。

但只要是他認定的女孩，絕不可能讓她委屈地藏著。

對於余涵光來說，林星海何嘗不是這樣的存在？

相處下來的每一段回憶裡，都是讓人內心像被熨過般妥貼又溫熱。

從她表面上的疏離冷淡，到善良卻從不表露；在一舉一動都透著堅強，到走投無路折騰得只好卸下偽裝、難得露出脆弱的一面。

是什麼時候開始的？

猶記她生日那晚，他沒能趕赴她的小小生日會，歉意的捎了一封慶生簡訊時，不善言辭的她已讀了那封簡訊，「輸入中」的符號一直反覆出現又消失，她躑躅了好久好久，只回了一張自拍照片。

照片裡的她，柔順烏黑的長髮隨風飛揚，眉梢嘴角都是笑意，那總是冷肅的眼睛笑成了月牙狀。

原來，她笑起來是這個模樣。

讓人忍不住，就想伸手將她柔順的碎髮，輕輕的攏至耳後。

你懂這種感覺嗎？

想讓她在你面前卸去所有冰冷的偽裝，不用遮掩過去的傷痛，安安靜靜的待在你懷中休息。

等她覺得不再難受了，就放手讓她去飛翔。

星海，妳可以遠比星辰更加耀眼。

只是妳，還沒有找到飛翔的方式。

❖ ❖ ❖ ❖ ❖ ❖

余涵光帶她去了很多地方。

從那小小不起眼的學校，到有些老舊的溜冰俱樂部，這都是以往他走過的地方，林星海仰頭看著俱樂部上方，被別人掛上余涵光的海報，格外醒目。

林星海面上忍不住笑：「說不定在醫院之前，我們就見過面呢？」

不遠處有一棟高樓大廈，上頭液晶螢幕播放著冬奧的廣告，其中包含了余涵光的節目，在逐漸黯淡下來的霞光中顯得愈發耀眼。

她彷彿能看見，一名年輕的少年，一步一腳印走向世界的巔峰。

原來他從前，也只是個少年，可能像大家一樣上著學，在巷弄裡與你擦肩而過。

而如今，他寬瘦的肩膀背負太多期盼，是大家心目中的神話。

但不是的。

不是的。

再多人仰望，他也只是個男人。有血有肉的人，受了傷不吭聲，不代表不會疼，或許他……只是習慣承受一切。

林星海內心有些酸澀。

余涵光見她一眼不眨地盯著俱樂部門口，問道：「想進去？」

「想。」回答得乾脆。

由於時間晚了，又是週休日，俱樂部關門得早。老闆是一位年老的爺爺，看見余涵光，喜不自勝的擁抱：「好久不見！」接著是一番熱絡地寒喧。

「這位是……」老闆目光遲疑地望向林星海，良久才不確定的吐出三個字：「女朋友？」

見到余涵光臉上的笑意，老闆豁然開朗，拍拍他的肩膀：「好啊，太好了！」

知道他們是來參觀的，老闆爽快的答應：「待多久都沒關係，人都已經散了，我就在休息室裡整理東西，你們離開前跟我吱一聲就好啦！」

道謝後，余涵光熟稔地帶著林星海抵達冰場。

「從五歲開始，就天天來這裡訓練。」他低沉平穩的嗓音響起。林星海抬起頭，注視著他好看的側臉，仔細聽著他說的話：「那時候讀的學校離這裡遠，早上上完課，就馬上搭兩班公車過來。」

但神奇的是，見到潔白晶亮的冰場，所有陰鬱疲憊的情緒都會一掃而空。

「星海。」他推開入口門，側過身，輕輕握住她的右手。

余涵光身後的門半敞，後方細碎湧動的燈光灑在他肩線上，形成溫和的光暈。

「很謝謝妳。」

他的雙眸有著笑意，凝縮著她的身影，彷彿世界裡只有她。

「讓我有機會堅持做自己喜愛的事。」

低沉磁性的嗓音，用著溫柔得不可思議的口吻，這麼和她說。

林星海望著他。

翻湧的思緒就如潮水一般，天地狠狠震了幾下。

下意識有些鼻酸，她掩飾的低下頭，看著自己被捉住的右手，用另一隻手碰了碰他的手指。

「那你可要一直滑下去啊。」她聲音有些低。

「好。」他這麼回答她。

澈底推開門，映入眼簾的是一座不算龐大的冰場。

林星海人生中唯一一次親臨冰場，是在之前的世錦賽，那比賽場地驚人，燈光也十分明亮，觀眾席環繞，氣派十足。

但這裡不是。

相較之下這裡場地偏小，上方更是沒有觀眾席，燈光也昏暗許多。

他問：「試試？」

林星海不太好意思的笑：「我不會滑。」

此次來訪得突然，沒有任何準備，余涵光去休息是和老闆借了兩雙冰鞋，先是替她穿上。

冰鞋的鞋帶得交錯穿過好幾個繁雜的孔，他綁鞋帶的速度極快，快到幾乎只能看見幾道虛影。林星海低著頭，看著他單膝跪在地面上替她綁鞋帶。

林星海心念一動。

他的一生，每日都穿上冰鞋上場奮鬥，而如今，他替她親自穿上。

接著，他扶著她，一步步小心翼翼的站到冰面上。

林星海是頭一回滑冰，以前連滑直排輪的經驗也沒有，不由得有些緊張。

冰面能見到之前學生訓練留下的痕跡，她蹲下身摸了摸，竟然還有些鋒利。

「這要是很大力地擦過去，會不會割傷？」

「會。」

「所以節目有觸冰動作的時候，你都會戴手套？」

「這是原因之一……」

「……」

不厭其煩的一問一答，林星海站起身，余涵光已經不需要扶著，就站在幾步之遙，視線從來沒有離開過她。

林星海想到他身邊去，又不敢隨意邁步，僵直著身體一動不動。

最終，她終於開口。

「涵光。」緩緩地伸出手，語氣是連自己都察覺不到的固執：「帶我到你身邊去。」

女子的烏黑的髮絲披散在肩上，臉上有著柔和自然笑意，伸出手，第一次開口這麼稱呼他。

他片刻的愣怔。

——妳願意，到我的世界來嗎？

——涵光，帶我到你身邊去。

幾乎就在下一刻，伸手擒住她的手腕拉向自己，另一手環上她的腰身。

她撞進他懷中。

腰上的那隻手臂扣得死緊，甚至有些疼。

林星海眼前他原本平整的衣領卻被蹭出皺摺，她聞著他衣服上柔軟精乾淨的味兒，一抬頭，余涵光已按著她的後腦吻下來。

他的氣息很乾淨，柔軟的唇相抵，微涼的手指摩挲過她的耳廓，最後似乎還有點報復性地……輕咬了下她的下唇。

沒想到啊。她閉著眼睛迷迷糊糊地想，溫柔的他，接吻起來這麼的要人命……

❖　❖　❖　❖　❖　❖

離開俱樂部時，已經到了晚上。

林星海站在俱樂部大門口，等著他開車過來，吹著夏日的熏風，整個身體都暖呼呼的。

「小姐啊，以後多來玩哦！」老闆低頭鎖著大門，發出清脆的聲響。

隔壁大樓的大螢幕畫面一閃，變換著光芒。

「涵光就拜託妳多多照顧了。」他瞇起雙眼，眼角能見一條條的皺紋：「他是個堅強的人，但他一路走來太辛苦了，唉，不曉得還能再撐多久。」

老闆將鑰匙收進口袋，抬手摸了摸後腦，打量她片刻：「你們年輕人，都不簡單啊。」

他有些神神叨叨，說完這句話，就搖搖晃晃地離開了。

車輛低沉的引擎聲自遠而近的傳來，林星海看見熟悉的車輛從拐角處彎進來，她心念一動，邁開腳步小跑過去。

腳步聲跟車輛的引擎聲重疊在一起，接著余涵光將車在路邊一停。

林星海腳步漸快，看著他下車也朝自己走來。

耳邊是風聲，她眼眶一燙，想起了俱樂部老闆所說的話。

余涵光撐了多年，隨時都可能因身體情況而退役。「那你要一直滑下去」這句話，在他聽來不知道有多麼刺耳？

可是她跟他說這句話的時候，他只是溫和答應。

其實林星海才要說謝謝。

謝謝他，延續了詩瑤的生命，活得如此耀眼奪目。

❖ ❖ ❖ ❖ ❖ ❖

我已走進你的世界裡。

在這一路，你悄悄滲透我的生活。

不知從何時起，開始在意你的一舉一動、在意有關於你的任何事情，就連心情，也會隨著聽聞你的事而上下起伏。

你太過溫和乾淨，也太過堅強，即使世界殘酷的對待，你依舊屹立不搖。

我忽然有了一股衝動。

想要成為更好的人，才能溫柔的對待他。

想要成為更有力量的人，掃除一切對他不公不義的事。

想要成為擁有正直乾淨靈魂的人，用自身的光芒，來照亮他的前路。

想要……

不知從何時起，我的人生裡，開始有許多的「想要」。

❖ ❖ ❖ ❖ ❖ ❖

兩天後，程素打了通電話給余涵光的教練，得知這假日過後，余涵光就得回基地訓練了。

她想了很久很久，最後心一橫，摁下了撥通電話。

——嘟。很快地接通了。

「喂？」她顯得語氣小心翼翼地：「涵光，你……還好嗎？」

那頭沉默半晌，淡淡的回了聲「嗯」，又問：「有什麼事？」

「我有些話想跟你說。」她等了一下沒等到答覆，只好硬著頭皮繼續：「那個，不知道你有沒有聽說過徐傾。我上禮拜見過星海，她好像認識他。」

余涵光平穩的呼吸聲透過手機傳來，讓程素心尖一顫一顫的。

「我知道。」他只這麼說。

竟然知道？程素壓下驚訝，故作鎮定的說：「我雖然不認識徐傾，但我聽說這個人背景好像有點複雜……涵光，上週的意外可能不是偶然，我覺得……你離星海遠一點比較好。」

說完這句話，迎來的又是長久的沉默。

過了良久，余涵光嘆息一聲：「程素。」

她聽著，握著手機的指節一緊。

以前，大概就是因為他這一聲「程素」，讓她知道，原來自己的名字由他口裡說出來，是那麼的悅耳好聽。

但是如今聽起來，竟然讓她的心涼了涼。

她會害怕。

她竟然開始害怕自己的模樣攤在陽光下、怕他開始厭惡她。

「我們認識好幾年了。」余涵光這麼說：「我已經快忘記，第一次見面的時候，妳是什麼樣子。」

她呆了呆。

「我希望妳可以一直是程素。」他聲線平穩溫涼，字字敲入心房：「妳做自己就很好了。」

程素緊抿著嘴唇，思緒翻湧了起來。

第一次見面的時候，是她求了哥哥帶她過去，在賽後的休息室裡，自己抱著鮮花和卡片，又瞻仰又害怕地走到余涵光面前。

她將懷中的禮物遞給他，信誓旦旦的道：「我一直把你當目標，希望我有一天也可以像你一樣優秀！」

那時余涵光只笑著說了「謝謝」，卻讓她雀躍得一整晚都睡不著覺。

她一直追逐著他。

一直一直……日復一日……年復一年……

久到她都忘了過多少時間，也忘了自己的名字從涵光口裡說出來，是多麼的動聽。

程素握了握冰涼的機身，放下電話，慢慢地走進浴室。

鏡子裡的自己消瘦不少，她盯著自己清秀的五官，只覺得又陌生又詭譎。

她恍然間想起，余涵光從不吝嗇稱讚其他選手，但是，卻從未說過喜歡程素的表演。

一次也沒有說過。

花滑的表演裡，程素模仿著余涵光的一舉一動，每個角度跟眼神，都細膩入微的模仿。

這麼瘋狂的追逐著余涵光，追逐到，她幾乎快忘記自己的名字。

❖　❖　❖　❖　❖　❖

余涵光回基地後，林星海也收到了錄取通知書。

並非正式的音樂老師，只算是實習一段時間，等他們評估後再決定是否正式錄取。

林星海提前到了補習班，空蕩蕩的音樂教室裡角落，有一架三角鋼琴。她走過去掀開琴蓋，用食指碰了碰琴鍵，發出幾個單音。

腦海中盤旋著幾首歌的琴譜，冷不防又竄入余涵光長曲表演〈Pavane〉，那首歌雖不是鋼琴曲，卻是她重新碰觸鋼琴後第一首想彈的曲子。

「嗨！」一道陌生女音傳來。

門口處站著一名年輕女子，友善的揮揮手：「記得我嗎？我們是一起面試的。」

林星海恍然想起點點頭。

剛要站起來，女子連忙道：「別站起來啊，我想聽妳彈！」

「我已經很久沒練了。」她冰冷的手指虛握成拳，淡淡的笑了笑：「都說一天不練習，就要靠一週的練習來補回，我是已經將近五年沒練了。」

「有什麼關係嘛，彈琴本來就是開心就好。」女子搬來一張椅子坐在一邊：「我剛剛就想問了，妳怎麼坐著不彈呢？妳絕對音感這麼好，就算很久沒練了，但要彈出印象中的旋律應該沒問題吧？」

「是沒問題。」

女子「哦」一聲。

過了半晌，她指了指教室門上貼的宣傳單：「鋼琴比賽也快到了，這次我打算參加，雖然以前就參加過一次，結果被打趴了。」她吐舌：「對手太強。」

林星海忍不住莞爾，側眸多看她一眼：「這比賽我也參加過。」

「是吧？大家都太厲害了，我在初賽就被刷。」女子嘖嘖兩聲：「我們那組只有兩個人成功晉升，其中一位啊簡直就是魔鬼，我剛好就在她之後上場，她一彈下去，我就知道自己是沒望啦。她看起來年紀很小，我到現在都還記得她的名字呢，叫做秦詩瑤！」

林星海明顯愣了下，這下巧了。

「作為她的手下敗將，我還特地去看了決賽直播，她好像是得了第二名吧？還是第三名，我有點忘了。」女子漫不經心的晃了晃腿：「第一名還彈錯一些音呢，但評審似乎不在意這點。」

那寬敞的音樂廳、冰冷刺骨的空氣，以及下方一張張隱匿在黑暗中的面孔。當初秦詩瑤沒有彈錯半個音，卻仍是輸了這場比賽。

林星海喉頭乾澀起來，低頭盯著自己平放在膝蓋上的雙手：「那妳覺得……她輸在哪裡？」

「呃。」她深思片刻：「外表？」

林星海斜掃一眼：「妳說我長得醜？」

「不不不哪敢哪敢，我才不是這意思。」女子趕緊擺手推拖，忽然愣了下，笑了開來：「妳嚇我呢？我又沒在說妳。」

林星海：「……喔。」

「用比較老套一點的說法，應該是她的表演不夠深入人心。」女子雙手環胸，眉頭緊鎖：「那年得第一名的是個男的，先不說他的彈奏技巧，但是外貌跟動作確實佔了很大的優勢啊，嗯，我還記得他彈到激烈的地方還會甩頭髮呢，那眼神、姿態，都掌握得太好了！」

林星海沉默片刻，嗤一聲：「我看評審大概喜歡美男子。」

「嘿嘿，可以這麼說。」女子傻乎乎地抬手刮了刮臉頰：「但藝術都是這樣的，大家都是看整體感，技巧雖然很重要，但是沒有人喜歡看冰冷的機器人嘛。」

林星海反駁的話停在唇邊。

是啊，沒有人喜歡冷冰冰的機器人。

在花式滑冰上也是有相同的道理，那次的比賽中，雖然余涵光也有失誤，但是卻無傷大雅，評審給的分數照樣甩了其他選手十條街遠。

如果花式滑冰變成只有一堆複雜的旋轉跟跳躍，那林星海覺得，自己也不會喜歡這運動了。

在余涵光的表演裡，能看到一個人的靈魂。

是純粹乾淨的靈魂，他珍惜自己綻放光芒的每一寸光陰，傾盡一生來換取上場擁抱舞臺的機會。

不為分數、不為技術。

只為了展現給大家看：這就是我，余涵光。

❖ ❖ ❖ ❖ ❖ ❖

今天林星海一回家，就看見宋亞晴在門口像隻麻雀蹦蹦跳著。

「星海姐星海姐。」亞晴笑了開來，一手親暱地勾住她的手臂：「走走走，安晨姐買了超多好吃的披薩回來！說是因為那個誰代言的……」一時想不起來名字。

搭了電梯上樓後，剛踏入門檻，宋亞晴忽然「啊」一聲：「忘了說，星海姐，妳今天到了一個包裹！」

安晨咬著一片披薩伸出頭來：「妳也會網購啊？」

林星海看著角落邊的小箱子：「我沒有訂東西。」

宋亞晴眨巴了下眼睛，渾身一個哆嗦：「是嗎？好可怕，不會是什麼炸彈吧？」

安晨拿著剪刀走過來。

將箱子打開後，裡面自然沒有什麼炸彈。

是一本老舊的筆記本、一疊印製的紙張，以及一支錄音筆。

林星海看著那筆記本，渾身血液像被凝結了。

好眼熟。

她捧了起來翻開一頁，裡面熟悉的娟秀字體映入眼簾。

「2004年，2月9日。上班回家後，小秦沒有在琴房，我明明已經警告過她不能出門了。」

「2月10日，小秦還沒有回家，她什麼都不會，在外面挨餓受凍幾天應該就知道要回來了。」

「2月16日，小秦還沒回家。報案過後，附近的街上我都找過了，還是找不到她。」

林星海緊抿著嘴唇，塵封的往事在腦海中展開，她闔上筆記本，抬頭問宋亞晴：「這包裹是誰送來的？」

「郵差叔叔呀。」宋亞晴飛快地回答。

她沉默片刻，道：「你們先吃，這些東西是給我的沒錯，我……想自己看看。」

安晨點點頭，拉著愣頭愣腦的宋亞晴回到客廳。

林星海渾身都冷了下來，抱著包裹把自己關在房間裡，仔仔細細翻了幾遍，確實只有這幾樣東西。

她重新翻開筆記本。

「2004年2月20日。警方從監視器裡有看到小秦，但是卻找不到她。小秦，妳在哪裡？」

「2月22日。我去街上找，還是找不到。是在跟媽媽鬧脾氣是不是？妳有什麼資格？」

「2月23日。爸爸以前就說過，希望妳可以成為鋼琴家……媽媽也覺得厭煩了，外面的大家都用那種憐憫的眼神看我們，小秦，妳必須給媽媽爭口氣，妳不能就這樣走。」

「3月1日。小秦，我知道妳不喜歡張叔叔，媽媽已經跟他分手了，以後妳不用再去閣樓裡了。媽媽從來沒有喜歡過他，我只是氣自己放不下爸爸。小秦，妳可以回家嗎？」

這些密密麻麻的字，愈寫愈潦草，最後幾乎黏成一塊看不清晰，連語句都有些顛倒，寫的人開始瘋瘋癲癲的。

「我跟鄰居說了，我女兒很優秀，現在在國外留學。大家都很羨慕我有這樣的女兒呢，她可是我一手帶大的。」

顯然到最後，姚淑娟愈來愈奇怪了。

「被辭職，反正我也不屑這工作，小秦現在是演奏家，可以賺很多錢回來給我。」

「街上的人都在看我。看什麼？」

「小秦今天回家了。」

「醫院裡的人都在騙我，那才不是小秦，小秦現在在國外留學。」

林星海捧著筆記本，天地好像被顛倒過來狠狠晃了晃。

她眼前開始模糊起來。

林星海與姚淑娟的關係，一直難以言喻。

她甚至不清楚自己對姚淑娟是抱著什麼樣的心情。害怕？憤怒？愛？林星海只知道，為了不讓自己再受傷，當初離開了姚淑娟的掌控。

她不曉得姚淑娟自從自己離開後是如何生活的。隨著時間的推移，印象中裡的姚淑娟，似乎也離得愈來愈遙遠了。

林星海想放下過去那段往事，只是這段記憶，其實一直都存在著。

「姚淑娟已死。」

筆記本的最後一頁，被寫上這段文字，筆跡蒼勁有力，顯然是不同人寫的。

林星海捧著筆記本的手一緊。

母親……死了？

她盯著那行字許久，直到眼眶微微發燙，這字跡清晰，她覺得十分眼熟。是徐傾寫上去的。

所以這箱包裹，是他送過來的。

母親怎麼會死？會是徐傾……

林星海心臟倏地一縮，翻出下面的幾張紙，裡面全是有關於程樺的罪刑，包括錄音筆內，都是程樺親口說出的證據。

要是這些公佈於眾，那麼程樺的生涯也算是玩完了。

❖　❖　❖　❖　❖　❖

客廳，宋亞晴跟安晨瘋狂吃著披薩。

前面電視新聞還在播放，吵吵嚷嚷的，宋亞晴用紙巾抹了抹唇角，忽然「咦」一聲。

安晨循著她的目光看過去。

新聞上在講寧市縣長顏明路貪污的事，是這個月的大新聞，只是在昨天被捅出一個更大的洞。

八年前的寧市縣長，居然為了鏟除異己……雇用了黑道殺人。

「哇哇哇不得了。」宋亞晴嘖嘖嘖三聲，連連搖頭：「政治界再怎麼黑，也不應該黑成這樣吧？」

當時的有名富商夫妻死於一場郵輪旅行，竟然就是他做的。

安晨也嚇得不輕，一口披薩從嘴角滑落。

電視畫面一轉，只見五位名嘴端坐在位子上，臉上都是藏不住的沉鬱與憤怒。

「這顏明路，我看要直接改名叫顏黑路。」女名嘴一臉不屑，用手指敲了敲桌案：「居然為了自己的選舉、為了自己的路，不惜做出這種傷天害理的事情！幸好老天有眼，現在警方已經捉拿到顏明路，他一點愧疚都沒有……」

主持人打斷：「那他雇用的殺手呢？」

「警方正在偵辦！」名嘴雙眉一豎，面向鏡頭，字字清晰的道：「已經圍剿了他們的老巢，卻沒有抓到頭頭，所以派出大量兵力分散捉捕，相信過沒幾天他就只能束手就擒！」

這聲線有點尖銳，刺得宋亞晴皺起眉頭。

「哈，這女名嘴好樣的。」安晨搖搖頭，嘖嘖兩聲：「前幾個月還在到處講顏明路好話呢，見風轉舵這麼快！」

林星海剛從房間裡出來，就一字不漏地聽見剛才電視新聞的內容，她臉色不太好看，抓起外套就往外走。

她要去找徐傾。

她要知道，母親是怎麼回事、他明明大勢已去，為什麼還要給她寄來這箱東西？

❖ ❖ ❖ ❖ ❖

西部荒郊。

這個地點隱密好躲藏，之前就不少嫌犯逃之夭夭，最終是在這裡銷聲匿跡。

當然，這個地方對徐傾來說，也別有意義。

他站在草地上，耳邊是悅耳的鳥鳴聲，徐傾拿出手機看了一眼，信號已經沒了。

在兩個小時前發了一封簡訊給余涵光，他倒是想看看，余涵光會不會準時趕來。

徐傾將手機扔在地上，用腳狠狠踩碎，隨後轉身往裡走去。現在太陽高照容易被察覺到，自然是躲得越深越安全。

他獨自走著走著，雙腿就有些發痠。

算了。

乾脆席地而坐，徐傾掏出根煙點燃，湊到唇邊吸了一口。

這是他第二次來這裡，都是為了逃亡，同樣的地點、同樣的目的，卻是截然不同的心境。

那時候有小秦跟著，自然也沒那麼無聊乏味。

徐傾在原地又等了兩個鐘頭，天色漸黑，整座荒郊都變得沉鬱神秘。

是林星海先到的。

她看見徐傾坐在草堆上，慵懶得倚著身後的樹在閉目養神，除了面容顯得有些疲憊，但逃亡的狼狽和焦慮都沒有。

「徐傾。」

他倏地睜開眼，慢慢地勾唇笑了。

「妳來了。」

徐傾沒有站起身，只是盯著她白淨的面龐，一時捨不得移開。

現在就對了，同樣的地點、同樣的目的……同樣的人。

林星海低頭看著他，張了張口，說：「這次縣長也被抓了，不像上次……會有人來救你。」

「誰說沒有？」他尾音微揚，眼睛微微瞇著。

「誰？」

徐傾別開視線，答非所問：「妳今天來找我，是為了姚淑娟吧。」

徐傾撐著地面站起來，拍了拍手掌上黏的碎屑，幾步走過來，輕描淡寫：「她自己死的，不甘我的事。」

林星海心臟一緊。

他指尖裊裊白煙纏繞，吸了一口輕輕吐出，動作不疾不徐，是個勝券在握的模樣。

林星海之前怕他，不是怕他這個人，而是怕他將自己推入過往多年的夢魘裡，今天過來，她已經深思熟慮過了，甚至敢確信徐傾會被警方捉到，而他，也不可能會出手傷害她。

因為一直以來都是如此。徐傾從未對她動粗，更何況上次又欠過她一條命。

對於自己的安危，她不感到擔憂。

「姚淑娟最後瘋了，我發現的時候就死在街上，就在三年前。」徐傾身影隱在黑夜中，表情晦暗不明：「不需要難過，她沒有盡到做母親的職責。」

林星海的手在顫抖，渾身血液都冷了冷。

她曾想過很多種與母親相逢的場面——在繁華的音樂廳裡、平凡的街道上、又或者是世界上任何角落，她甚至懷疑母親能像徐傾一樣，一眼動穿她所有的舉動，輕易猜出她是秦詩瑤。

然後直接張牙舞爪而來，直接把她拉回地獄。

結果一切都像場夢，母親已經死了，可畢竟是林星海唯一的親人，聽到這句話，心臟頓時還是涼了半截。

她不知道自己該有什麼心情。

難受、憤怒、緊繃、鬆一口氣……這些種種，似乎都被揉合在一起，成為一種苦澀的味道。

「小秦。」徐傾將菸扔在地上，低頭踩熄抬頭目視她，那眼尾微微上揚，銳利又張揚：「我們的關係，今天做個了結吧。妳很了解我，知道我不喜歡被掌控。」

言下之意，他不可能會被警方抓走。

「不。」她淡淡的說：「你已經沒有地方可以逃了。」

徐傾不以為然地笑出聲。

警方佈下了天羅地網，就算他挾持了人質也只能拖延一時，終究是插翅難飛。

「徐傾，你去自首吧。」她說：「進去之後，好好改過，說不定能快點出來。」

他笑了下：「拿我當孩子哄？上一年另一個殺人犯被判死刑，我殺的人比他更多。」

林星海啞口無言，不知為何就有點惆悵。

「你……」

她話還沒出口，一道鳴笛聲從遠方傳來。

但余涵光比警方早了一步抵達，林星海一回頭，就看到他已經從在不遠處跑來。警察也來了。

過不到幾分鐘，幾輛車輛從四面八方包抄，荒郊的泥土飛濺，隨著刺耳的煞車聲，約十來個刑警跳下車，舉起手槍。

其中一名刑警厲聲威嚇讓他舉起雙手。

徐傾抬頭環視他們一眼，最終視線停頓在余涵光身上。

他已經離得很近，就快到林星海身邊。

❖　❖　❖　❖　❖

——在兩個鐘頭前，余涵光接受到徐傾的簡訊後，便當機立斷地離開基地搭乘最快的班車馬不停蹄地趕來。

寧市縣長的事澈底炸開了鍋，一路上新聞全都在討論，自然也少不了連帶報導了徐傾。

不少路人認出余涵光，只是見他面色沉凝，都沒有任何人敢上前。

余涵光在幾個月前見過徐傾一面。

——其實那時候，倆人達成一個共識。

早在余涵光生日宴發生卡車車禍的那天，就察覺到事情不太對勁。咖啡廳暴露、卡車直接撞上牆面……一連串的意外發生在身邊。

事後他讓洪秘書去醫院看那駕駛員，卻發現已經在醫院裡宣告不治。明明有及時送醫急救，離開前，那駕駛員狀態雖然差，但跟死亡完全扯不上邊。

這些種種，都像有人在明目張膽地挑釁。

針對他、也針對林星海。

程樺自然沒有這本事，而且他跟林星海無冤無仇，沒必要把事情搞得這麼誇張——除非跟徐傾有關。那時，徐傾是這麼評價……

「程樺就是個變態。」徐傾手搭在沙發把手上，另一手支撐著下巴：「喪心病狂的變態。」

這語氣，好像在講跟自己完全無關的事。

「你也差不多。」

他也不否認，聳了聳肩：「變態也有分聰明的跟傻的，他那不只傻，簡直是弱智，作案還留一堆線索。」拿起矮桌上的資料，略微翻閱：「嗯……下禁藥讓你取消上場資格、賄賂媒體水軍、在場上用冰刀劃你的脖子……」

「你們花滑界，玩得也挺兇的啊。」

啪一聲放下資料，徐傾雙腿交疊。余涵光直盯著他：「你想要怎麼做？」

「如果不是因為你，我也不會接程樺的案子。」他似乎喜歡跟聰明人交談，唇角笑意令人毛骨悚然：「公平交換條件吧，我讓程樺進監獄，你放林星海回來。」

一瞬靜默。

「我辦不到。」余涵光淡淡的道：「星海不屬於我，我沒有權利去支配她，這種事情，必須讓她自己做決定。」

徐傾像是聽了場笑話：「你怎麼會沒有權利？她現在幾乎全部的希望都在你身上。」

「星海跟我說過你的事情，包括以前的。」過了半晌，余涵光問道：「這麼多年了，你見過她笑嗎？」

徐傾抬頭目視著他，眼裡玩味的玩味消逝殆盡。

余涵光坐在他對面，不急不躁，骨子裡都透著一股溫和，一點都不懼怕他的氣場。

徐傾一個「有」字在唇邊說不出口——仔細一想，竟然從腦海裡找不出林星海微笑的模樣。她每次見到他，都是退避三舍的模樣，更別提是笑了，她還是小秦的時候，徐傾倒是看過她哭了好幾次。

「如果你看過，就會明白。」余涵光頓了頓，續道：「她不屬於任何人，她只是林星海。徐傾，你對我說話不需要拐彎抹角，你如果想要對我或她不利，那我現在也不會在你眼前說話。」

一次次挑起爭端，卻一次都沒有得手，未免太過匪夷所思。除非——徐傾打從一開始就有放水的意思。

徐傾又點燃一根煙。

「我本來是想讓她回來。」他嗓音沙啞幾分：「只是我無法保證，她在我身邊會不會發生同樣的事。」

就像上次一樣，秦詩瑤死於不屬於她的戰鬥。

所以徐傾不行再冒險。

所以那天才會跟余涵光見面過後，壓不住自己煩躁的心情，闖入了林星海在的酒店裡。其實，那時的自己瘋了似的想要發洩吻她。

但是要是真的吻了她，她又得哭了。

❖ ❖ ❖ ❖ ❖ ❖

此時此刻，余涵光飛快地趕到現場，比警方早了一步到。

然後，他就看到令人窒息的一幕——

徐傾掏出槍，對準了林星海的眉心。

林星海心中一涼，臉上卻沒有驚慌的表情，目光平靜的望著這片戰況，被那黑漆漆的槍口正對著。

徐傾拔槍的那一刻，四周的警方也舉起了槍，每一個都對準了徐傾的腦袋。

警方一直重複警告，卻顯得空間愈來愈吵雜，他煩躁的皺了下眉頭，下一刻，余涵光突然伸手握住了他的槍口。

這一槍下去，那他的手也就廢了，以徐傾的性格，並不是不可能會做出這種衝動的事。

「徐傾。」林星海聲線乾澀：「把槍放下，這樣對你沒好處。」

清脆的聲音響起，徐傾單手上膛，挑釁地挑了下眉。

林星海張了張唇。

「小秦。」徐傾低沉沙啞的嗓音響起：「轉過身去，之後發生什麼事都不准轉頭。」

她沒有動。

「我數到三，就開槍了。」

「一。」

「二。」

林星海一股寒意從心底攀升，緊抿著唇，照著他的指令背過身去。

現在，就剩余涵光能與他對視。

余涵光手心已經冒出一層汗水，依舊緊握著冰涼的槍口，眼前的徐傾眉目沉然，不知道在打什麼主意。

現一刻，徐傾一使力，迅速的把槍搶了過來。

如此一個大動作，警方的槍聲隨之響起。

——砰砰砰。

他渾身震了震，身上頓時被開出幾個血洞。

接著使出渾身的力氣舉起手中的槍，對準自己的腦袋。

——砰。

這最後一聲槍響，像是畫上了句點。

他癱倒在地上，一片草堆瞬間被鮮血染紅。

最後一刻，只來得及看見林星海緊繃的背影線條，她被嚇了一大跳，卻隱約猜測出發生了什麼事。

林星海呆站在原地，慢慢地，抬手摀住自己的臉，卻連眼淚也掉不出來。

她突然明白過來，為何他之前說會有人來救他。

秦詩瑤是他的救贖。

只有她來了，他才能心甘情願地把這條命，償還給她。

❖　❖　❖　❖　❖　❖

徐傾闔上眼睛。

他一向最喜歡聽話的小秦。

不管發生什麼事，都不准回頭。他的小秦，是乖乖聽話了。

還記得嗎？妳很久以前，在同樣的地點說過，最好不要有來生。

小秦，我的人生註定是悲劇收尾。

所以妳不用感到自責。

永遠不要回頭、不要停歇，筆直地向前奔跑吧。

❖ ❖ ❖ ❖ ❖ ❖

耳邊充斥著警車的鳴笛聲。

林星海頭痛欲裂，明明心臟也疼得無以復加，眼淚卻怎麼樣也掉不下來。

她哭不出來。

徐傾在她的人生中，占有太多黑暗面，他嗜血又狂野，像一股狂風颳過她的世界，將所有的一切都帶走了。以徐傾的個性，他不可能會被監獄桎梏住，更不可能讓其他人左右他的生死。

這男人連離開，都要搞得轟轟烈烈才肯罷休。

她將臉埋進余涵光懷裡，直到他溫熱的手指碰碰她的手，才發覺自己的身體有多冷，渾身都在發抖。

他溫潤的嗓音從上方傳來：「我在這裡。」

我在這裡。

就像初次認識余涵光時，他也曾說過類似的話。

——如果累的話，記得說出來，不要一個人扛著。

因為妳一直都不是一個人。

❖　❖　❖　❖　❖　❖

——兩年後。

在義大利的街頭上，一名擁有東方面孔的年輕女子正在講電話。

「小星海，妳人真是太好了！」女子在心頭喜孜孜地想，當初能重逢小星海真是太幸運了：「真不好意思啊，還讓妳頂替我去考試，嘿嘿嘿……」

那頭說了些話，引得女子哈哈大笑。

「是啊是啊，在他們眼中，我們東方人都長得一模一樣，考場很容易混進去的！」

通話結束，她低頭笑了起來，臉頰上浮現出兩顆小酒窩，心裡盤算著該給小星海買幾袋糖果當謝禮。

這名女子——大家都叫她小雀，她周遊列國四處安利花滑的美，更是余涵光的超級狂粉。三年前，她去西班牙看了世錦賽，遇上一名神秘女子，那名女子明明是余涵光的粉絲，卻表現得有點古怪。

沒想到兩年後，小雀在因緣巧合下，意外又與她重逢，並且得知她的名字，林星海。

林星海跟她第一次在世錦賽見面時，有了很大的改變。

雖然依舊寡言少語，但心地善良、溫柔樂於助人，而且面對未來很有衝勁。

回到公寓樓後，小雀踏著階梯的步伐，卻漸漸地緩慢下來，一股惆悵感從心底油然而生。

可是小星海再過不久，就要離開義大利回國去了。

「唉。」小雀拍了拍自己的臉頰，提醒自己不可以愁眉苦臉的面對林星海。

❖ ❖ ❖ ❖ ❖ ❖

幾個鐘頭前，林星海結束了一場鋼琴比賽。

她坐在椅子上休息，低下頭撫平裙擺皺褶，此時休息室門被打開了。

「太精采了！」是邦尼特，他快步走了過來，熱烈的給她一個大大的擁抱：「星海，我在觀眾席上都能感受到妳的熱忱！」

「謝謝老師。」

林星海微微一笑。

「妳的手還好嗎？」邦尼特憂心忡忡地低下頭，看著她搭在膝蓋上的雙手。

纖細修長，看起來是漂亮女生的手指，但是在每日拼了命的練習下，免不了關節疼痛。林星海雖然有練琴的記憶，但這副身軀，卻是沒有碰過琴的，手指肌肉顯然不能承受大量的訓練。

「沒關係。」她抬手將碎髮勾至耳後，輕聲道：「我之後會好好休養一陣子。」

之後，她跟邦尼特大師又多聊了幾句。臨走前，邦尼特這麼說：「回國之後，不要忘記妳對音樂的熱情。」

林星海應了一聲。

「還有，記得幫我跟涵光先生問好。」末了，朝她揮揮手道別。

林星海忍不住鼻尖一酸，當然。

她也有好多好多話要跟他說。

回到家裡後，小雀熱情地從裡頭迎出來，小姑娘開心到臉頰有些潮紅，人如其名，連走路都像隻麻雀一樣撲騰不停。

「後天回去的話……」小雀皺眉，努力幫忙喬時間表：「那時候涵光的長曲表演也結束了，妳可能只來得及看到表演滑。」

花式滑冰比賽分為短曲跟長曲，最後則還有表演滑，是拿來答謝觀眾的晚會表演，各組比賽前五名的人都會參加。表演滑沒有比賽的緊張，反而給人一種大家庭的和睦感，也是觀眾和選手們互相表達謝意的好時刻。

「嗯，我就是這麼打算的。」她單手支著下巴一想：「不過，連表演滑要趕上都有點難。」

小雀眼眶泛淚，張臂狠狠抱她一下。

「謝謝妳這一年陪我啊！我發誓，等我讀碩畢業了，就回國去跟妳會合。」她愈想愈難過：「以後我就沒有可以一起發花癡的好朋友了，涵光又有未公開的對象，據說都秘密結婚了，嗚嗚我只剩一個人孤單寂寞……」

林星海伸手親暱地揉揉她的頭頂。

「小雀，妳真像我一個好朋友。」

「妳是說那個亞晴吧？」

「嗯。」

兩天後，熱情的小雀親自去送機，拿著一張小手帕含淚望著透明大窗外的停機坪，直到那臺飛機緩緩起飛、衝進雲霄裡再也看不見，她內心就糾結得難受。

小星海，真的是世界上最溫柔的人。

星海在國內有一個男友，小雀雖然不認識他，但是敢肯定，對方一定也是極溫柔的人吧！

同一時間，余涵光也彩排完表演滑的曲目跟大致的排程。

盛夏的陽光格外燦爛，格外炫目。

星海也要回來了。

他微微瞇起眼，嬌滴滴的「爸爸」聲拉回他的思緒，壓下唇角的笑意，就看見一名小女孩踉蹌地邁著小短腿，奮力朝這方向跑來。

「爸爸、爸爸！」小女孩亮晶晶的雙眼直盯著他，拉了下他的褲腳：「爸爸，抱抱！」

余涵光不假思索地彎下身，直接抱她起來。

小女孩眼睛笑成了彎月狀，樂得咯咯直笑，嘴角還掛著可疑的口水。

「小花！」魏嘉誠急急忙忙地從後面跑過來：「小花妳怎麼可以亂認爸爸，爸爸我在這裡啊！」

「不要不要。」小花嫌棄地撇頭，將臉埋進余涵光的頸窩裡。

魏爸爸：「……」心碎。

要說小花的名字由來吧——去年孩子一出生，不知怎的，安晨跟小魏怎麼逗都逗不笑，直到余涵光來探訪時，小娃娃就雙眼併發光芒，這眼神說多閃亮就多閃亮，然後……癡癡地咯咯笑不停。安晨的媽媽一看情況不尋常，嚇得尿差點憋不住。

「這孩子，跟安晨當初出生的時候一樣！」安媽媽雙腳發軟：「怎麼都不笑，直到看到醫院走廊上的李敏鎬海報，就笑個不停！」

這語氣，還有點講鬼故事的懸疑感。

於是安晨格外欣慰地給自家女兒取了小名，叫「花癡」，這名字太難聽，小魏抵死不從，只好折中取作「小花」。

小花一出生就很勢利眼，只認顏值高又多金的爸爸，八個月大的時候，第一聲「爸爸」竟然是對余涵光喊的。

幸好魏嘉誠被安晨拉住，才沒有一時衝動一頭撞死。

說多了都是淚啊。

今天晚上，宋亞晴、安晨、小魏一塊兒去看了表演滑。

還沒開始的時候，亞晴坐在前排的觀眾席，搓了搓有點被凍紅的手，冷得渾身發抖。

「我前天在網路上看到鋼琴比賽影片。」她牙齒上下碰撞出詭異的聲響：「星海姐超正，又超會彈琴！以前都不知道她這麼多才多藝呢！」

「是啊。」安晨抱著懷中的小花，擋下孩子亂揮舞的小手：「說起來，她趕得上今天的表演嗎？」

「不知道，她這時間應該正要過來了……」

結果，林星海錯過了前半段演出，表演進行到後半段的時候才成功抵達。

她沒有急著跟朋友們聚集，怕打擾到大夥兒看表演，於是就安安靜靜地坐在最後面的空位子。

冰場上，是安德烈跟他的女伴，上演一場火辣的雙人滑表演，是具有西班牙佛朗明哥風格的曲目。女伴身穿一襲大紅色考斯騰，身段妖嬈，每個舞步都跟安德烈配合得環環相扣，引起觀眾熱烈的掌聲。

一曲終了。

廣播用英文報出了下一位表演者的名字。

這一刻，觀眾席似乎靜了幾秒，零星的掌聲才漸漸響起。

程素滑上冰場。

身邊的陌生觀眾竊竊私語起來，讓林星海微微一愣。

「什麼嘛，第一名了不起？心地有多醜陋，我就看得多難受。」

「哈，以前就會裝白蓮花，現在不裝了。」另一人露出鄙夷的表情。

「昨天新聞不是有說嗎？記者採訪她程樺的事，結果她惱羞就把相機砸在地上，脾氣臭得不行。」

「說不定陷害余涵光，也有她的份呢？」

隨著音樂響起，他們才訕訕地閉口。

林星海將視線重新投放在冰場上。

程素真的像變了個人。兩年前，隨著徐傾的死後，爆出一連串程樺的犯罪證據，他很快被警察捉拿，當初程素也連帶受到外界的批評，最終也沒有隱瞞事實，出庭作證，承認程樺有犯罪。

那時所有民眾、媒體，包括余涵光的粉絲們，都澈底炸開了鍋。

整整半年內，程素只消一出門，就總被砸麵粉臭雞蛋，還被冠上「殺人犯」莫須有的名義，在事情越演越烈之前，還是余涵光出面制止，才讓事件漸漸平息下來。

林星海對程素自然是沒有好感。但她也認為，是非黑白必須要分清楚。程素當初願意出庭作證，想必已經是鼓起十足的勇氣了。

此時此刻，程素正上演一場探戈曲風的表演。

若說以前的她是一朵嬌豔的玫瑰花，那麼現在，她變成了高貴的黑百合。頭髮扎成簡單俐落的馬尾，精緻銳利的妝容，露出大片脖子跟肩頸線條，考斯騰上半是半透明的白色古花紋蕾絲，慢慢漸層至純黑色。

她對四周審視的目光毫不在意，一改以往的風格，每一個步伐跟細節裡，都放入了程素獨有的風格。

她不再是那追逐著余涵光的女孩。她找回了自我，擔任起程素的角色。

一曲結束，即使鼓掌聲零星，程素依然姿態優雅，朝著四面敬禮。

氣氛好像凝結了，但當事人渾然不覺，滑離了冰場。

最後的表演，壓軸出場、眾人引頸期盼的——余涵光。

據說他這次準備了新的曲目，歌名叫做〈星光〉，出自陌生現代作曲家的歌曲，頗為冷門。

大家自然不知道，這名作曲家，就是林星海。

半年前，雖然人在義大利，但她仍以視訊的方式將曲目送給了他，孰料余涵光為它編成了一套表演節目。

這麼說起來，還真是有些難為情。

林星海臉頰微燙，抬手摀了下臉，才將視線投回冰場上。

已經將近兩年沒看見他了，余涵光似乎又瘦了些。湛藍色的考斯騰，鑲嵌了鑽石，隨著他的滑行，這些水鑽彷彿會流動似的。

「好仙。」宋亞晴按捺不住激動的心情，抓住安晨的胳膊：「我姐夫好仙。」

魏嘉誠哀號一聲：「靠，老子一個男的都心動。」

觀眾一片騷動過後，才澈底靜下來。

須臾，小提琴的琶音高高地傾瀉而下。余涵光身影微動，雙臂平舉，速度不快地向前進，聚光燈打在他四周圍，考斯騰的紋花順著細小的水鑽熠熠生輝。

隨著滑行，風吹拂過他的髮絲，露出了白皙乾淨的額頭。

他一個結環，在冰場上劃過一個弧形，留下淺淺的痕跡。舒緩細密的音符落了下來，格外擾人心弦直顫。

耳邊是輕柔的風與靈魂的聲音交織。

他為冰場付出了一生的血與淚，觀眾才能從他的表演裡窺見他的一生。此時，他用最輕巧的方式呈現給大家，多少俐落流暢的步伐，就讓人有多少壓抑和心疼。
今天他演繹得格外溫和悠情，往常那總會在高潮處宣洩的情感，如今收斂得細膩。
「嚓」。
四周一暗。
音樂戛然而止，一片漆黑。
觀眾席的大家都是一愣，怎麼回事？
「停電了？」宋亞晴嘴巴張成O字型，剛剛看得眼淚都逼出來了，結果給我來個停電？
「不會吧……」
「扯欸，搞什麼。」
居然是真的停電了，連冰場都看不見。
一陣不小的騷動後，不知是哪位粉絲先拿出手機，打開手電筒，有了人起頭，大夥兒紛紛拿出手機。安晨靈光一閃，從包包裡賣力翻呀翻，拿出兩支手燈，在亞晴跟小魏懷裡各塞一支。
林星海坐在最後方，也不例外的拿出手機。
不到幾秒鐘，眼前的畫面讓人屏息。
——亮光像佔據了半壁江山，一片星光連綿起伏。這一幕畫面像鏡子般到映在潔白的冰場上，冰場沾染上橘黃色的色澤，彷彿無數模糊搖曳的燭光。
男人孑然而立，不染纖塵。
他清俊的面孔乾淨白皙，環視了眼四周，隨後無聲一笑。
這笑容，傳達到每個人內心深處。
最終，在這觀眾構起的漫天星光裡，余涵光接下完成這場表演。

刀刃劃過冰面的清脆聲響、他迅速滑過的風聲，便已是最美的音樂。

林星海望著他場上消瘦的身影，眼眶發燙，抬手摸了摸自己的臉頰，指腹已沾上濕潤的淚水。

以前的秦詩瑤，總是被一個人關在閣樓裡，那時，窗外的風聲就象徵著惡夢的怒號。

直到認識了他，才知道風聲也能成為一種癮。

凡他行跡過處，風也能變成溫和柔情，化為最美麗的景色。

❖　❖　❖　❖　❖　❖

不親眼一睹涵光，半生富貴也枉然。

知道為什麼粉絲們都這麼說嗎？

因為即使身處在這殘忍又黑暗的世界，你仍舊乾淨純粹，帶給人們光亮。

而從你那偷來一點光亮的我們，都會化成這黑暗裡的一顆星，

微不足道，但只要凝聚起來，便能成為星辰大海，照亮你的前路。

❖　❖　❖　❖　❖　❖

十月，秋季天氣涼爽，適合出去蹓躂。

打從林星海回國後，宋亞晴就化身牛皮糖，無時無刻都要跟在她身後不放。今天林星海可是浪費了不知道多少口水……才說服她乖乖待在家裡。

「所以星海姐，妳到底要去哪？」

她終於受不了：「去約會、約會可以了嗎？」

宋亞晴震驚了。

過了沉寂的一分鐘，才怯生生地回：「可以呀、當然可以的……」

她才不想當電燈泡呢！星海姐怎麼不早說呢？

林星海不太自然的咳了一聲，扭頭離開。

外頭的天氣挺熱的。

這是她一踏出門，腦海裡馬上蹦出的念頭。

今天格外有閒情逸致，既然離公園不遠，就這樣徒步慢慢走過去。

十分鐘後，她踏入了漫長的公園車道，兩側都是綠油油的樹木，週一也沒有半輛車子的蹤影，於是她也沒有改踩旁邊的草皮，而是走在中央的柏油車道邊上。

地上模模糊糊倒映著樹葉的影子，還有自己一步步走過去，耳邊全是樹葉溫和的沙沙作響。

公園邊還有一條河，可能剛才有人在這裡抽煙，或者是單純心理作用，竟然聞得到一點菸草味。

陽光太烈，所以燒昏腦袋了吧？

她這麼想著，鼻尖一酸，直到看見余涵光的身影正往這方向走來，才瞇起眼睛笑了。

眼裡有少許淚水，所以畫面模糊，她用力眨了眨眼睛，才快步朝他的方向走去。

直到站立在余涵光面前。

「吃過午飯了嗎？」

她誠實地搖搖頭：「還沒。」

他很自然地牽起她的手，與她並肩而行。

走著走著，林星海低下頭看了眼十指相扣的手，只覺得自己的心臟，跳動得愈發歡快了。

她忍不住抿唇一笑。

「涵光。」

「嗯？」

星海趁著他回頭，踮起腳尖，在他唇角飛快地落下一吻。

陽光燦爛，只見她垂眸淡笑，顯得格外耀眼奪目。

——謝謝你成為我的光。

【全文完】

後記

大家好，我是佐緒，感謝看到最後的你。

《願為星海》是一個埋藏在內心深處多年的故事，花式滑冰是我十分欣賞的藝術，我從十七歲起，就像林星海一樣，多次因花式滑冰而振奮、落淚、感動。我認為，世上也一定有許多林星海，奔波於現實，許多擔子都像千斤般落在肩上，但我們仍需前進，有時真走不動了，見到比自己更辛苦百倍的人，才知道根本不值得一提。大抵余涵光就是那種人吧，站在世界頂端，付出的遠遠比別人還多，卻以最優雅從容的方式在舞臺上發光發熱。這本書與以往寫的書差異最大的部分在於，不為他人而寫，只為自己。而余涵光應該是我最大的私心，他不太像典型愛情故事的男主角，但他卻十分真實，是我們所有人心中追逐的「光」。不知道以後的我還有沒有勇氣寫出類似這樣的故事，這過程就像在剖析自己一樣，漫長而煎熬，或許這真的是最後一次了，所以我格外珍愛這本書。

《願為星海》這書名概括了許多含義。其一，是願我們也能成為「光」的星辰大海，給他一絲鼓勵；其二，則是以女主角的觀點出發，願能找回自我，成為她一直想要成為的星海；其三，則是以男主角的觀點出發，他願為林星海付出所有。然而大方向來說，其實這書名概括了所有追夢的人，都曾遇到過一個遙不可及的人物。我們都希望自己能成為星辰大海，無聲照亮他的前路。我們就像從他身上偷了光芒一樣，所以也想要變得更優秀，化成星海回饋對方——即使自己只是滄海一粟，但相信許多擁有同一種信念的人們集結起來，一定能成為強大的力量。

這本書我寫得很慢，開頭寫過好幾種版本，之後更是字斟句酌，夜中輾轉難眠想著劇情，千辛萬苦後終於得以寫完。還有好多話想與大家分享，但是又覺得盡在不言之中。好不容易完結了，難免覺得疲憊，這份疲憊與感動交織在一起，就是我寫完當下的心情。

一路走來有太多人需要感謝，尤其感謝我的家人，家母與兄長，他們永遠是我的後盾，支持我所選擇的路，帶我走過好多地方，也帶我認識了「光」；感謝外婆，不厭其煩地替我代理許多瑣碎，並總給予我鼓勵；感謝希姆和瑭碧，以及這本在網路連載期間支持我的朋友們；感謝釀出版，讓這一本書在寫完的一年後，能以紙本實體的樣貌，出現在大家手中。

還有，再次感謝看到這裡的你。即使我們可能不認識，但讀者朋友，沒有你，我一定無法在創作路上前行。

希望在未來，大家能持續支持我寫書。

二〇二一年九月八日

家中筆

釀愛情11　PG2650

願為星海

作　　者　　佐　緒
責任編輯　　楊岱晴
圖文排版　　陳彥妏
封面設計　　墨　白
封面完稿　　蔡瑋筠

出版策劃　　釀出版
製作發行　　秀威資訊科技股份有限公司
114 台北市內湖區瑞光路76巷65號1樓
電話：+886-2-2796-3638　傳真：+886-2-2796-1377
服務信箱：service@showwe.com.tw
http://www.showwe.com.tw
郵政劃撥　　19563868　戶名：秀威資訊科技股份有限公司
展售門市　　國家書店【松江門市】
104 台北市中山區松江路209號1樓
電話：+886-2-2518-0207　傳真：+886-2-2518-0778
網路訂購　　秀威網路書店：https://store.showwe.tw
國家網路書店：https://www.govbooks.com.tw
法律顧問　　毛國樑　律師
總 經 銷　　聯合發行股份有限公司
231新北市新店區寶橋路235巷6弄6號4F
電話：+886-2-2917-8022　傳真：+886-2-2915-6275

出版日期　　2021年12月　BOD一版
定　　價　　390元

版權所有・翻印必究（本書如有缺頁、破損或裝訂錯誤，請寄回更換）
Copyright © 2021 by Showwe Information Co., Ltd.
All Rights Reserved

讀者回函卡

Printed in Taiwan

國家圖書館出版品預行編目

願為星海/佐緒著. -- 一版. -- 臺北市 : 釀出版,
2021.12
面； 公分. -- (釀愛情 ; 11)
BOD版
ISBN 978-986-445-549-2(平裝)

863.59 110015956